U0152040

作文新饗宴
【張春榮◎著】

目錄

自序

推本溯源，歷來論及作文要訣，首推蘇格拉底（Socretes, 470～399B.C.）。其〈斐德若篇〉謂：文章要寫得好，不外乎天賦、知識、練習，三者鼎足而立。似此TTP論點（Talent, Training, Practice），無疑揭示「語文智能」（Linguistic intelligence ，或譯為「語文智慧」）的大方向，強調後天「學」、「習」的重要。降及今日寫作理論，更隱隱約約指涉：「才氣是不斷的努力」、「好文章是改出來的」、「文章越寫會越進步。一回生，二回熟，三回巧，四回妙，五回呱呱叫」、「天才是一分靈感，九十九分汗水」……可見「語文智能」並非天才的專利，而是人人手中一把越磨越亮的利器。

執是之故，面對高唱入雲的「九年一貫」，就語文領域而言，筆者以為劉勰所謂：「博見為饋貧之糧，貫一為拯亂之藥」（《文心雕龍．神思》），當為九年一貫教學理念的最佳注解。所有學科的進路，無不依此十字架開，由博返約，掌握核心概念；進而統整會通，開拓恢宏視野。因此，語文智能的開展向度明顯有二：一、首重語文領域本身的一貫，力求縱深的涵泳與概括；二、次重各領域跨越的一貫，力求幅廣的挹注與統整。如此一來，深耕廣耕，莘莘學子才能真正受惠，才能在務實栽培下，抓重點，學精華，漸漸展現「嫩蕊商量細細開」的自然生發與進層之美；避免「繁枝容易紛紛落」（杜甫〈江上獨步尋花〉）的速成之弊。讓「九年一貫」不致於流於「九年一罐」（上有政策，下有對策）、「九年一串」（只見混合，不見化合）的拼湊之譏；進而打破新世代簡化、無厘頭（「我手寫我口」）的流行迷思，重返活化、玩深刻（「我手寫我悟」）之語文正軌；真正在寬廣肥沃的土壤中，蔚然欣然，茁壯成長。

基於以上認知，筆者近年聚焦於基本能力之「欣賞、表現與創新」，關注作文新題型「學力指標」第二階段（「寫作時能理解並模仿使用簡單的修辭技巧」、「能在寫作中發揮豐富的想像力」、「能欣賞自己的作品，並嘗試創作（如：童詩、童話等）」、「能應用改寫、續寫、擴寫、縮寫等」）。於是重新思索，挹芬攬翠，吐故納新。改弦更張之際，結合創作經驗，調整語文教學策略。其中，首重主題內涵（情、景、事、理）的統攝、運材，其次，引導青青子衿融會貫通，活用章法、修辭四大規律（秩序律、變化律、聯貫律、統一律）。盼能激發創造思考（敏覺力、流暢力、變通力、獨創力、精進力），去除慣性反應，召喚積極參預，充分發揮語文敘述與描寫的藝術特色；進而由衷希望莘莘學子以「帶得走的能力」，揮麗萬有，鎔成轉化，得以自占地步，以驚奇之眼、靈動之思，邁向創作天空。這樣的進徑，正是由限制而走向自由，由忍受（endure）而走向享受（enjoy），深諳語文藝境三昧，妙契創作精義，馳騁於形象思維的曼妙世界，翱翔於寬朗的人文視野。

大抵作文新題型（非傳統作文），以「文學性」、「實用性」為主，由感性出發，與知性接軌，與悟性撞擊，呈現繽紛變化新風貌（仇小屏歸納十四種：一、改正式。二、組合式。三、鎖定單項能力式。四、賞析式。五、改寫式。六、仿寫式。七、續寫式。八、擴寫式。九、縮寫式。十、讀後感式。十一、設定情境式。十二、引導式。十三、圖表式。十四、分體式。見其〈非傳統作文命題探析〉，《人文及社會學科教學通訊》第十二卷第四期）。似此作文題型（小作文），通常為六百字以內（以三、四百字為主，少則八十、一百字），與傳統作文（大作文），洋洋灑灑，動輒千字以上不同。大凡此等層出不窮的新題型，林林總總，隨變適會，講究全方位的語文能力。以棒球為喻，不再只是要求全壘打的「巨炮」；同時注重觸擊、一壘、二壘、三壘打的「機關槍打線」。畢竟一個球隊需要巨炮火力，更需要「機關槍打線」，形成綿綿不絕的進攻火力，鯨吞蠶食，無堅不摧。所以一名優秀的打擊手，不管面對投手投出任何球路（高壓直球、大弧度曲球、滑球、上飄球、下墜球），應能調整姿勢，掌握竅門，揮出有效安打。質實而言，此等短文寫作（如：喻寫、擴寫、縮寫、仿寫、續寫、改寫等）靈巧有餘，厚重不足；無法展現大格局的氣魄，有其局限；然浸淫其中，多方激盪，卻為日後文學創作的必經途徑。相信莘莘學子藉由各種不同技法的演練，藉由「有中生有」（非「無中生有」）再創性的想像，熟能生巧；最後將由技術性的局部掌握，臻及藝術性的全面創發，則為作文新題型設計的最高指標。

《作文新饗宴》一書，正記錄筆者一九九五年迄今教學（《作文教學研究》、《文學創作研究》、《文藝創作與鑑賞》）初步心得。第一輯「題型篇」，鎖定喻寫、擴寫、縮寫、仿寫、改寫、續寫，為全書重心所繫。每單元包括「理論爬梳」與「題型演練」兩大部份。前者考鏡源流，擬打破坊間作文「參考書」的刻板印象，拉近作文與創作的距離，擴大並提升作文教學的理論與實務。後者檢視驗證，依「題目」、「文例」、「簡析」次序，掌握演練要訣，並剖析其間評量差異。書中「文例」均由筆者先試作，隨後由年輕俊秀（研究生、進修部、大學部）共襄盛舉，競顯精采。而前後文例，兩相對照，相互評比，更證明韓愈〈師說〉中所云：「弟子不必不如師，師不必賢於弟子」，青藍冰水，各擅勝場。正所謂「聞道有先後，創意有專攻」，洵所言不虛。當然最理想的「文例」，絕非由筆者師徒示範，而是由高中生操刀試作；經由同級觀摩，無疑將更具「內模仿」（有為者亦若是）的積極意義。第二輯「基礎篇」，兼及鍛字鍊句（「字句修辭」）與謀篇布局（「篇章修辭」），講究文采變化之美與情志統一之妙。其中〈造句的藝術〉、〈情境設定〉為筆者合撰《階梯作文1》（一九九六，三民）舊作之修訂。

本書得以結集，首當感謝前賢拓植，碩彥著鞭，諸如：陸遂、朱寶元《初中作文指導》（一九九〇，少年兒童）、小白等《命題作文指導》（一九九二，少年兒童）、陳滿銘《作文教學指導》（一九九四，萬卷樓）、李懌《初中作文教與學》一九九五，北京師範大學）、江蘇省寫作學會《作文教學指要》（一九九五，南京師範大學）、賴慶雄、楊慧文《作文新題型》（一九九七，螢火蟲）、齊峰等《中國中學生材料指導大全》（一九九九，山西教育）、楊鴻銘《新作文法》（一九九九，建宏）、趙公正《高中作文思路》（二〇〇〇，建宏）、王昌煥《國文語文表達能力秘笈》（二〇〇一，翰林）、沈壽美等《高中國文語文表達能力訓練》（二〇〇一，翰林）、范曉雯等《新型作文瞭望台》（二〇〇一，萬卷樓）等，開拓作文新天地；其先導之功，啟迪之益，規模成型，值得珍視（詳細書目可另參林文寶《語文科教學參考資料彙編》，一九九八，東師實小。王志成《小學作文教學參考書目初稿》，一九九七，《國立編譯館通訊》第十卷第一期）。其次，撰稿期間《明道文藝》、《國文天地》、《幼獅文藝》、《台北師院語文集刊》各主編熱情邀約，讓筆者漸感人單意倦之際，得以持續耕耘；助緣之功，點滴在心。而筆者自首次講授《作文教學研究》（一九九五）以來，一路上國北師青青子衿善志繼聲，發揮直諒效益，得以教學相長，迄今感念。最後，撫今追昔，雲靄紛飛；漸識風塵之色，略知天地之心，萬卷樓圖書公司之慨予出版，特此一併致謝。

二〇〇二年八月　張春榮謹識於國北師語教系

輯　一

題型篇

喻寫

一、前言

「喻寫」是以比喻為主的短文寫作。似此題型，難易不一，頗能測試莘莘學子認知的變通力與精進力，足以考察其感性的想像空間及知性解析的縝密思考，檢視其「變化律」與「統一律」的綜合表達能力，極富挑戰性。

「喻寫」題型，往往與「仿寫」、「改寫」、「擴寫」相互跨越，形成交集。以九十學年度大考中心出現「改寫」題目為例：

例題

就寫作而言，比喻是一種重要的技巧。以下三則資料，是不同作家對「生命」

的不同比喻，他們除了採用「生命像（是）□□」的表達方式，並對這種比喻做了進一步的描寫。請以「朋友」為題，運用類似的比喻手法，寫一段文字，字數以八十字以上。

1.生命好比是一只箱子，這只箱子很小，裝不下太多東西。（王鼎鈞〈旅行箱〉）

2.生命像個鐘擺，不得不開始，不得不在死亡與疲倦之間擺動，然後不得不停止。（簡媜〈陽光不到的國度〉）

3.到如今我仍堅持：生命應該像鞭炮，劈哩叭啦一陣就完了，有聲勢、有繽紛、有壯烈、也有淒美。（張拓蕪〈老！吾老矣〉）

題型中所舉的例句，取材於筆者《一把文學的梯子》頁九七（一九九三，爾雅），測驗的重點有二：一、靈活運用喻體。二、深刻發揮相似聯想，引申說明兩種關係，剖述其中的因果變化，亦即善於「喻解」（此術語已在兩岸修辭界通行），妙於解析說理。

二、兩種解題的作法

面對此題型，「進一步描寫」的作法有二：一、迭用喻體，呈現連翩想像之美。展現創造思考中的「流暢力」（fluency）、「變通力」（flexibility）。二、發揮喻解，呈現詳細入理的剖析說明，特別展現創造思考中的「精進力」（elaboration）。

前者，以王昌煥老師所列參考答案（《明道文藝》三〇八期）為例：

(1)好朋友是水，用來泡茶，能助茶香；用來洗滌，可以清澈心靈；用來解渴，又有如荒漠中的甘泉，在最需要慰藉的時候，滋潤心田。

好朋友像黑夜裡的路燈，照映著回家的小路；像溫柔的軟語，在挫折困頓時撫慰心靈的傷口；像明亮的月光，鼓舞眾星，無懼烏雲的遮蔽。（李瑛）

(2)朋友，白天是電視，每天看著聽著令我喜怒哀樂的節目；晚上是音樂，拿著電話聊天時，隨著對方吐出的音符隨時變換心情的顏色。

朋友，起初是個影子，在左在右，不待呼喚而自動出現。後來是根枴杖，撐起我的痛苦；是根扁擔，擔起我的憂愁；是個垃圾桶，裝進我絮絮聒聒的嘮叨和有意識之後的無意識的抱怨。（秦冰）

兩篇均以多樣、豐饒聯想見長，並顯博喻釀采之華美，洵屬佳例。然細加比對，兩篇思維模式略有不同。李瑛之作，著眼於「益友」的取喻，強調好友「淨化」、「滋潤」、「引導」、「撫慰」、「鼓舞」的功能，全篇以排比形式鋪衍。秦冰之作，著眼於朋友「階段性」的不同功能。尤其從「影子」至「枴杖」再至「垃圾桶」的三次比喻，指出朋友由「分擔」至「分享」的不同情境，照見朋友「讓我歡喜讓我憂」的全貌；全篇以時間流程的變化，展開取喻述說，觀照更見周延。至於後者，如：

(1)朋友是一本本的書，封面有精裝，也有平裝，有華美炫麗的設計，也有質樸無華的表面；封面終究是封面，那只是表象，表象不是真實的內容，重視表象的封面的精美與否是膚淺的固執。最怕的是只看了封面，就決定了這本書的價值，而忽略了更重要的是要把這本書翻開來看，才知道它真正的內涵。（秦冰）

(2)朋友如一面鏡子，可以反映事實的真相，可以洞燭日常行為得失，可以照見內心的孤單寂寞。透過彼此交會時互放的光輝，肝膽相照，必能擴大視野，去除偏見；繼而改正過錯，砥礪向上；進而言笑晏晏，相互支援。如此一來，相信在人生的道路上，迎向任何挑戰，必能活出品味，活出精采。（筆者）

兩篇均自單一比喻上，詳加闡述剖析，發揮深層內蘊。秦冰之作，著眼於「朋友類型」各有不同：有金玉其外，敗絮其中者；有其貌不揚，卻懷瑾握瑜者。因此，要找到直諒多聞的益友，非長期觀察不為功；猶如要洞悉一本書的內在，一定要深入閱讀，才能一窺堂奧。而筆者試作，則著眼於「朋友功能」的三個向度。在理性認知、在德行修養、在情意訴求上，真正的朋友是他山之石，觀摩相善；彼此在心輝相映中，攜手前進，開創出「雙贏」佳績。

因此，解題時宜自「益友」（友直、友諒、友多聞）上立論，諸如：

⑴朋友——是完全了解你而仍然愛你的人。（哈伯德）

⑵鄭愁予的詩裡說：「是誰傳下這詩人的行業，黃昏裡掛起一盞燈。」在黃昏裡掛燈的，又豈止是詩人呢？

朋友、夫妻、父母、子女，甚至兄弟姐妹、親戚同事，還有一些善心的陌生人，都可能為我們在黃昏裡掛起一盞燈。（黃明堅《新遊牧族．朋友在黃昏裡為你掛燈》）

這樣的朋友，是人性的光輝，靈魂的知己，生命中的貴人。反觀有些朋友，則為生命中的「賤人」，口蜜腹劍，有口無心，甚而心懷不軌，人面獸性，全然「成事不足，敗事有餘」的「損友」（友便辟、友善柔、友便佞）。當此之際，不免有所譏諷。諸如：

⑴大多數人都以他們最好的朋友的自卑感為樂。（徹斯特菲爾德）

⑵朋友如金錢，沒錯。不過，倒不如改為朋友如硬幣更貼切；你不用時滿口袋都是，一旦急著要打電話時，翻遍了口袋，卻一個也找不著。（李南衡〈十句話〉）

似此批判控訴，無不令人扼腕。然而面對此喻寫題型，筆走中路，不宜全自負面、變態上著眼，極盡嘲笑挖苦之能事，採取諷刺比喻。如：

⑴朋友是披著羊皮的狼，平日惺惺作態，到時把你咬得體無完膚；朋友是黃鼠狼給雞拜年，不懷好意，準備將對方啃得毛髮無存；朋友是大草原的禿鷹，等到你倒下來時，把你啄食得只剩下枯骨。（筆者）

⑵朋友是人肉販子，把你賣掉還要你替他數鈔票，朋友是落井下石的高手，當你掉落海裡，飄浮在水面等待救援時，他會再把你按入水中，讓你溺斃。朋友是最標準的小人，近之則不遜，遠之則怨，沒有利用價值時，翻臉不認，形同陌路。（筆者）

當然這樣的「朋友」，確是狐群狗黨，蛇虺魍魎，社會敗類；完全玷污朋友的美名，值得大加撻伐。唯凡此變格、特例，不適合用散文正面敘述，較適合用小說來刻劃呈現。蓋散文喻寫，仍以正格、常態為主。

三、題型的再思

比喻是天才的標幟，創意思維的試金石。面對此等比喻題型（改寫）時，建議莘莘學子鎖定焦點，看是放在「喻體」（依現今比喻要素：「本體＋喻詞＋喻體＋喻解」）的迭顯精采上，或是「喻解」的縝密深入上。如此，凝慮握翰，全力以赴，才能攻城掠地，較有斬獲。

以「朋友」的比喻為例，歷來即有：

(1)從人生中去掉友情，就如同從世界上去掉太陽。（古羅馬．西塞羅）
(2)朋友跟錢一樣，得到容易保存難。（英．巴特勒）
(3)朋友是你給你自己的禮物。（英．史蒂文遜）
(4)友情為人生之酒。（英．楊格）
(5)友誼之光像燐火，當四周漆黑之際，最為顯露。（英．克倫威爾）
(6)友誼好比肚子裡舒舒服服塞滿了烤牛肉，愛情則好比喝了香檳酒後的感覺。（英．約翰遜）

(7)凡是把自己不愉快的事告訴朋友，無不憂愁頓減。這的確是醫治心靈的手術，有如煉丹者的藥石。（英．培根）

(8)真摯的友誼猶如健康，不到失卻時，無法體會其珍貴。（英．培根）

(9)友誼是人生的調味品，也是人生的止痛藥。（美．愛默生）

(10)烈火見真金，患難見知己。（美．愛默生）

(11)友情像酒，新釀時生澀，隨著年代而醇熟之後，就真是老者恢復體力的興奮劑。（美．傑佛遜）

(12)朋友間之交際如栽培植物，不可不時常加水。（德國諺語）

(13)友情是瞬間開放的花朵，而時間是使之結果的果實。（德．柯傑夫）

(14)友誼是沙上的溝紋。（東加群島諺語）

透過以上不同「喻體」(「太陽」、「錢」、「禮物」、「酒」、「燐火」、「烤牛肉」、「藥石」、「健康」、「調味品」、「止痛藥」、「黃金」、「栽培植物」、「花朵」、「沙上溝紋」)的示範，可見「喻體」的聯想，連類無窮，揮麗萬有。莘莘學子馳騁想像，首當「大膽取喻」，力求「獨創性」；於「出乎意外」的組合、取譬之間，令人眼睛為之一亮，嘖嘖稱奇。

其次，在「喻體」的說明、引申、推衍上，務必「小心解析」，力求「共鳴性」；於「入乎意中」的普遍認同中，合乎邏輯，合乎情理（筆者《修辭新思維》，頁一七三～一七六），展現細密深入的詮釋本事。今以「酒」的喻解為例，透過王昌煥老師所列參考答案，相互評比：

(1)朋友如同酒般，愈陳愈香，隨著時間的推移釀出獨特的風味。

(2)朋友就像一罈陳年老酒，越陳越香，失意的時候啜飲一口它的芬芳，微醺的感覺會讓你的心情頓時放鬆，有了一股依靠和信心。（謝侑霖，A-）

(3)朋友是酒，入口時嗆辣，難過的涕淚齊流；沉澱之後，甜香餘韻纏繞；最後一股狂熱侵襲四肢，身體暖和起來。是啊！沒錯！朋友就像酒，愈陳，愈香。（許綾紜，A）

明顯可以看出第一例太簡略。第二例稍佳，闡述朋友「分擔」、「解憂」的功能，發揮兩者「相似」特質，衍申出「失意的時候啜飲一口它的芬芳，微醺的感覺會讓你的心情頓時放鬆，有了一股依靠和信心」較細密的描述。及至第三例，特別自與好友交往「過程」上，剖析其間變化：「入口時嗆辣，難過的涕淚齊流」、「沉澱之後，甜香餘韻纏繞」、「最後一股狂熱侵襲四肢」。始由「衝突」、「誤解」，至「相識」、「和諧」，再至「交融」、「溫暖」；正寫出朋友交往的三部曲，當然較第二例更勝一籌。

至於歷來論「朋友」、「友誼」的散文佳篇，大抵有：

(1)桑塔耶納〈論友誼〉(《英語文粹》，侯健譯，一九六九，學生英語文摘社)
(2)余光中〈朋友四型〉(《聽聽那冷雨》，一九七四，純文學)
(3)林語堂〈茶和交友〉(《生活的藝術》，一九七六，遠景)
(4)斯邁爾斯〈交友〉(《勵志文粹》，宋瑞譯，一九七六，中央)
(5)顏元叔〈交朋友〉、〈朋友之義〉(《笑與嘯》，一九七七，皇冠)
(6)言曦〈友〉(《世緣瑣記》，一九七七，爾雅)
(7)亮軒〈說朋友〉(《假如人生像火車，我愛人生》，一九七九，爾雅)
(8)思果〈朋友〉(《私念》，一九八二，洪範)
(9)培根〈談友情〉(《培根論文集》，楊耐冬譯，一九八三，志文)
(10)夏菁〈山與友情〉(《悠悠藍山》，一九八五，洪範)
(11)子敏〈朋友〉(《豐富人生》，一九八六，好書)
(12)杏林子〈知友〉(《行到水窮處》，一九八六，九歌)
(13)朱炎〈年輕人與友情〉(《我和你在一起》，一九八九，九歌)
(14)傅佩榮〈「訂做一個他」——談交友之道〉(《開拓心靈的世界》，一九九〇，業強)
(15)尼古爾斯〈交友之道〉(《成功者的座右銘》，周增祥譯述，一九九一，方智》)
(16)黃永武〈友誼〉(《愛廬小品．生活》，一九九二，洪範)

(17)傅佩榮〈誰是好朋友〉(《寫給年輕朋友》，一九九三，皇冠)
(18)蒙田〈論友誼〉(《蒙田隨筆全集》，一九九七，台灣商務)
(19)何懷碩〈說知音〉(《孤獨的滋味》，一九九八，立緒)
(20)余秋雨〈關於友情〉(《霜冷長河》，一九九九，時報)

至於以詩吟詠者，計有王寶蓮〈朋友〉(林煥彰編《兒童詩選讀》，一九八一，爾雅)、余光中〈友情傘〉(《紫荊賦》，一九八六，洪範)、羅青〈朋友〉(《一本火柴盒》，一九九九，民生報)。以短篇小說寓意者，計有東年〈我們永遠的朋友〉(《去年冬天》，一九八三，聯經)、歐．亨利〈二十年以後〉(《歐亨利短篇傑作選》，鍾玉澄譯，一九九〇，志文)。而選本之作，則有王壽來《友誼之舟》(一九七七，爾雅)、陳銘磻《文學裡的友情》(一九八一，爾雅)。

四、結語

最後，在「喻解」上，筆者以為比喻高手，可以自不同角度加以檢視，深層思索辨正，形成更周延的觀照。如：

(1)政府官員應該像屋頂，無時無刻為百姓遮烈陽遮風雨，然而，有些官員像屋頂，卻要百姓在其屋簷下低頭。（渡也〈棄之可惜集〉）

(2)常以為人是一個容器，盛著快樂，盛著悲哀。但人不是容器，人是導管，快樂流過，悲哀流過，導管只是導管。各種快樂悲哀流過流過，一直到死，導管才空了。（木心〈同車人的啜泣〉）

(3)Fame is a bee.
It has a song——
It has a sting——
Ah, too, it has a wing.
（Emily Dickinson *Fame Is a Bee*）

第一例中，渡也自「屋頂」相同喻體上，見出政府官員的兩種類型：一為深恤民生疾苦，人民的小事是政府的大事；一為頤指氣使，人民的大事是政府的小事。第二例中，木心自不同喻體上（「容器」、「導管」），剖析「心有所住」、「心無所住」的兩種修為。「住在快樂、悲哀裡」將變成「容器」，是一種情緒的我執。「不住在快樂、悲哀裡」則變成「導管」，是空性的無執；而唯有無執，才是放開，才是大自在。第三例，美國女詩人狄金孫自「蜜蜂」屬性的喻體上，再加分化衍申，剖析「名聲」的三個特質：一、甜美悅耳；一、尾針螫人；三、倏忽振翅消失。在在指出「名聲」能醉人心志，也能令人身敗名裂；似乎掌聲盈耳，轉眼卻又瞬間消逝無蹤。這樣的剖析，正洞悉「名聲」刀帶雙刃的「弔詭」及「虛妄」本質，語淺意深，發人深醒。由此觀之，比喻的進境，將不只是馳騁想像的感性「修辭」；而是藝進於道，一躍成為真知灼見的悟性洞澈，隱隱約約遙契生命中的「修行」。

題目一

根據以下比喻表現手法，請以「父母」、「子女」為題，寫一段短文，特別要引申說明兩個比喻間的關係、道理。字數五十字以上。含標點符號。

1. 上有好者，下必有甚焉者矣！君子之德，風也；小人之德，草也；草上之風，必偃。（《孟子．滕文公》）
2. 快樂是一抹微雲，痛苦是壓城的烏雲，這不同的雲彩，在你生命的天邊重疊著，在「夕陽無限好」的時候，就給你一個美麗的黃昏（冰心〈霞〉）
3. 希望是堅固的手杖，忍耐是旅衣。人，憑著這兩樣東西，走過現世和墳墓，邁向永恆。（羅高〈格言詩〉）

1.父母像一具弓，子女像箭。強壯的弓可以把箭射向更高更遠的地方，可是箭向前穿越時，常常忘了，長久下來，弓將逐漸的拉彎、扯鬆。（一至十二例為筆者）

2.父母像兩岸，子女像河流。河流終將告別兩岸，直奔大海。兩岸只能留在原地，由衷祝福，希望河流一切順利。

3.父母像針包，子女像針。針包老是被針刺來戳去，毫無怨言，尤其年輕子女狀況頻頻，每每將父母的心刺得隱隱作痛，淌出縷縷血絲。

4.父母像握在手中的線，子女像飛翔在空中的風箏；沒有線的一放一收，穩穩拉拔，風箏將無法迎風扶搖，越飛越高，直上青天。

5.父母是園丁，子女是花草。只有在園丁愛心、細心、耐心的照顧下，不斷澆水施肥；花草才能逐漸茁壯成長，衝霜冒寒，無懼風欺雨壓，勇敢迎接未來的挑戰。

6.父母是港灣，子女是漁船。漁船乘風破浪，追逐漁獲，志在天涯海角。只有遇上強烈颱風和海嘯，才會掉過頭來，重回港灣安全懷抱，感念港灣永遠的呵護。

7.父母是道路，子女是長跑選手。自鳴槍起跑開始，路就完全承載，緊緊相隨，默默接受踩在身上的步伐，毫無怨尤。只希望他們能跌倒了再爬起來，堅持到底，力爭上游，最後跑出傲人的成績。

8.父母像月亮，子女像花木。花木沐浴在銀色月光的柔輝中，徜徉在夢幻般的呵護裡，常常忘了月亮也有沮喪、陰暗的另一面，需要精神支持，也渴望一絲溫馨回饋。

9.父母是藝術家，子女是作品。所有的作品無非藝術家心靈的投射，夢想的顯影，缺憾的補償，錯誤的修正。也只有在嘔心瀝血，只有在經年累月全力投入下，才能創造出較滿意的佳作來。

10.父母像浮木，子女像在大海中載沈載浮。這時，浮木是茫茫大海中的最佳依靠。藉由浮木，才能橫渡海面，游向生命的彼岸。如果沒有浮木攀援，勢必在洶湧波濤間孤立無助，終至力氣放盡。

11.父母是鷹架，子女是建築。經由鷹架搭建、施工，可以打造出嶄新的摩天大樓，迎向湛藍晴空。只是當美侖美奐的建築完工時，鷹架將遭撤離拆除，告別這一段充滿歡笑與淚水的歲月。

12.父母像及時雨，子女像水庫。充沛的雨水讓水庫豐盈溢滿，不愁缺水之苦。而水庫卻往往嫌水太多。有朝一日父母不在，猶如長期不下雨，造成乾旱；水庫水位急速下降，露出龜裂乾涸的河床，仰望晴朗的天空，則又渴望親情的滋潤。（一至十二例為筆者）

13.父母是樑柱，子女是樓房，沒有樑柱的支撐，樓房無法搭建完成。只有在物質、精神雙

重堅固的組合下，樓房才能在一次又一次突如其來的地震中屹立不倒。（陳佳君）

14.父母像提款機，子女像提款卡；只要輕輕插入，並按下愛的密碼，即可快樂的消費；但是，若不掌握自己的消費額度，愛的存款終有告罄之時。（陳桂菊、鄭曼蝶）

15.父母像捕手，子女像投手。捕手可以接住投手的各種變化球，可是投手常不按牌理出牌，於是捕手偶有漏接情況發生。這時，投手每每在投手丘上氣得跳腳，捕手回以尷尬的苦笑。（林景隆）

16.父母像溜冰場，子女像溜冰鞋；溜冰場安安靜靜地任溜冰鞋在它身上翩翩起舞，儘管畫出了一道又一道的傷痕，溜冰場仍默默地支撐著，有一天當溜冰鞋畫出了一個大大的V型微笑時，溜冰場也才欣慰地笑開了。（何美緻）

17.父母像珊瑚，子女像小丑魚；在淺海裡，珊瑚隨波浪搖擺它那強壯的溫柔肩膀，一面承受著任何侵襲的危險，卻也一面輕撫著小丑魚光鮮的鱗衣，細心地為小丑魚建造一安全保壘。同時小丑魚也為珊瑚帶來生命的泉源與希望。（傅行健）

簡析

一、在解題上，引申說明的著眼點有三：

(一)自父母觀點，從生育、撫養、照顧的角度發揮，甚而不惜犧牲自己，成全子女。即泰戈爾《漂鳥集》中所謂：

> 樵夫的斧頭向樹求取　它的斧柄，
>
> 樹給了它。

完全展現愛的積極性格，進而彰顯「化作春泥更護花」的聖潔光環。其中粹然溫善，絕非資方和勞方的利害關係（鄧恩〈「資方仍拍拍勞方肩膀——用一把斧頭」〉）。

㈡自子女觀點，始於對「衣食父母」的依賴、供需，終至成長、脫離、茁壯，擁有自己天空，開創美好未來的脈絡上加以思索。文例第11.（鷹架、建築）、第14.（提款機、提款卡）、第16.（溜冰場、溜冰鞋），均自此視角上闡釋申述。

㈢以更寬更大的視野，統攝父母、子女的關係，客觀陳述其間相互隸屬而各自孤獨的事實。父母永遠只能陪子女一段，終究要放手。可參蕭曼〈她們之間〉（《傲慢與偏見》，一九九五，聯合文學）、王邦雄〈不累的愛〉（《緣與命》，一九八五，漢光）。

大凡，解題仍以正格、常態的關係為主，不宜自變格、偏鋒上著墨，如：

1.父母是刀俎，子女是魚肉，從小父母就處心積慮的照顧我們。

2.父母是推土機，子女是違章建築，只要父母經過，摧枯拉朽，立即夷為平地，無一倖免。

似此獨特、個案事件，較適合用小說來呈現。

二、試作文例中大抵可分兩類。第一是運用已有比喻，再加衍申。如第1.例（弓、箭）、第3.例（針包、針）、第5.例（月亮、花木）等。第二是比喻新穎，出奇制勝。如第12.例（及時雨、水庫）、第13.例（提款機、提款卡）、第20.例（捕手、投手）等。

至於現代作家論及此關係，生動比喻者：

1.一夫一妻不能成為家。沒有孩子的家，像是一株不結果實的樹，總缺點什麼，必定要等到小寶貝呱呱墜地，家庭的柱石才算放穩，男人開始做父親，女人開始做母親，大家才算找到各自的崗位。（梁實秋《雅舍小品．孩子》）

2.父母的愛是天生的，是自然的，如天降甘霖，霈然而莫之能禦。是無條件的施與而不望報。父母子女之間的這一筆帳是無從算起的。（梁實秋《雅舍散文二集．父母的愛》）

3.兒女就是父母的拓片。（亮軒《吻痕．拓片》）。

4.孩子是我們分支出去的流域，我們也要時時注意他流經的岸邊、水裡，會有什麼樣的岩

石銳而多稜，會有什麼樣不可知的蛟龍在他身側翻騰。（蕭蕭《與白雲同心‧自序》）

5. 在櫻櫻、琪琪小時候，我是她們的太陽。她們是我的小星星。我是這個太陽系的中心。那時候，我享受她們「豎著耳朵聽我說話」的樂趣。我的平凡的言語，在她們的耳朵裡「充滿了意義」。我的話像一把鑰匙，幫她們打開生命裡的知識的門，智慧的窗。我像那個穿花衫的魔笛手。她們走在我背後，聽著笛音跟著我團團轉。（子敏《小太陽‧聽》）

6. 我們小時候那個的年代父母子女關係是很奇怪的，一種距離感橫亙在我們之間，四個人好像四面牆，彼此並不相干，卻搭成一座房屋，讓我們在同一屋簷下進出。身體和身體從不靠攏，心和心怎麼連結在一起？（隱地《漲潮日‧傳說》）

7. 父母是子女成長生涯的「帶路者」，這引領重任，在人生大事排行榜上，其實亦可列最高優先！但由於自身的盲點、偏見與不成熟，我知道自己曾犯過一些錯誤，並且以後見之明來看，許多事若今日重新處理當比往昔有更高明作法。（陳幸蕙《愛自己的方法‧最好的磨刀石》）

8. 做父母的愛子女是天經地義的，只是，愛要能不累，累的話，愛就會變質了。愛之深，責之切，子女會反抗，父母也會逃離自己的本分。人間最親密的人，也可能是互相傷害最深的人，這才是人間最大的悲劇。父母與子女是天倫，根深而不可解，是解不開的連結，而「家」是人生的據點，是我們生命的歸屬之地，我們要以道德實踐去穩固對子女的「愛」，要以精神的涵養去化解愛子女拖帶出來的「累」，愛而不累，愛才能長久，子女才能長成，家也才能幸福。（王邦雄《緣與命．不盡的愛》）

其中王邦雄所述，立論更為深刻，直指父母與子女的隸屬困境（「解不開的連結」）。只有往「愛而不累」（家不能變成枷）的境界上提昇，才能化負擔成甜蜜，化牽絆成鬆綁，成就雙贏的大格局。另曾昭旭〈試論孝道的本源及其陷落〉（《道德與道德實踐》）可相互參證。

三、此喻寫題型，乍看之下，頗為棘手。依筆者試作經驗，寫第一、二例最不順，而後源泉滾滾，盈科後進。可見練習之必要。「熟能生巧」洵為漸入佳境的不二法門。似此相關聯想的訓練，另可參蕭蕭〈匯通〉（《現代詩遊戲》）、〈遨遊山林之間〉（《蕭蕭教你寫詩．為你解詩》）。

題目二

根據以下「幸福」的表現手法：在提出比喻後，進一步說明、描述，改以「成功」或「失敗」為題，寫一段短文（比喻可以單獨用，也可以連續用），字數八十字以上。含標點符號。

1.幸福猶如一塊未經解剖的璞玉，不受刀斧的鑿琢，決不會顯露它的光

芒。（斯邁爾斯）

2. 幸福易碎如玻璃，只能輕握不能擠壓。（德國諺語）

3. 幸福就像鳥的兩隻翅膀，很難把它綁住。（席勒）

試作

•成功

1. 成功不但是風雲際會，驚濤裂岸的壯麗場景；更是鐘鼓齊鳴，金聲玉振的完美演出。只有在天時、地利、人和的密切配合下，眾志成城，心手相連，才能共創歷史的新紀元，邁向成功的高峰。

2. 成功如夜空中綻放的煙火，瞬間光華燦爛，最後消失在黑沉沉天際，使人喟嘆。如滿眼嬌艷的玫瑰，使人眼花撩亂，忘記花瓣下尖銳的梗刺。又如高山上的煙嵐雲霧，使人飄飄欲仙，忘了一不小心，將跌落谷底。因此，面對洶湧而來的掌聲，宜謙沖自牧，不要讓成功變成日後的絆腳石。

3. 成功像芳醇濃酒，酒酣耳熱之際，往往使人多喝幾杯，醺醺然忘了不知身在何處；又像興奮劑，使人終日情緒高漲，手舞足蹈，漸漸忘了拿捏，露出最原始的面貌；尤其像強

酸一樣，終究腐蝕勤奮的美德，剛健的體魄，結果讓人從勝利的雲端跌落下來。（一至三例為筆者）

4.成功像一盆濃綠有型的植栽，它必須經過長期用心的澆水，施肥、除蟲、與修剪，才得以展現。但若不繼續善加經營，只知耽溺於其美好，而擁盆自重，那麼再賞心悅目的一抹綠，成為終成爛葉枯枝。（陳佳君）

5.成功如搖頭丸，吞下剎時漫步在雲端，飄飄何所似，最終換得酒醒後的茫然，腦筋一片空白；又如登上萬仞高峰，眼前的壯闊美景，盡收眼底；又如光彩奪目的七層寶塔，片片拆碎下來，不成片段。因此，面對紛至沓來的虛名，要發揮潛龍勿用的貞定，動心忍性，以待日後飛龍在天。（林景隆）

6.成功是霜降之後採收的農作蔬果，經過大自然洗禮，特別甜美鮮翠，成功是精疲力盡爬上峰頂所喝的第一道山泉，淪肌浹髓，涼及心扉，特別可口；成功正是含淚的微笑，辛苦後的代價，絕非唾手可得。（黃瑋琳）

7.成功就像雨後彩虹，遙遠地懸在天邊，稍縱即逝。這樣的遠景，讓人在雨中等待陽光，從風中找尋希望；得以忍受著永無休止的孤寂，面對大大小小挫折，依然兀自堅持挺立，懷抱耀眼光華。這樣的遠景，雖是短短一瞬，卻燦爛一生。也因短暫美麗，值得人們瘋狂追求。只不過，常常以為自己已經夠努力、夠接近了它，等伸出手，卻發覺不過

握住一把風。（胡媛雅）

8.成功是黃昏斜陽，晚霞滿天，當人們驚嘆之際，轉眼間跌入沉沉夜幕；成功是夜開曇花，風情萬種，當人們讚賞之餘，瞬間凋謝萎落。可見一個人要保持清醒，不要被眼前掌聲沖昏了頭，而忘了成功只是一時。人間一朝風月，終回歸萬古長空。（黃宏文）

●失敗

1.失敗是當眾被摑了一巴掌，眼冒金星，相當難堪；是路上行走，一閃神一腳踩空，扭了足踝，痛得眼淚直流；更是頭昏腦脹時，陡然冷水澆身，錯愕之際，整個人清醒過來。沒有失敗，就缺少痛定思痛的反思；沒有失敗，就缺少抗壓力的磨練，沒有失敗，勢必缺少讓生命走向更深刻的契機。

2.失敗如同果汁機，不是為了渣滓，而是為了榨出芳美的原汁；如同鐵砧，並非為了打擊，而是為了撞擊時潛能的火花；如同天邊烏雲，不是為了大雨滂沱，而是為了迎接雨後的彩虹；又如池塘污泥，並非為了沆瀣一氣，而是為能長出美麗的蓮花，目前的失敗正是為了日後的超越，絕對不可懷憂喪志，失去信心。

3.失敗像斷崖深谷，提醒一個人要好好思索如何突破困境。失敗像冷水冰塊陡然潑身，提醒不可以暴虎馮河，莽撞行事，宜詳加計畫，步步為營。失敗更是逆行菩薩，在在點醒忍辱精進的深諦。只有愈挫愈勇，百折不撓，才是真正勇者。（一至三例為筆者）

4.失敗，如黎明前的黑夜，陰森幽暗，但必有曙光重現、再見光明的一刻；也如初生的醜鴨，就算受盡嘲諷與藐視，終有羽翼飽滿、翱翔雲端的一天；又如登山，即使山路難行，天候不佳，滿身的疲憊，都將在攀上頂峰的剎那，化為烏有。所謂飄風不終朝，驟雨不終夕，總會有雲開天清的時候。朋友！當我們面對一時的挫折考驗，要有屢仆屢起的毅力，更要有無與倫比的勇氣，做一個堅強的鬥士，不要使失敗造成終身的遺憾。（劉能賢）

5.失敗如臥薪嘗膽，提醒自己牢記失去領土的教訓；失敗如沒了觀眾的藝人，只有不斷的揣摩演技，才有東山再起的一天；失敗又如初泡的茶葉，滿嘴苦澀，只有不停的沖泡，才能嚐出人生的甘味；失敗更如不斷沉潛的素還真，在新人輩出的風雲武林，與時進退，始終不露出最後的底牌，只為不斷超越自我極限，開創出嶄新格局。（林景隆）

6.失敗像一把利刃，揮向初入社會的年輕人。意志不堅的，往往被割得遍體鱗傷，疼痛難當；進而自暴自棄，喪失信心。而意志堅定的強者，則緊握著它，披荊斬棘，爬山涉水，不畏艱難，開闢出一條坦順大道。（黃瑋琳）

7.失敗就像一座倒塌的發電廠，讓整座城市掉入黑暗的深淵，失敗就像一頭受傷的猛獸，攻擊並非為了掠食，而是為了保護自己不再受到傷害；失敗像是斷了線的風箏，漫無目的地隨著氣流飄蕩在雲層裡；失敗像是打破了的玻璃，一塊塊分崩離析之後，掉落地面時又呈放射狀向四周碎裂飛散，失敗也像是死亡的軀殼，當舊殼蛻去，即是另一個生的開始。當你失敗的時候，就讓自己勇於承擔失敗的痛楚，勇於通往死的道路，道路的終點是重生。（涂文芳）

8.失敗如一顆明礬石，沉澱翻滾的思緒，重新評價追尋的過程；失敗好比一面鏡子，映出缺失與陷落，指引未來的方向；失敗是風中飄落的一片葉，因枯萎而凋零，卻在落土剎那，亦成養分，孕育樹木。從徬徨的驚慌失措，到反歸本心的思索；從喪失信心的質疑，到重新出發的堅毅；都是失敗給人的成長。（路婉林）

簡析

一、面對成功一詞，有幾個層面值得剖述。

第一、辨析「成功」、「成名」、「成就」、「成熟」、「成功感」間觀念的異同。「成功」、「成名」不等於「成就」，「成功」亦不表示自己已「成熟」，「成功」是外在客觀事實，「成功感」是內在自我實現的喜悅。釐清其間差異，方不致於落入成功的陷阱（尼采謂：

「成功總是個大騙子」）。此處可參王鼎鈞〈成功與成熟〉（《我們現代人》）、子敏〈「成功」的含義〉（《豐富人生》）、顏元叔〈成就與舒適〉（《中國時報．副刊》，一九八三、五、一）曾昭旭〈成功與成功感〉（《借問成功真何價》，二〇〇一，九歌）。

第二、洞悉成功的弔詭本質。成功沒有一定的公式，沒有一定的標準。成功不過是標幟目前成績的短暫驚嘆號，美麗小句點。質實而言，一旦拉長時間宏觀，它只不過是個逗點，甚至是個反諷的問號。可參子敏〈談「成功」〉（《和諧人生》）、張菊如〈閒談成功〉（《秋日散步》）、朱津寧（《新厚黑學》，頁一〇八）。

第三、成功觀念的鬆綁。拿第一固然成功，拿第二也可以是成功，拿第三未必不是成功，只要能盡力而為，但求無憾，獲得「充實之謂美」的自我肯定，條條道路通往不同方向的「成功」。切勿戴上「別人的成功就是我的失敗」的手鐐腳銬，讓自己一直踩在「永遠爭第二」（second to none）的燒燙石頭上。可參林貴真〈第二名的生活藝術〉（《第二名的生活藝術》）。

第四、擴大生命共同體的視野。無疑世俗眼中的成功，充滿太多變數。其中關係（必然與偶然）極不穩定，根本難以預期，凡事只能「成事在人，謀事在天」。因此，以平常心看待成功，可以化解患得患失的情意結；以分享心看待成功，可以臻及「成功不必在我」、「功成而不居」的寬朗（曾昭旭《提起與放下．你是否把成功放下》：「我們與功名、事業間的關係乃是參與而非運用更非獨佔。而我們參與的動機因此也必然只能是基於對大眾的愛與關懷，而不應該是出於成名的私心、宰制的虛妄。一切成功都是屬於所有參與其事的大眾的」）。如此一來，十字架開，直向整體全面觀照，正是「上弦下弦都是月，大浪小浪都是水」的朗暢境界，鳶飛魚躍，海闊天空。

二、有關「成功」的比喻，精采者如下：

(1)成功好比一張梯子，「機會」是梯子兩側的長柱，「能力」是插在兩個長柱之間的橫木。只有長柱沒有橫木，梯子沒有用處。（英．狄更斯）

(2)夫「天才」和「努力」，是成功的兩個翅膀，缺一個翅膀都不行；甚至兩翅膀不同分量，一個大一個小也不行。（柏楊《呑車集》）

(3)如果你希望成功：當以恆心為良友、以經驗為參謀、以當心為兄弟、以希望為哨兵。

(4)有人把成功比喻為善變的女神；當我們自以為獲得她時，其實正好失去了她。這種情形可以從兩方面來說明：一是安於小成，二是自欺欺人。（傅佩榮《成功人生．成功之幻象》）

(5)學校赫偉廳走廊上曾貼過一條格言說：「It takes both the sun and rain to make a rainbow.」成功的果實也需要多少的歡笑、淚水和深沉的體驗去擷取。展望前程，仍是一條艱辛漫長的道路。（趙寧《趙寧留美記．與誰同消萬古愁》）

(6)成功就如一棟房子，若想要安穩的住在裡頭，就得付出努力給上帝當租金；可是若你不

再付你的房租，就只得被掃地出門了。（北一女中．王怡人）

其中狄更斯名句，可以出擴寫題型，闡發其中旨趣。範例可參王鼎鈞〈才命〉（《開放的人生》，一九七五，自印）。猶如「生命是個橘子」、「愛情是一把尺」、「愛像一條河」等比喻，亦可出擴寫題型。範例可分見林貴真〈生命是個橘子〉（《生命是個橘子》，一九九九，爾雅）、黃永武〈愛情是一把尺〉（《生活美學．情趣》，一九九七，洪範）、林于弘〈如果愛像一條河〉（《文明併發症》，一九九七，文史哲）。同樣，以「讀書」、「生命」為喻體，亦可出喻寫題型，範例可參黃永武〈讀書像什麼〉、〈讀書像心痛〉（《愛廬小品．讀書》，一九九二，洪範）、張曉風〈不是愛酒〉（《給你》，一九八三，宇宙光》）。

簡析

一、面對失敗，思索的理路大抵有三：

㈠回歸基本面，客觀檢視。失敗只代表目前失誤、一時失手、暫時失意而已。坦然接受，正視癥結，一一改善，逐步修正，必能精益求精，交出亮麗的成績單。

㈡善用良機，發揮潛力。誠然失敗是一盞黃燈，一個警訊，一個危機，但更是危機中的轉機，人生佳餚的調味料，成功前的跳板。樂觀接受瑕疵事實，迎向美好未來。所有NG鏡頭，無非是為了最後一次完美演出。因此，身陷失敗洪爐，並非讓自己妄自菲薄，焚燒成灰；而是撞擊智慧火花，鍛鍊成鋼。畢竟當命運遞給我們一顆檸檬時，不單單只是長成一棵檸檬樹，更要能設法做出一杯檸檬汁。

㈢跳開「成功」、「失敗」二分枷鎖，擴大視野。就表面而言，凡事分出高下，有輸有贏。但換個角度來看，一場比賽下來，無所謂輸贏，亦可謂雙方都贏：一方贏球賽；一方雖輸了，但贏得風度，贏得友誼（沒有人輸，怎麼會有人贏）。同樣，生活上的輸家，也可變成藝術上的贏家（如梵谷）。可見失之東隅，亦可收之桑榆，不必只用一種眼光來看成敗，也不必用狹隘的（「別人的成功就是我的失敗」）、功利的（「功不成名誓不還」）來捆綁自己，而應活化思維，讓自己活得更寬闊，更自在。凡此論點，可參子敏〈談「失敗」〉（《和諧人生》）、亮軒〈輸家物語〉（《中國時報．副刊》，一九九〇、七、二）。

二、攸關「失敗」（包括「苦難」、「磨難」、「逆境」）相關論述有：

⑴失敗像一個陷阱，使人落入其中而毫不自覺；失敗又像一片流沙，使人涉足其中而無法自拔。失敗更像一個繭，用消極的情緒把人圈起來，層層圍住，越陷越深，終至暗無天日。這些消極情緒常常是自找的，而且一個接一個出現，最後可能扭曲了生命的面貌。

（傅佩榮《成功人生．失敗之繭》）

(2)至於公平競技，那對民主社會中「尊重成功」並「坦承失敗」的心態，是一套極好的融鑄過程。奧運會中那種「參加比得勝更重要」的精神，真可說是民主的真諦。每一次競賽中，無論選手與觀眾，在長期被這種精神濡染之下，都被訓練成一種「接受那些被選擇的」行為與心態。（張繼高《從精緻到完美．接受那被選擇的》）

(3)連全世界最有名的汽車大王，日本本田公司的創辦人本田宗一郎也說：「我的一生是不斷的失敗。」

我們這些凡夫俗子，又怎麼能夠因為一時的頓挫，而不再繼續嘗試呢？我認識的人當中，不乏遭遇嚴重挫折的例子。然而，有人具有轉進的觀念，能在頓挫之後，立刻鼓起生氣，朝新的方向勇往邁進。（黃明堅《為自己活．轉進新戰場》）

(4)當然，像他們這樣在失敗中求取成功的人，歷史上不可勝數，我們可以把這種失敗稱之為「打在牛頓頭上的蘋果」，因為他們被失敗的蘋果擊中，才碰擊出成功的火花。（林清玄《紫色菩提．失敗》）

(5)也許苦難真像一張濾網，濾去生命的雜質，保存其中最精髓的一部分，那就是對生命本身的敬虔莊重，對生活態度的真誠坦誠。我也相信，不論我們再遭遇多少波折磨難，甚至有一天失去性命，也不會放棄。

極喜歡拓蕪牆上的一幅字：

寶劍鋒由磨礪出，
梅花香自苦寒來。（杏林子《感謝玫瑰有刺．英雄有淚》）

(6)人事的艱難與琢磨，就是一種考驗。就像一支劍要有磨刀石來磨，劍才會利；一塊璞玉要有粗石來磨，才會發出耀眼的光芒。（高信疆《證嚴法師靜思語》，頁八三）

(7)苦難會磨礪你，痛苦煎熬過的人會更認清方向。上蒼如果給你什麼困厄、苦痛，要知道感謝！因為那包容多少造物主沉默的賜福。總有一天，那些痛苦將會是生命一次大火燄裡燃燒的材（蕭麗紅《冷金箋》）

(8)人生的磨難有兩種形態：一是狂風暴雨，時遭顛沛；一是風平浪靜，凡事順遂。後者可能才是真正的不幸。（黃克全《一天清醒的心．海頓》）

(9)心如鐵砧，逆境如鐵錘，於是有火花四迸，其器乃成。（余光中《日不落家》，頁一八二）

(10)朋友回香港，辭行時，我祝他一路順風，他笑了起來，打趣我：「妳錯了，應該是一路逆風。」見我一臉愕然，他解釋著：「從前古人坐船旅行，自然是順風而行；如今人乘飛機，飛機需要御風而進，才能飛得又平又穩呢！」哦？原來如此，可憐我這個小學程度的腦袋一向就搞不懂科學知識。（杏林子《生之歌．一路逆風》）

至於剖析兩者關係，醒人心目者，特別能自「成固欣然，敗亦可喜」、「成功的負面效應，失敗的正面效應」上立論，洞悉其間相反相成的弔詭內蘊者，則有：

(1)成功像是我的戀人，失敗卻像是我的老師，儘管他手持戒尺，望之儼然，我對他的敬愛卻與日俱增。我一直到今年三十四歲才懂得《聖經．約伯記》裡的奧義：失敗實非懲罰，而係教育，它像成功一樣都是天賜的禮物，人應該以同樣的歡喜感激之情去接受它、並且感恩，這一念之誠將使人寬廣。成功與失敗彷彿生命的日和夜。在白天固然陽光普照，萬象昭蘇，但在黑夜，萬千星球，森然羅列，豈不更彰顯出宇宙的莊嚴與奧妙？人在黑夜裡能反省，才能在白日裡成功，因此成功常屬於那些善處失敗的人，「失敗為成功之母」，這句話乃是為這一種人而講的。不能善處失敗的人又豈能善處成功呢？（高大鵬《追尋．超越障礙的麻袋》）

(2)只有不把成功放在心上的人，才會真正的成功。只有不怕失敗的人，才不會被失敗打倒，只有輸得起的人，才可能會贏。（曾昭旭《提起與放下．你是否能把成功放下？》）

(3)近代高僧弘一大師在〈南閩十年之夢影〉中說：

「我的性情是很特別的，我只希望我的事情失敗，因為事情失敗，不完滿，這才使我發大慚愧，能夠曉得自己的德行欠缺，自己的修善不足，那我才可努力用功，努力改過遷善！」

「不論什麼事，總希望他失敗，失敗才會發大慚愧，倘若因成功而得意，那就不得了啦！」

這才算是真正說出了失敗的好處，失敗既與成功一樣有許多好處，那麼我們遇到成功時又有何喜？逢到失敗時又有何憂？不以得喜，不以失憂，才能無求，因為無求，才能平等、才能無為、才能無染、才能不雜，也才能同時從成功與失敗中找到智慧的花果。

（林清玄《紫色菩提．求敗的心情》）

(4)老生常談說：失敗是成功之母。累積失敗的經驗，改正前番的缺點，開拓出成功的道路，這話是教人失敗時不要氣餒。但是人生的盈虛消長，乃是剝復循環的，極盛難繼，成功後能持盈保泰，一直維持成功的果實於不墜，也不容易，許多人邁上成功的巔峰就隕跌，成功常成為失敗的陷阱，所以牢記：成功是失敗之母，這話是教人成功後不要驕縱。（黃永武《山居功課．成功是失敗之母》）

(5)成功不是唯一的真理，成功背面的失敗也是真理。（奚淞〈十句話〉）

(6)任何成功不能彌補家庭的失敗。（陳幸蕙《愛自己的方法．門外的天使》）

(7)沒有失敗的成功者，只有成功的失敗者；沒有失敗，只有失敗者。（西方諺語，劉墉《超越自己．現在成功》所引）

(8)成功是大眾事件，失敗是私人葬禮。（美．羅素）

(9)對演員而言，成功只是失敗的延緩。（英．葛林）

前三例，周延深入，相當精采，值得細加玩味。

三、攸關「成功」「失敗」雙軌文題者，計有：洪于婷〈失敗與成功〉（宋裕《高中國文語文表達能力增強手冊一〇〇回》，頁一九三）、王亭云〈成敗的相對論〉（賴慶雄《新型作文贏家》，頁一五七）、周郁芳〈成功或失敗〉（賴慶雄《新型作文贏家》，頁一七九）。而與成功、失敗題目相近者為「順境與逆境」，則有汪滿妹、陳正家佳作（黃肇基《作文方向燈》，頁二六五、二六六）、姚一葦〈說境遇〉（《說人生》，一九八九，聯經）、劉墉〈順風與逆風〉（《點一盞心燈》，一九九二，水雲齋），可一併參考。

題目三

根據以下「生命」的表現手法，在提出比喻後，進一步說明、闡釋，改以「青春」或「愛情」為題，寫一段短文（只限用一個比喻），字數一百字以上。含標點符號。

1.生命是一個漂亮的小梨子，你剛品嘗出一點味道，便已經吃到又酸又澀

的心子了。（張曉風《第五牆》）

2. 生命像月亮，從古代照到現代，從中國照到外國，從時間的這一端照到那一端，從地球的這一點照到那一點，從宇宙的這一端照到那一端……平板而規律的轉著。（林佩芬〈洞仙歌〉）

3. 如果，生命是一冊事先裝幀、編好頁碼的空白書，過往情事對人的打擾，好比撰寫某頁時筆力太重，墨痕滲透到後幾頁，無法磨滅了（簡媜〈眼中人〉）

試作

・青春

1. 青春是手拿望遠鏡。望向遠處蔚藍的海岸時，覺得生命是無限的寬廣；望向天邊的彩霞時，覺得人生充滿美好；望向理想的彼端時，覺得人生有夢，築夢踏實。青春的心靈是立足現代，胸懷天下，放眼未來，彷彿絢麗觸手可及，沒有什麼是不可能。

2. 青春是高舉熊熊火把，積極進取，追求卓越。揮向前方，揮去陰影，揮出光明的前程。沿途堅持理念，燒去雜草枯葉，燒去徬徨疑慮，燒出旺盛的鬥志。以勇銳之姿，照向瑰

麗的願景，照出飛揚的抱負，告別畏怯，退縮的消極心態。

3.青春是孔武有力的火車，釋放最大能量，轟轟隆隆，一路向前直衝。越過高山，越過溪谷；無懼路途遙遠，無懼重重險阻；衝破藩籬，衝向明天，衝向理想；絕不停止，絕不後退，直向美好的未來。沒有遲疑，沒有膽怯，元氣淋漓，迎接任何挑戰。（一至三例為筆者）

4.青春是一本書。熱血方剛的少年把它當作無趣的教科書，隨便翻翻就把它丟到一旁。頭髮斑白的老婦人把它當做回憶錄，邊看邊惋惜。懵懂無知的小孩把它當作冒險記，準備好好的去闖蕩一番。而我把它當作一本無字天書，從來讀不懂，但仍是用心去感受。（陳皇君）

5.青春是一朵花的種子，有心人陪著它一同盛開，直至凋謝，然而他卻不會惋惜，因為他早將花的每一種面貌都收在心底好好保存；無心的人將它棄之在一旁，直到有一天，發現那一朵屬於他的花的種子，不知何時，已經長大，如今卻只剩枯萎的花瓣散落在一地，原來啊！那是一朵玫瑰花！（陳映珊）

6.青春是時間呼出來一陣暖風。當它拂在小嬰兒的臉上，母親就漸展笑顏；當它拂在小嬰兒的臉上，母親就漸展笑顏；當它拂在戀人的臉上，心中就會哼起一首快樂的歌。只是這陣風來得匆匆，當人間還沉浸在鳥語花香的歡樂中，時間悄悄吹過，徒留人們一陣錯

愕。（陳姿君）

7. 青春是初次離弓的箭。憑著剛獲自由的喜悅、不懂世事的銳氣、無人可擋的氣宇瀟灑，咻的一聲，翱翔在匿名的世界。尖銳，是它無可避免的保護色，在緊急時，是其最有力的反擊。雖說刺傷無辜，卻也豐盈了人生經歷，畫出人生的拋物線！（傅行健）

8. 青春是快門，卡擦一聲，瞬間就消逝了，在那千分之一秒裡，留下的，是他的靦腆笑顏和妳藏在驕傲下的溫柔，那樣神采飛揚的顏色，經過歲月輕踏，空間流轉，依舊鮮明動人，在黃昏落日的書案上熠熠生光。（何美緻）

9. 青春是一根巧克力棒。吃在嘴裡，那香甜可口的滋味令人難以忘懷，全身頓時精力充沛，活力無窮。但是如果不小心黏了牙，那種尷尬難受的滋味卻又巴不得趕快擺脫。只可惜這巧克力棒太短，一下子就吃完了，雖然會有些捨不得，不過這齒頰留香的感覺是一輩子也忘不掉的！（王伯軒）

10. 青春就像是一串點燃的爆竹。當爆竹一被點著，閃爍的火花和巨大的聲響震撼住了每一個人的心。有的人捂住耳朵、有的人開心叫好，也有的人四處躲避，害怕被飛散的爆竹碎屑炸到。但不論如何，都是既熱鬧又讓人興奮。只是當引線燃燒完，剩下的殘骸散落一地，一切又歸於寂靜。（陳淑敏）

11. 青春是拂曉前攀附於新綠上的夜露。純淨剔透，穿過那小小的晶圓，整個世界幻化作一個個璀璨的夢境。飲下那露水吧!讓它在隨著旭日消散前滋潤你的心靈，妝點你的記憶。當你年長，回看那些仍然青澀的孩子，感慨他們的生活一如露水般脆弱，別忘了作夢正是他們的權利。(鄭喬云)

12.青春是老天爺分配的超強力電池，一生只能裝備一次。精力充沛的少年裝上它，在大太陽下，拍著籃球揮汗如雨;嬌媚動人的少女裝上它，倚著欄杆，絮語紛紛，巧笑倩兮;身體練得比年輕人還壯的爺爺裝上它，成天嚷著:「我還年輕」，跟孫子搶搖控器。別怕青春的電力耗盡，只怕你不懂得如何充電。(林育滋)

13.青春是一位釀造師，它製造一片爛漫花海，滿足了一群嘴饞的小蜜蜂;它也釀造一處綠意盎然，吸引了一家賞景的大乳牛。我問青春，怎麼樣釀出好心情?它笑笑說:投入愛的花種，加入心的靈藥，丟入善的神符，慢慢攪拌，輕輕搖勻，再晒晒陽光，吹吹清風，讓快樂在當中漸漸發酵、漸漸發酵……。再來句咒語——巴拉烏依碰，哇!瞧，我變年輕了!(楊曉娟)

簡析

一、「青春」與「單純」、「天真」、「可愛」比鄰而居。可闡述的重點大抵有三:第一、青春最大的資產是熱情洋溢，擁有未來，可塑性極高，充滿無限的可能，永遠望向遠方，滿懷美麗憧憬，畢竟「翅膀的命運是迎風」（《人間四月天》片頭曲歌詞），青春的標幟是活力與希望。第二、青春的特色是敏感、率直，不做絲毫遮掩。以感性為主，以揮發為樂，高談闊論，縱聲歡笑，此即龔自珍所謂：「少年哀樂過於人，歌泣無端字字真」（《己亥雜詩》一七〇），完全訴諸真性情，噴薄而出。「青春不要留白」一語風行至今，正因道盡年輕學子的心聲。第三、珍惜青春（《青春舞曲》：「我的青春小鳥一樣不回來」），善用優勢，逐夢踏夢，切莫讓青春變調（「青春」不必留黑），堅持理想，永保赤子之心。

二、現代文學中，以「青春」為題的散文有：葉蟬貞〈青春〉（《青春》，一九七六，東大）、朱炎〈青春〉（《苦澀的成長》，一九七八，爾雅）、梁遇春〈第二度的青春〉（《梁遇春散文集》，一九七九，洪範）、陳火泉〈青春之泉〉（《青春之泉》，一九八一，九歌）、管管〈青春這把刀子〉（隱地編《又怨芭蕉》，一九八二，爾雅）、陳黎〈青春〉（《人間戀歌》，一九八九，圓神）、林貴真〈青春〉（《偶然投影在你的波心》，一九九〇，爾雅）、黑野〈青春〉（《靜思手札》，一九九二，東大）、余秋雨〈青年：歌頌的陷阱〉（《霜冷長河》，一九九九，時報）、張曼娟〈青春並不消逝，只是遷徙〉（《青春》，二〇〇一，皇冠）。

新詩有：席慕蓉〈青春之一〉、〈青春之二〉（《七里香》）、蓉子〈青春〉（《青鳥集，一九八二，爾雅）、向明〈青春的臉〉（《青春的臉》，一九八二，九歌）、席慕蓉〈青春之三〉（《無怨的青春》，一九八三，九歌）、孫維民〈城市3：青春〉（《拜波之塔》，一九九一，現代詩季刊社）、林琬瑜〈青春〉（《索愛練習》，二〇〇一，爾雅）。

極短篇有：雷驤〈青春〉（《青春》，一九八五，圓神。《黑暗中的風景》，一九九六，爾雅）、愛亞〈青春〉（《愛亞極短篇》，一九八七，爾雅）、喻麗清〈粉紅豆腐〉（《喻麗清極短篇》，一九八八，爾雅）、平路〈青春〉（《紅塵五注》，一九八九，聯合）、陳幸蕙〈青春豈是容易！〉（《陳幸蕙極短篇》，一九九〇，爾雅）。

短篇小說有：白先勇〈青春〉（《寂寞的十七歲》，一九七六，遠景）、楊青矗〈昭玉的青春〉（季季編《六十五年短篇小說選》，爾雅）、張系國〈青春泉〉（《星雲組曲》，一九八〇，洪範）、陳幸蕙〈青果〉（《昨夜星辰》，一九八一，爾雅）、袁瓊瓊〈青春〉（《兩個人的故事》，一九八三，洪範）、鄭寶娟〈彩衣青春〉（《短命桃花》，一九八七，希代）、周東野〈少年〉（《日昇之城》，一九八七，圓神）等。

長篇小說有：吳淡如《青春飛行》（一九九〇，遠流）。另有關「青春」的議論文，可參黃肇基《作文方向燈》頁二五、二六。

試作

‧愛情

1. 真正的愛情像蒸汽火車，起動較慢，但一旦發動，目標確定，則持續加溫，後勁十足。

無視長路漫漫，無視窮山惡水，執堅披銳，向前奔馳。這樣的愛情，沒有輕盈，毫無花巧，以全幅生命投入，專注持久，絕不出軌，充分展現任重道遠的積極性格。

2.愛情如逆水行舟，不進則退。只有勤加操槳，保持必勝的意志，才能累積實力，發揮魅力，從強敵環伺的競爭中脫穎而出。只有時時小心，處處用心，保持高度警覺，才能通過層層測驗，展現最大的誠意，真正贏得對方青睞。畢竟愛情不只是一門技術，更是一門藝術。

3.愛情是一幕喜劇，當相遇時，電光石火，笑視莫逆，綻放出迷人的光輝；當思念時，心寬念柔，充滿美感，浮升溫柔的細膩與敦厚的關懷；當攜手合作時，兩人同心，其利斷金，發揮最大的效益，贏得甜美果實。（一至三例為筆者）

4.愛情是麵包的配料，有時像果醬般甜美，有時則像蒜泥醬一樣，混雜著特殊的嗆味。當熱呼呼的白麵包在妳手中逐漸加溫，令人眼花撩亂的配料，更是挑逗著妳的味蕾；不過，當妳大快朵頤之際，是否想過為何人們吃著各種不同的麵包，卻還要求愛情專一呢？我想，這就是所謂的弔詭吧！（王慈愛）

5.愛情是剛上桌的麻婆豆腐，不僅顏色好看，香味更是誘人。嚐了一口，原先半醒的舌頭立即提了神，緊接的是一層又一層麻與辣兩種極端味覺所交織而成的綿密火網，牢牢把舌頭扣住。再嚐一口，全身好像炙熱的火爐般發燙，眼淚、鼻水、汗水像關不住的水龍

頭直流，令人不禁大呼過癮！（王伯軒）

6. 如果人生是一幅錦繡山水，愛情便是神奇繡花針，繡出了露竹清響，繡出潺潺靈泉，繡出熠熠光輝，愛情山水隨著時序遞嬗展現不同的綽約手姿。甜蜜美麗的針法，在心頭烙下一個個刻骨銘心的畫面，但任蕙質蘭心，憑針法華美萬千，卻絲毫減緩不了針扎的痛楚，心頭仍舊滲出痛徹心扉的血絲。（陳宥妤）

7. 愛情之於人們，就像糖之於咖啡。不加糖的咖啡，苦澀不堪，難以入喉；加了太多糖的咖啡，則甜膩噁心，使味覺麻木；唯有適當的糖，咖啡才能香醇可口，耐人尋味。（徐婉寧）

8. 愛情是一顆甜蜜的糖果。當你一眼瞥見它，就會不禁被包裹於糖果外的彩色外衣所吸引。就像禁不住誘惑的潘朵拉，慢慢剝開糖果炫麗外衣。當你將它一口塞進嘴巴，會開始沉醉在它甜蜜的滋味。這樣的甜蜜滋味開始營養了你身體的每一個細胞，讓每一個細胞都釋放出巨大的能量。這強大的能量讓你能直飛天際，遨遊於雲端；也能遁入地心，一探原始的奧秘。（高翠蓮）

9. 愛情是世界上最厲害的魔術師，他可以將一個再平凡不過的人，變成一個個有自信、神采飛揚的美女、帥哥；也可以讓上一刻心情掉（DOWN）到谷底的人，下一刻卻心情飛（HIGH）上天，魔術師的表演精彩的讓人趨之若鶩，因此來看魔術師表演的人，沒有人

願意讓他結束表演，因為表演結束的那一刻，他們要面對的可能是無止盡蝕人心骨的寂寞。（陳映珊）

10. 愛情是藥。在熱戀中的男女眼裡，它是隱形的春藥，讓你在纏綿中激情不已。在失戀的男女眼中，它是替人療傷的良藥，縱使苦口但對心傷卻非常有效。在想談戀愛的男女眼裡，它是禁藥，需要非常的手段才能得到。在花心的人眼中，它是感冒藥，往往吃了一包就丟掉。（陳皇君）

11. 愛情是一種混合 1/5 氧及 4/5 氮的複雜物質，無色無味，如影隨形。多變的它，有時化身在紫色薰衣草香的溫暖裡，有時隱身在醉人的醇酒甜蜜中，有時更大膽地指使著風，放肆地呼喚人們眼角的雨；更多的時候，它只是單純地親吻戀人的呼吸，進行最高段的慢性中毒。（方瑜君）

12. 愛情是一台洗衣機。上衣與褲子在洗衣槽裡相遇，水流輕瀉，彼此若即若離、輕輕碰觸。馬達加速轉動，驚濤駭浪讓彼此糾結得難分難捨難分難！正以為會一直轉動下去，「咯！」，瞬間停止運轉，彼此默默無語。想迎接下一場的熱情，誰知一陣激烈的旋轉撞擊，離心力使得他們失去了水分，皺巴巴的鹹菜般，在曬衣架上分道揚鑣。（鄭雅薰）

13. 愛情是秘密花園。也許你會發現玫瑰招手，婀娜多姿的身影，隨微風，跳著華爾滋，你忍不住，上前一擁，傷痕累累。也許你會遇見低頭吟唱的百合，溫柔多情的噪音與模

樣，你怦然心動，一伸手即便永恆。也許你需要一株幸運草……但沒有人知道，你將遇見什麼。（張惠如）

14.愛情就像是縫衣針與皮膚的接觸，當縫衣針輕輕巧巧地在皮膚上游移滑動，搔癢、不安的情緒，立即在心底盪漾開來，急於抓住這捉弄人的小傢伙。然而，當調皮的縫衣針失控，重重扎下去時，疼痛與憤怒讓人急急將這可惱的壞東西狠狠拔除，拋去；而那紅腫的傷口卻緊留在皮膚上，好久好久才能夠癒合。（黎輔寧）

簡析

一、愛情要義，筆者以為有三：

第一、「愛情」是人內心最美好的部分（凡帶「青」偏旁，多有美好之義）。對待愛情的最精當態度是「疼惜」（台語中每每用「疼惜」來代表「愛」）。

第二、天下沒有白得的愛情，猶如天下沒有白吃的午餐。愛的全付滋味，是建立在「分擔」（共苦）後的「分享」（同甜），只有風風雨雨，攜手走來，才能在韌性（非「任性」）中展現愛的積極性格。

第三、愛情是始於「真」，萌於「美」，終於「善」。極欣賞許地山〈話別〉中所謂：「人要懂得怎樣愛女人，才能懂得怎樣愛智慧。」（《許地山散文選》），這樣的愛情，不玩弄光景，而是實心實意，走上地毯的那一端（「君子之道，造端乎夫婦」），走向平權、和諧的境域（「相愛容易相處難」）。由相知、相悅，至人格的成長，其實正是人世的修行。

二、歷來攸關愛情的論述，計有：葉慶炳主編《中國古典小說中的愛情》（一九七六，時報）、佛洛姆《愛的藝術》（孟祥森譯，一九七八，志文）、張老師月刊編輯部《中國人的愛情觀》（一九八七，張老師）、瓦西列夫《愛情論》、《愛情續論》（趙永穆、陳行慧譯，一九八八，聯合文學）、羅蘭·巴特《戀人絮語》（汪耀進、武佩榮譯，一九九四，桂冠）等。

中西愛情詩編選、賞析，則有：王牌編《當代詩人情詩選》（一九七六，濂美）、黃永武《抒情詩葉》（一九八五，九歌）、錢仲聯、范伯群主編《古代愛情詩鑑賞集》、《現代愛情詩鑑賞集》、《西方愛情詩鑑賞集》（一九九〇，萬卷樓）。扶桑《愛情詩篇》（一九九五，爾雅）、莫瑟憲《英文情書．情詩．情人卡》（一九九六，書林）、沙靈娜譯注《歷代情詩三百首》（一九九七，金安）、陳黎、張芬齡譯《世界情詩名作一〇〇首》（二〇〇〇，九歌）、李瑞騰《相思千里——中國古典情詩》（二〇〇〇，九歌）等。而歷來短篇小說，更是不計其數。選本有：蕭颯等《十一個女人》（一九八〇，爾雅）、蘇偉貞編《愛情人生》（一九八三，前衛）、李昂編《愛與性》（一九八四，前衛）、康韻等《我們的小說》（一九八六，我們的）、劉大任等《愛情的顏色》（一九八九，當代）。其他如王鼎鈞《意識流》（一九八五，自印）、林彧《戀愛遊戲規則》（一九八八，皇冠）、朱德庸漫畫《澀女郎》（一九九四，時報）等，不乏會心之語。

擴寫

一、前言

擴寫是給材料作文的非傳統題型之一，依據提供的材料（句、段、篇），擴而充之，詳盡描寫。

擴寫一向以「思贍」、「善敷」（劉勰《文心雕龍・鎔裁》）為主，藉由深刻思維「意之善敷」）、順勢鋪陳（「事之善敷」）、充分描寫（「詞之善敷」）三種不同方式，呈現情理幽微細緻之美，行文富麗妍媚之姿。

這樣的訓練，以「統一律」、「次序律」、「聯貫律」、「變化律」為基礎，旨在激發莘莘學子的「敏覺力」（sensitivity）、「精進力」（elaboration）、「變通力」（flexibility），特別能改善作文時過於抽象、呆板、概括、粗糙之失，讓整個思維脈絡更為條貫縝密，整個語境更加鮮活生動。

二、敏覺力

敏覺力，即敏於覺察事物的能力，在「統一律」的原則下，貴於以全新感性，由全體至局部，由外而內，深入觀察情、景、事、物等動感形相、靈妙變化。精彩生動的描寫，正是觀察的顯微鏡與放大鏡。因此，運用在描寫上，莫不打開五種感官（尤以視覺、聽覺為主），細加掌握；注重情境的特殊變化（who, when, where,which, why,How），屬采附聲，具體摹寫，如聞如見，使人恍惚臨即。而這樣的敏覺力，往往延伸至精進力的畛域（陳龍安《創意的父母、快樂的孩子》頁一六四，一九九一，小暢書房）。以描寫植物園中雨珠落在荷葉上的情景為例：

1.雨勢不大的陰天，走進科學館的旋轉門，只要稍微左顧右盼一下，兩岸池塘荷葉上小水珠的晶瑩剔透，全盡入眼簾。就因為雨勢不大，水珠在青葉上先是滴溜溜轉，然後慢慢在葉心凝聚，由小滴而中粒，由中粒而成大顆，最後大到荷葉再也無力承受了，葉面一傾，美如鑽石的水珠咕咚一聲一傾入池。這樣週而復始，常使我佇立池旁，久久不忍離去。（韓韓〈植物園就在你身邊！〉）

2.但在雨中，荷是一群仰著臉的動物，專注而矜持，顯得格外英姿勃發，矯健中另有一種嬌媚。雨落在它們的臉上，開始水珠沿著中心滴溜溜地轉，漸漸凝聚成一個水晶球，越向葉子的邊沿擴展，水晶球也越旋越大，瘦弱的枝桿似乎已支持不住水球的重負，由旋轉而左搖右晃，驚險萬分。我們的眼睛越睜越大，心跳加速，緊緊抓住窗櫺的手掌沁出了汗水。猝然，要發生的終於發生了，荷身一側，嘩啦一聲，整個葉面上的水球傾瀉而下，緊接著荷枝彈身而起，又恢復了原有的挺拔和矜持，我們也隨之噓了一口氣。（洛夫《一朵午荷．一朵午荷》）

3.那帶刺的荷莖，纖細，修長，勁韌，撐住一頂荷葉，圓似斗笠，葉心是一個小盆地，向天空攤開，承受雨水，承受陽光！天雨的時候，我曾見那葉心的水珠如水銀，越集越大，而後荷葉一側垂傾，水珠如銀色瀑布，淌入較下的荷葉；較下的荷葉承接了，葉緣一傾，將銀汁注入再下的一葉；再下的一葉承受了，巍巍堅持了一刻，又一彎腰，將來自天上的雨水注還盈盈的池塘，發出那灌水的悠閒音響。這時帶刺的荷桿滿富彈性，把肥大的荷葉撥回原處，依舊攤開胸懷，承受著天，雲，雨，露，和微風。（顏元叔《人間煙火．荷塘風起》）

第一例通過視覺（「水珠在青葉上先是滴溜溜轉……最後大的荷葉再也無力承受了」）、聽覺

（「葉面一傾，美如鑽石的水珠咕咚一聲一傾入池」），捕捉如何（How）凝聚、翻落的過程。第二例比起第一例，特別注意視覺（「水珠沿著中心滴溜溜地轉，漸漸凝聚成一個水晶球」）更細的部分（「越向葉子的邊沿擴展，水晶球也越旋越大」）、聽覺（「荷身一側，嘩啦一聲，整葉個面上的水球傾瀉而下」）後的畫面（「緊接著荷枝彈身而起，又恢復了原有的挺拔和矜持」）。相較於前二例，第三例則在翻落的過程，再加詳盡勾勒。在視覺上給予特寫畫面（「荷葉一側垂傾，水珠如銀色瀑布，淌入較下的荷葉；較下的荷葉承接了，葉緣一傾，將銀汁注入再下的一葉；再下的一葉承受了，巍巍堅持了一刻」）五十七字，在聽覺上（「又一彎腰，將來自天上的雨水注還盈盈的池塘，發出那灌水的悠閒音響」）再加描摹，最後並增添恢復原貌的情景（「這時帶刺的荷桿滿富彈性，把肥大的荷葉撥回原處，依舊攤開胸懷，承受著天，雲，雨，露，和微風」）三十七字。與前兩例相對照，第三例明顯在如何（How）形成的物理變化，以及歸回原地（where）的描寫上，更為細緻更加生動、完整。

其次，以雨降落在屋瓦上的情景為例：

1. 今宵雨點又寂寂寞寞冷冷苦苦的降下來，降在臺北盆地的千萬間屋頂上。淅瀝淅瀝淅淅，淅瀝淅瀝淅淅，不眠的屋頂無寐的閣樓中是誰在喊呢？十年的旅遊，不同的雨打在不同的屋頂上，聆聽不同的雨聲。淒淚緣襟流，唉唉，他有多久沒回家？（陳奕琦〈千層

屋頂〉）

2.雨天的屋瓦，浮漾溼溼的流光，灰而溫柔，迎光則微明，背光則幽黯，對於視覺，是一種低沉的安慰。至於雨敲在鱗鱗千瓣的瓦上，由遠而近，輕輕重重輕輕，夾著一股股的細流沿瓦漕與屋簷潺潺瀉下，各種敲擊音與滑音密織成網，誰的千指百指在按摩耳輪。「下雨了，」溫柔的灰美人來了，她冰冰的纖手在屋頂拂弄著無數的黑鍵啊灰鍵，把晌午一下子奏成了黃昏。（余光中〈聽聽那冷雨〉）

顯然第一例只透過疊字（「寂寂寞寞冷冷苦苦」、「淅瀝淅瀝淅淅」）描寫雨聲，由此拈出遊子在外的鄉愁（此為全文重點所在）。而第二例先透過視覺（「雨天的屋瓦，浮漾溼溼的流光，灰而溫柔，迎光則微明，背光則幽黯」），再經由聽覺（「輕輕重重輕輕，夾著一股股的細流沿瓦漕與屋簷潺潺瀉下，各種敲擊音與滑音密織成網」）的捕捉，繼而發揮擬人的想像（「誰的千指百指在按摩耳輪」、「溫柔的灰美人來了，她冰冰的纖手在屋頂拂弄著無數的黑鍵啊灰鍵，把晌午一下子奏成了黃昏」）。相較於第一例，第二例在敏覺力的表現上，兼及視覺、聽覺、心覺的不同感受循序漸進，由外而內，確實豐贍出色，允為精采範例。

復以描寫喉嚨燒熱的感覺為例：

1. 她並沒有真怎麼樣，但是誰相信？三爺又是個靠得住的人。馬上又都回來了，她怎麼說，他怎麼說，她又怎麼說，她怎麼這樣傻。她的心底下有個小火熬煎著它。喉嚨裡像是咽下了熱炭。到快天亮的時候，她起來拿桌上的茶壺，就著壺嘴喝了一口。冷茶泡了一夜，非常苦。窗子裡有個大月亮快沉下去了，就在對過一座烏黑的樓房背後。月亮那麼大，就像臉對臉狹路相逢，混沌的紅紅黃黃一張圓臉，在這裡等著她，是末日的太陽。（張愛玲《怨女》）

2. 虛弱地躺在床上，喉頭像是塗上一層厚厚的黏膠，乾澀瘐苦，我不禁頻頻吞嚥口水，疼痛的感覺便像雨後的菇菌逐漸浮露出來。起初細小如芝麻，但在口水的浸泡下，竟然迅速臃腫膨脹，如鮮紅的櫻桃，喔，不，那明快的痛點已慢慢脹成碩大的芭樂，終於越級僭位，儼然取代腦髓，成為新設的神經中樞，操控著全身的細胞。有一些紛雜凌亂的情緒擠壓著分泌汁液的腺體，如同洗手檯裡長長短短的毛髮，淤塞了水管。於是那些餿壞的膽汁哽住咽喉，慢慢積累擴大，終於淹過鼻頭，漲滿整個頭顱，苦苦撞擊著每一個可能的出口。（唐捐《大規模的沉默．十日痰》）

第一例僅以「心底下有個小火熬煎著它，喉嚨裡像是咽下了熱炭」，描寫口乾舌燥的感覺（本文的優點在於場景「月亮」的比喻、衍申）。第二例則細寫喉嚨疼痛的四部曲（一、「像雨後的菇菌逐漸浮露」。二、「起初細小如芝麻」。三、「迅速臃腫膨脹，如鮮紅的櫻桃」。四、「明快的痛苦已慢慢脹成碩大的芭樂」），將整個感覺流程，加以細密辨析，充分展現作者高度敏覺力，亦屬片段描寫之佳例。

由此可見，擴寫題型首在培養細膩、深入的觀察，強化學子的敏覺力。而此等擴而充之的寫作，配合五種感官經驗，尤重繪聲繪色的直覺感受，亦即修辭學中的「摹寫」（「對事物的各種感受，加以形容」，黃慶萱《修辭學》第三章），經由字句修辭，走向篇章修辭。

三、精進力

精進力，即精益求精的表達能力。首先，在文章「秩序律」的原則下，貴於發揮接近、相似的聯想，由客觀寫實至主觀寫意，由直接映射至間接折射，由五種感覺至幽微心覺，形成由實入虛的自然延伸。因此，運用在描寫上，莫不通過白描，進一步介入修辭技巧（比喻、移覺、擬人、誇飾），逼出更鮮明、更奇特、更律動的語境，彰顯敘述者心理感受的強度與深度。以描寫短髮為例。

1. 發痴的看著他的頭頂的髮路。黑黑的，毛扎扎，每根頭髮都是一個兵，筆直的。（袁瓊

瓊《紅塵心事．糊塗歲月》

2.他那一頭寸把長的短髮，已經花到頂蓋，可是卻像鋼刷一般，根根倒豎。（白先勇《臺北人．歲除》）

分別以「一個兵」、「鋼刷」加以引申，強調不同短髮的特性（第一例「一個兵」可視為暗喻，亦可視為擬人）。以描寫笑聲為例：

1.棠倩的帶笑的聲音裡彷彿也生著牙齒，一起頭的時候像是開玩笑地輕輕咬著你，咬到後來就疼痛難熬。（張愛玲〈鴻鸞禧〉）

2.文黛，第一個嬰孩第一次笑的時候，那一聲笑便碎成一千塊，一塊一塊的到處跳躍，這便是小仙的起源。（梁實秋譯《潘彼得》）

分別以誇張比喻「生著牙齒」、「碎成一千塊」，極度形容笑聲造成的心理感受（第一例「生著牙齒」，用觸覺來比喻聽覺，亦屬移覺）。而經由延伸的聯想，原本「棠倩的笑聲聽起來很刺耳」、「嬰孩第一次的笑聲很清脆」的簡單敘述，得以具象、精細的拓展（分別增加三十四字、十九字）。

其次，在「變化律」的原則下，力求統一、聯貫，前後息息相關。此即精進力中最值得注意：「組成相關概念群」（陳龍安《創造思考教學的理論與實際》，頁二一二）的能力。凡此統攝全篇，縝密的構思運筆，最能自擴充衍生中，掌握共相的分化，進而銜接照應，發揮整體系統思考。換言之，即充分運用各別意象的協調性，以及意象群的相關性，由局部而全體，由孤立而化合，形成多樣的統一，邁向整體象徵的領域。以春日風調雨順，農夫插秧的情景為例：

早春的雨水最柔，風也最細。當一畦一畦的秧苗，從苗圃挑到田埂上時，彎腰的農夫們便左手托著秧苗，再以敏捷的手指快速地播種在劃著方格的軟泥土——彷彿一切早就丈量好了。當漠漠水田裡一行一列排隊者整齊的小秧苗時，春雨就變得更溫柔了，當然，風也就細緻了許多。

簡媜繼而再加鋪陳描繪：

春天，是大地一年才回來一次的母親；雨，是她柔柔的吻；風，乃是如玉的手；而陽光，則是她脈脈含情關愛的眼神，恨不得日日夜夜都不閉眼地注視著她所鍾愛的兒女，給它們滋潤、給它們生長的力量。而秧苗，那是春神最疼的小兒，因為，它們最聽天命。那種驚人的成長速度，有時會讓人嚇一跳，以為是魔術師在一夜之間搗出來的。

（簡媜《月娘照眠床．醉臥稻浪》）

藉由「春天」、「雨」、「風」、「陽光」的比喻，組成一個溫暖、親頰、親撫、關愛的母性世界（「母親」、「吻」、「手」、「眼神」），「秧苗」則成「最疼的小兒」，建構出大自然欣欣向榮的孕育形象，深刻呈現大自然生生不息的訊息，親切盎然，足為擴寫中的極佳示範。大抵簡媜散文特別能開展連翩續紛意象，並讓多樣變化的意象群環環相扣，構成豐贍的特殊情境，渲染出獨特的氛圍魅力。有興趣者，可再參其〈秋夜敘述．雨夜獸〉（《女兒紅》），此篇筆者曾作簡析（《現代散文廣角鏡》，頁二三〇～二三二），亦為其精進力書寫之代表。

四、變通力

變通力，即觸類旁通、舉一反三的轉換能力。在「聯貫律」的原則下，貴於發揮直覺悟性，發現新關係，形成新串連、新組合。運用在描寫上，往往以對等語法（包括：對句、排比、層遞）為主軸，掌握「先條分，後總括／先總括，後條分」、「先泛敘，後具寫／先具寫，後泛敘」、「先具體，後抽象／先抽象，後具體」（陳滿銘稱為「凡目」、「泛具」、「虛實」

章法，可參其《章法學新裁》、《章法學論粹》）的脈絡，以增文義，以廣文勢。基於這樣的認知，首先在描寫的變通上，發揮「形象思維」的多重比喻（修辭學中稱為「博喻」），以昭綱領，以添華彩。以描寫樹為例：

樹的姿態各個不同，千變萬化。從長出綠葉到開滿了花，再從開滿了花到結滿了果實，分別有不同的感受。

似此行文，過於簡略，不乏拓展的空間。至梁實秋筆下，則為：

樹的姿態各個不同。亭亭玉立者有之，矮墩墩的有之，有張牙舞爪者，有佝僂其背者，有戟劍森森者，有搖曳生姿者，各極其致。我想樹沐浴在熏風之中，抽芽放蕊，它必有一番愉快的心情。等到花簇簇，錦簇簇，滿枝頭紅紅綠綠的時候，招蜂引蝶，自又有一番得意。落英繽紛的時候可能有一點傷感，結實纍纍的時候又會有一點遲暮之思。（梁實秋《雅舍小品．樹》）

自「樹的姿態各個不同」後，列舉具體特殊造型，以對句（「亭亭玉立者有之，矮墩墩的有之」）、排比（「有張牙舞爪者，有佝僂其背者，有戟劍森森者，有搖曳生姿者」）形式，展開比擬（擬人、擬物，即「轉化」）描繪。繼而，由具體至抽象，揣想樹的四種不同心情（「沐浴在熏風之中，抽芽放蕊，它必有一番愉快的心情」、「花簇簇，錦簇簇，滿枝頭紅紅綠綠的時候，招蜂引蝶，自又有一番得意」、「落英繽紛的時候可能有一點傷感」、「結實纍纍的時候又會有一點遲暮之思」），在時序推移中，示現懷想，細加刻劃。又如描述人際關係：

> 人際關係，變來變去，愈來愈難以捉摸。

在顏崑陽筆下，則細加體會，多方引申：

> 人與人之間，愈來愈像浮雲，愈像波瀾，愈像皮鞋，愈像霓虹燈，總是那樣飄浮、疏離、翻覆，破舊就摔，妝點華麗卻又閃爍不定。（顏崑陽《手拿奶瓶的男子．思舊賦》）

於是藉由「具體比抽象」的博喻（「浮雲」、「波瀾」、「皮鞋」、「霓虹燈」），前後銜接，鋪排說明（浮雲之「飄浮、疏離」、波瀾之「翻覆」、皮鞋之「破舊就摔」、霓虹燈之「妝點華麗卻又閃爍不定」），生動擴展文思，呈現活潑語境。

其次，在構思、運材的變通上，特重視角切入之鮮活、表現手法之陌生，打破歷來固定的聯結，打破機械化的單一反應；藉由擴散性的新聚焦，展現新視野的變化。似此變通力的指數，在新詩文類中最容易檢驗、測知。「以超過能力所及之空虛孤單」的構思為例，向明〈超高〉（《水的回想》）即藉由擬人視角，帶出寓言式的情境：

一株小草想
超過一叢灌木的高度
一叢灌木想
超過一根野藤的高度
一根野藤想
超過一棵樹的高度
一棵樹想
超過一座山的高度
一座山想
超過一顆星的高度
而一顆星說

高處不勝寒
如果我只有
一株小草的
高度

這樣的情境，透過高度的層遞（「小草」、「灌木」、「野籐」、「樹」、「山」、「星」），刻劃出共同的心理癥結：非分貪想。最後藉由一顆星的現身說法，點出高度的真相：迎接更多的荒涼。尤其浪得虛名，獨居高位，更是「惶恐灘頭說惶恐」「零丁洋裡嘆零丁」。撫今追昔，始悟人生很多很多的「想要」，其實可以「不必要」。

全詩自「一株小草想超過一叢灌木的高度」出發，擴大至大自然群相的類推，篇末由「高處不勝寒」的星星提出警訊（叔本華謂：「我們很少想自己擁有什麼，卻總是想到自己欠缺什麼」），在在展現作者在構思、運材上的雙重變通，往創思中的「獨創力」邁進。

五、結語

基本上，擴寫是圖貌摹神、通情達理的藝術加工。蓋「意有淺言之而不達，深言之乃達者」、「略言之不達，詳言之而乃達者」（楊慎《譚苑醍醐》）。因此，它應該源於行文之內在需要（逼真之必要、精妙之必要、酣暢之必要），而非「量」的堆砌。以建築為喻，擴寫當為鎔裁、補強的優質設計，渾然密合，自成格局；絕不是外加、依存的贅架，更非礙眼、拼湊的違章搭建。以林懷民〈蟬〉（《蟬》）為例：

> 那縷蟬歌，夏夜草際的螢光一樣的飄忽。遼遠而切近，陌生而熟悉，那麼纖弱，又那麼清晰。忽然斷了。過一會兒，又飄了出來，在夜西門的喧囂中，猶如一條細細的蠶絲，發著微渺的幽光，徐緩而堅韌地，由一團亂線中抽出，愈抽愈長。在空間纏纏綿綿、迴繞不休；像一隻小提琴的絃音，扶搖直上，超凌了整個交響樂隊的聲浪，徘徊在一段慢板上，哆嗦、戰慄著……
>
> 初聆時，有點兒淒冷。細聽後，卻覺得那飄帶似的音流，其實是從某個蓊鬱的森林，蜿蜿蜒蜒，滲過石隙，漫過落葉，浸過青草，為你遠路奔馳而來的一道清泉；汩汩冷冷地淌過你的心房……

似此蟬聲的擴寫，通過視覺（「猶如一條細細的蠶絲，發著微渺的幽光，徐緩而堅韌地，由一團亂線中抽出，愈抽愈長」）、聽覺（「像一隻小提琴的絃音，扶搖直上，超凌了整個交響樂隊的聲浪，徘徊在一段慢板上，哆嗦、戰慄著」）比喻，最後帶入心覺感受（「從某個蓊鬱的森林，蜿蜿蜒蜒，滲過石隙，漫過落葉，浸過青草，為你遠路奔馳而來的一道清泉；汩汩冷冷地淌過你的心房」）。這樣的蟬聲（聽覺意象），並非孤立存在，而是訴諸情節開展，自然生發，配合全篇小說，用來渲染氣氛，彰顯人物心理。凡此奕奕含光的擴寫，往往是作者「精進力」的演示。

其次，理想擴寫，力求彰顯原義，豐美行文。所謂「善敷者，辭殊而義顯」、「引而申之，則兩句敷為一章」（劉勰《文心雕龍．鎔裁》），似此詳描寫、運材、構思的精妙手法，充分展現創思的「變通力」。其中最常見者，即為排比技巧。以隱地〈十行詩〉（《一天裡的戲碼》）為例：

風在水上寫詩
雲在天空寫詩
燈在書上寫詩
微笑在你臉上寫詩

小羊在山坡寫詩
大地用收穫寫詩

花樹以展顏的笑容寫詩
我和你以擁抱的身體寫詩

光在黑暗中寫詩
死亡在灰塵裡寫詩

由第一組自然中抒情關係（「風在水上寫詩」、「雲在天空寫詩」）展開，連類及之，舉一隅而以「四隅」反，於是：「燈」之於「書上」、「微笑」之於「你臉上」，「小羊」之於「山坡」、「大地」之於「收穫」，「花樹」之於「展顏的笑顏」、「我和你」之於「擁抱的身體」，「光」之於「黑暗中」、「死亡」之於「灰塵裡」，都是心情的浪漫（「寫詩」）。而整首詩在前四節的具象鋪陳後，第五節推向抽象，色調由豐美亮麗而走向終極的黑白。黑暗中的光點是生命存在的訊息，死亡是生命詩篇的最後樂章，收束所有的唯美浪漫。似此變通的創思活力，在日常生活順口溜上比比皆是。以「那個地方，鳥不語，花不香」，可以擴大成「那個地方，鳥不

語，花不香，狗不拉屎，烏龜不上岸」；屠格涅夫《羅亭》小說中的名句：「知識分子是思想的巨人，行動的侏儒」，可以擴大成「知識份子是思想的巨人，行動的侏儒，道德的殘廢者」；甚而官場順口溜「大混小混，一帆風順；苦幹實幹，提早完蛋」，更可衍申為「大混小混，一帆風順；苦幹實幹，提早完蛋；吊兒啷噹，掛滿勳章」；無不讓語氣更強勁，意旨更鮮明。

最後，擴寫訓練，著眼於增加細節、添加新想法，旨在激發學子由約而豐，由簡而繁的美學傾向。這樣的引導，無疑是文體風格的觸媒，隱隱約約指向劉勰所揭示：「顯附」(「解直義暢，切理饜心」)、「繁縟」(「博喻醲采，煒燁枝派」)、「壯麗」(「高論宏裁，卓爍異采」)等不同的寫作風格。由是觀之，凡此題型的研發：不同文類的不同擴寫、如何擴得好的引導設計(「善敷」的重點在「善」，不只是「敷」而已)，仍有廣大空間，值得進一步再加探討。

試作

題目一

將下列情境，擴寫成約一百字左右短文，須加標點符號。

躺在床上，翻來覆去，一直睡不著。

1.躺在床上，攤成個大字，耳際傳來牆上掛鐘分針、秒針滴嗒滴嗒的聲音，腦海一陣混亂，思緒到處亂飄。調整枕頭，側身換個姿勢，聽著自己的呼吸聲，仍然無法悠悠滑入夢鄉。轉身向右，再向左，整個腦門嗡嗡嗡充斥高頻率雜訊。於是整晚像鐵架上的烤肉，滋滋作響；像平底鍋中的煎魚，幾乎被燒焦；翻了過來，又翻了過去，仍在夢鄉之外徘徊。

2.躺在床上，背部一陣溼熱，鼻子卻阻塞起來，吸的空氣都覺得澀澀酸酸，隱隱約約，頭開始有些疼。翻個身，趴著睡，床頭音響溢出的流行歌曲，越聽越呱噪，他無奈爬起身，換成祥和佛教音樂，正準備瞌上眼，培養睡意，孰料巷子轎車警報器肆無忌憚大鳴大放，足足吵了十幾分鐘，有人開窗叫罵的聲音跟著傳來。他嘆口氣，轉過身，右肘擱放額上，心想：今晚被割裂得七零八落，又是一場頭昏腦脹大磨難。明天大概又要變成黑眼眶的貓熊。

3.關上燈，仰躺在草蓆，聽著自己呼吸：吸氣、吐氣，吸氣、吐氣……意識依然清醒，腦筋仍然處在亢奮狀態。他試圖完全放鬆，不再想白天那些爭執瑣事，讓內心呈現空白，惚兮恍兮，恍兮惚兮，飄飄然悠遊於黑甜夢境。迷迷糊糊之際，爭執畫面的碎片在昏沉腦中爆裂翻滾，高分貝相互指責聲音斷斷續續在耳輪深處交響，他翻身，企圖斷念，慢慢數起羊群：「一、二、三、四、五、六……」，數字越數越多，早已成百上千，睡意

仍未見降臨，他頓覺整個床鋪好像變成鐵板燒。他長長噓口氣。看來，今晚又要借助安眠藥了。（一至三例為筆者）

4. 預習完功課，收拾好書包，今夜我雖然早早上床，可是一股不安的氛圍卻籠罩腦海，總覺得還有什麼事沒做，但就是想不起來。我輾轉反側，胡思亂想，紛雜的思緒讓我數了三千頭羊，卻仍是雙眼炯炯、無法成眠。（林于弘）

5. 夜裡，秒針的步伐愈踱愈重，彷彿一對鐃鈸在耳畔用力擦撞。弓身側躺，闔眼企望周公允諾帶來一場清夢，奈何！白日的煩惱卻接踵突襲，不願罷休。埋首枕頭，蟄伏暗處的擾攘還正伺機而動；周公啊！周公！你終究要失約嗎？（陳桂菊、鄭曼蝶）

6. 小夜燈既閃爍又微弱的光線，讓幽暗房間的所有景物，推動變形，呈現不安定的狀態。天花板的紋路，彷佛蜿蜒藤蔓所構成的蜘蛛網般，編織出一個震攝人心的圖像。找不到舒服的睡姿，在床上翻來覆去。而踢到一旁的棉被，孤零零跌坐在床邊。凌晨三點半，秒針依舊滴答響，他依舊闔不了眼。（陳淑敏）

7. 今夜急雨敲窗，錚錚鏦鏦，敲碎一床好夢。我倏然驚醒，起身收拾踢翻的棉被，圓睜著眼，揮之不去的夢魘在夜色裡冷冷瞪視。天花板成為眼前唯一的景觀，雨的節奏成為耳畔唯一的聲響。躺在床上，像枕在怒海小舟，晃來晃去，無法停下來。靜室無風，我重新啟動電風扇，讓固定週轉速率的聲響再次催我入夢，可是惱人的雨聲，添上不規則的敲擊。凌晨二點四十五分，我苦嚐失眠的滋味。（陳啟煌）。

8.闇黑的夜用蔑視的眼，從窗外放進冰冷的眸光。躺在空曠的單人床，思緒苦無出路，在腦中空轉，激起不安的細胞伺機在全身騷動流竄。試著以嚴重姿態討好安撫，愈是燃起它們的興奮鼓動，牆上滴答作響的齒輪絞動宣判凌遲到來，迫使規律的呼吸失序，微醺的月光潑灑一身卻無法沉醉，焦躁隨機爬滿每個毛細孔。有誰可以為我解開魔咒？還我一夜美夢？（林怡貝）

簡析

一、此題要點有三：

㈠為什麼睡不著（Why），遠因、近因，皆可加入。

㈡如何的睡不著（How），整個姿勢的變化、細節的增添，均是聚焦所在。

㈢真正內心感受（What），強化幽微特殊心理的抒發。以張讓〈並不很久以前〉（《並不很久以前》，一九八八，聯合文學）為例：

涼涼的夜。月如彎刀，輕易便可裁下一片天空。

偌大的床，照文卷曲著，努力要入睡。一會她翻個身，拿另一半軀體去承受失眠的重量。這樣身心兩倦卻睡不著，她簡直恨。動了氣更不能睡。她腦裡彷彿水龍頭大開，嘩啦啦在放水，雜思亂想只管由眼耳口鼻湯湯流出。誰家的狗在吠月，見了鬼麼！她刻意要分散心神，卻愈發集中。

照文便又翻了個身，似一尾魚，煎了一面，再煎一面。床嘎吱嘎吱響。老床，鬆散的床架，幾片木板，鋪上草蓆和墊被。人睡上去便有聲響，斷斷續續似在說流年。人家有冰箱、電視、彈簧床了，他們家上下還是睡的木板床，聽的收音機，煤球一粒粒燒……。

㈠睡不著的理由：「身心兩倦卻睡不著」（累過頭的現象）、「動了氣」。

㈡如何個睡不著法：「腦裡彷彿水龍頭大開，嘩啦啦在放水」、「似一尾魚，煎了一面，再煎一面」、老床聲響「斷斷續續似在說流年」。

㈢帶出內心感受：「雜思亂想」、「人家有冰箱、電視、彈簧床了。他們家上下還是睡的木板床，聽的收音機，煤球一粒粒燒……」，不免憤憤不平，無法寬心入眠。

二、歷來以失眠為主題的散文有：王了一〈失眠〉（《龍蟲並雕齋瑣語》）、思果〈失眠〉（《私念》，一九八二，洪範）、簡媜〈夢的狼牙〉（《聯合報．副刊》，一九八八、四、二六）、鍾怡雯〈垂釣睡眠〉（《垂釣睡眠》，一九九八，九歌）、莊信正〈失眠〉（《文學風流》，二〇〇一，時報）等。

現代詩則有：沙穗〈失眠〉（《燕姬》，一九七九，心影）、向明〈失眠記〉（《青春的臉，一九八二，九歌）、楊喚〈失眠夜〉（《楊喚全集》，一九八五，洪範）、陳斐雯〈失眠〉（《貓蚤札，一九八八，自立晚報）、沈志方〈失眠數羊不成，改背〈尋隱者不遇〉（《書房夜戲》，一九九一，爾雅）、孫維民〈失眠〉（《拜波之塔》，一九九一，現代詩季刊）、簡政珍〈失眠〉（《浮生紀事》，一九九二，九歌）、焦桐〈我假裝睡醒了〉（《失眠曲》，一九九三，爾雅）、余光中〈非安眠曲〉（《五行無阻》，一九九八，九歌）、余光中〈老來多夢〉（《高樓對海》，二○○○，九歌）、非馬〈失眠在西安〉（《聯合報．副刊》，二○○一、十、二七）等。

題目二

將下列情境，擴寫成約一百字左右短文，須加標點符號。

他站在艷陽下，直冒汗，全身衣服都溼透了。

試作

1. 他站在艷陽下，像置身宇宙大火爐，陣陣高溫熱浪如焚，整個人幾乎灰飛煙滅。汗珠在髮根、額間、鬢角凝聚，沿著臉龐、眉毛、鼻尖直淌，蜿蜒成一條條小河，流向溼潮的領口、衣襟。接著繼續流向膝蓋、褲管，連站的地方都有些水滴，整個人彷彿落水上岸，全身黏嗒嗒的，隨即又被烈日烤乾，溼熱交逼，非常不舒服。

2.正午陽光是沾著火苗的毒箭，「咻咻咻——」，一支接一支，惡狠狠直朝他這「人肉箭靶」飛來。瞬間，他覺得頭髮、眉毛已嗤嗤燃燒，額頭汗水急湧溢出，竟滴入眼眶，鹹得他猛閉雙眼，餘角直泛淚光。而全身毛細孔一個個向外擴大膨脹，幾欲爆破。溼漉漉的衣褲緊緊貼附皮膚，如水蛭附身，相當難受。

3.下午大火球持續在天空囂張肆虐，強烈反光自對面大樓玻璃窗射過來，刺得他眼睛直瞇。環視空蕩蕩的大操場，自己彷彿身陷高溫沙漠，無處閃躲。汗水爭先恐後地在身上逃竄，爬上胸前，爬上袖口，爬上膝蓋褲管，結果都逃脫不了一一被蒸發的下場。拂拭滿臉的汗珠，隱隱約約聽見腹部的肥厚脂肪正「滋滋滋——」沸騰燃燒，他知道再這樣逞強站下去，他遲早會虛脫倒地，被燒成肉乾。（一至三例為筆者）

4.正午時刻，烈日當空，沒有遮掩的操場就像是一只熾熱的鐵鍋。他就這樣站在豔陽下，雙眼凝向遠方，彷彿是在思索，也像是在乞求。他的額頭直冒汗，豆大的汗珠一顆顆滑下臉龐。而炎酷的暑氣繼續蒸溽著，滾燙的汗水不停地迸出，頃刻間，他的衣服已經濕透了。（林于弘）

5.在驕陽烘烤下，汗珠終於承受不了重荷，自髮根鬆手，迅速滑落；鹹液循著前者的軌跡滑行，繼而探勘更多的支流捷徑，飛馳其中。儼然，一幅樹枝狀水系在地面上成形，並向四肢漫延，在全身淋漓奔流。（陳桂菊．鄭曼蝶）

6.他像標兵站立艷陽下，火紅太陽如各式利器紛紛出籠，銀刀、銳劍、長槍、鉤戟一一直刺過來。臉部、手上、腳掌、背後，無一不遭受攻擊，陣陣作痛。他咬緊牙關，汗流浹背，仍繼續堅持下去，他告訴自己，一個人可以被毀滅，但不能被打敗。（陳宇詮）

7.熾熱的紅色火球在天空猖狂發威，他的臉一會兒就紅了起來，頭頂的汗水沿著前額的髮稍一直往下滴，汗水也開始像湧泉一樣在身上流竄，腋窩下原本已經被汗水浸濕掉的地方漸漸擴散開來，一路溼透到胸前，淺淺的淡藍色上衣因此成了深藍色！（陳怡君）

簡析

此題以感官經驗中的觸覺為主：一、站在艷陽下的火熱感覺；二、直冒汗的細節捕捉；三、全身溼透的感受。現代散文中與此情境相似者，分別有：

(1)處在台北這個盆地裡，早晨往前一望，一日的行程就如橫度戈壁沙漠。濕漉漉的脖子，粘粘的汗衫，還沒有出門，背後和前胸，已經黑黑兩塊汗漬；甚至彎腰穿襪子，拴皮鞋帶子，也逼得額上豆大的汗珠直冒，像擠壓了一顆多汁的荔枝。於是，就這樣從早到晚，一直生活在粘粘的，溼溼的，燙燙的衣服之中。（顏元叔《人間煙火．游泳池畔》）

(2)天氣真熱。脖子也會出汗，就像胸膛也會出汗一樣。兩處的汗水合流，心窩做了渠道，腰皮帶做了攔水壩。在束腰的地方，軍服吸收汗水，沉甸甸濕淋淋熱烘烘鹹津津有百般滋味。汗衫早濕透了，緊貼在前胸後背上。（王鼎鈞《山裡山外．誰在戀愛》）

(3)我們都不說話，只流汗。蟬又像報警似的吶喊起來，陽光由旭輝的紅轉為白熱，汗水在髮根與髮根間蓄聚，聚多了，汗毛孔擋不住，就沿著鬢角，癢癢的，麻麻的，掛在腮上，再冷冷的滴在脖子上。另一條汗路是越過額角，沿著眉毛的外緣進入淚塘，以鼻梁作分水嶺瀉下，一部分隨著呼吸竄入鼻孔，它的滋味是辣；一部分依著地形滲入嘴角，它的滋味是鹹。條條汗河到下巴算是攀上了懸崖，翻一個身想變成瀑布，零零落落掛上前襟，畫上交錯的漏痕。（王鼎鈞《山裡山外．誰在戀愛》）

可供觀摩相善。尤其第三例，對於汗流浹背的律動描繪，最為細膩傳神，足為摹寫範例。

其次，此題型為細節的「擴寫」，並非情節的「續寫」。如：

(1)他站在豔陽下，直冒汗，全身衣服都濕透了，死命地咬著肌膚不放。他在心中埋怨媽媽：「不過是張成績單嘛！會不會太小題大作了？」他不時向屋內張望，打算媽媽不注意時溜進房間，卻瞧見坐在父親遺照前的母親，臉上那兩條未乾的淚痕。心一驚，反射性地挺直腰桿，他告訴自己：「以後一定好好唸書，再也不貪玩了。」（謝斐華）

(2)他站在豔陽下，直冒汗，全身衣服都濕透了，連手上的花也喘不過氣地低著頭。已經十二點過三十分了，怎麼還不見太太出來吃飯？今天是結婚紀念日，為了給她個驚喜，才如此大費周章……。三十五分，電梯裡走出兩個人，他一看連忙躲在柱子背後，沒多久，他太太和一個男人手勾著手，狀似親暱的朝飯館走去。他心一涼，原來——傳聞都是真的。（謝斐華）

則變成「續寫」題型。因此，審題時，宜明確辨析，不可混淆。

題目三

請就以下內容，自擬題目，擴寫成四百字左右的短文，須加標上符號。

愛本身沒有錯。如果有錯，那是愛的方式不對。而一個人最大的悲哀，是喪失愛人的能量與心情。

試作

•錯愛

愛，是一種成長。

愛如果有錯，錯在有人把愛放在威嚴的斷崖，別人只看到險峻，有人把愛放在驕傲的孤峰，別人只看到荒寒；而忘了把它放在寬廣的綠野，使人感到舒暢，忘了把它放在暖熱的火爐旁，使人感到溫馨。

愛如果有錯，錯在有人常住在浪漫裡，忘了古典的嚴肅；常住在古典裡，忘了浪漫的飛揚；沉迷於「我喜歡，有什麼不可以」的顛狂，而忽略「我喜歡，有的不可以」的貞定；萎縮於「該說的話沒說」的呆板，而忽略「該說的話仍要說」的親切活潑。

愛的成長，在由偏窄走向開朗，由偏執走向圓通。

不管一樣的明月不一樣溝渠、或一樣的流水不一樣的桃花，真正的愛是沒有錯愛的。

摯愛是繁華人世中的深沉救贖。

面對人間風雪，無懼深情的負擔與委屈，總喚起為對方擋風雪的柔情，這樣的愛是由人性通往神性的階梯，只有心疼，沒有心碎，只有希望，沒有絕望。

這樣的愛，發光發熱，又如電鍋般保溫；無論所愛者為誰，愛的回報在心動與行動間已完滿自足。

有時想，在人間最大的錯失，是錯失愛人的能量與心情。（筆者，《台灣新生報》，一九九二、四、二十）

簡析

一、潘秀玲〈受情童話〉（《雪夜裸奔》）中所述：

或許訪問者也覺得頗不尋常，便問他如何維繫夫妻之間的感情，老教授的答案是：I love her in the way she likes.（我依她的心意來愛她）。

這句話他平平道來，似乎是最自然不過的道理，對聽者的我卻像鼓槌敲落，擊中內心的要害——多少時候，多少人，如我自己，愛人是執意以自己偏好的，而非對方所希望的方式去愛，同時認定對方應該欣然悅納，因為「我愛你」嘛！

所謂「我依她的心意來愛她」，正可與文例相印證。至此論點的延伸，即「此以己養養鳥也，非以鳥養養鳥也」的理蘊。若以之加以擴寫，亦即顏崑陽筆下〈愛，不要絕對相信自己的好意〉（《人生因夢而真實》，一九九二，漢藝色研）、蕭蕭〈我的肉可能是你的毒藥〉（《47歲的蘇東坡，47歲的我》，一九九四，爾雅）。又蕭麗紅《千江有水千江月》中，貞觀的書信：

愛是沒有錯愛的！那人既是你心上愛過，就可以終此一生無所改！

真愛應該是沒有回頭的，只要清晰確定：這人深合吾意，甚獲吾心，那麼能夠愛，就已經很夠了，也不一定要納為己有；是莊子說的：若然者，藏金於山，藏珠於淵——只要她是人世的風景，只要她好好活著，人生何其美麗！

更揭示愛的理想與清明，可以提升至「享有」而不必「擁有」的境界。真愛能量的過程，即是圓滿自足，即是意義所在。

二、漢藝出版社高柏園《人性管理的終結者》，（一九九〇）、陳幸蕙《人生溫柔論》（一九九〇）、林安梧《問心》（一九九一）、羅肇錦《風的斷想》（一九九二）等書，均是擴寫題型的極佳材料。

題目四

請根據下列引文，自擬題目擴寫成四百字左右的短文，須加標點符號。

平坦的道路，唱不出好聽的歌聲！

——黃清波〈唱歌的小河〉

試作

• 唱歌的小河

過於平順的路途使人鬆懈，使人昏昏欲睡；曲折頓挫的途徑，反使人精神專注。由此觀之，走過坎坷歲月，在生命過程中受挫，無寧是另一種福氣。不平坦的崎嶇無疑讓我們更真切驚視峰迴路轉之美，重享柳暗花明又一村的喜悅，品嚐笑中有淚的深層意蘊。

當然，受挫的那一刻是沮喪痛苦，天崩地裂。或捶胸頓足，忽忽如狂，或愁雲慘霧，蹙眉無歡，諒誰也無法當下超拔，灑脫無礙。只有等心緒逐漸平靜下來，檢查自己受挫的緣由，了解「會受挫，其中一定有錯」的癥結所在，才能調整步履，重新出發，迎向苦盡甘來歡樂收割的期待。

然而不下雨的天空，無法出現美麗的彩虹，太甜膩的果汁，嚐不出澀後的絲絲甘美。有挫折，才能激起昂揚的意志，有挫折，才能展現滄桑深刻之美。一切橫逆，猶如臉上皺紋，終屬成長的必然痕跡。

畢竟，受挫的只是經驗，不折的才是意志。以挫而不折的勇銳，走出「失敗為失敗之兄弟」的陰影，渡過生命的淺灘，航行在天光雲影的寬闊水域，漸行漸遠，偶爾回首當日的不堪，頓覺受挫的經歷何嘗不是上天賜予的最佳贈予？

「挫折」是生命的鹽，讓人生這盤佳餚炒得更有滋味。

只要你是大聲唱歌的小河。（筆者，《台灣新生報．副刊》，一九九二、一、二六）

簡析

黃清波〈唱歌的小河〉原詩為：

小河很喜歡唱歌，
一邊走，一邊唱，
碰到了大石頭，
歌聲更加嘹亮。

從山上唱到海邊，
一點兒也不休息，
他喜歡在高低不平的路上，
張開喉嚨大聲唱。
他說：
　平坦的道路，
唱不出好聽的歌聲！

題目五

請根據下列情節，補充細節，擴寫成三百字左右的極短篇（小小說），不得改變結局。須加標點符號。

到達目的地之後，他立刻忙著起火、燒水，汗流浹背。我混在眾多女孩子裡面，一會兒向他要水喝，一會兒到處張羅鏡子，整理頭髮，一會兒又高談天下事，絕不放過任何捲舌音。……結果呢？他始終不認識我。

待打道回府的時候，我百般無奈，垂頭喪氣的收拾地上的果皮紙屑……。

突然，他走到我身旁驚呼：

「嘿！這年頭悶聲不響做事的人真是太難得啦！」

半年後，他成為外子。（〈尋夫記〉）

試作

到達目的地之後，他忙著起火、燒水，汗流浹背，卻成為眾人的焦點。我和其他女孩圍繞在他身邊，力求表現。偶而張羅鏡子，整理頭髮，製造「照花前後鏡，花面交相映」的迷人風采；偶而加入政經議題，字正腔圓的陳述個人高見，展現現代女性並非繡花枕頭，也知天下事的優質內涵。然而，根本沒有引起對方注意。

待打道回府時，已近黃昏，夕陽餘暉透過林梢柔柔鋪灑在營地草坪。迎著金黃的光澤，我落寞地收拾地上果皮殘渣。暗忖．強摘的水果不甜，強求的緣分不會久遠。自己又何必這麼看不開？……念及整個下午自己「刻意」的行徑，眉心一寬，不覺笑將起來。踏著輕快的步伐，緩緩彎下腰，撿拾草坪上的紙屑，舉手做環保，人人有責……

突然，他走到我身邊，直說：「小姐，你撿東西的樣子，讓我想起米勒的名畫『拾穗』，看起來好溫馨！」

我正不知如何搭腔時，他接道：

「嗯，我最欣賞實在的人。這年頭悶聲不響做事的人，真是鳳毛麟爪，太難得了！」

結果半年後，他成為外子。（筆者）

題目六

請就下列內容予以擴寫，自擬題目，文長三百字以上。

「誠」是儒家修己安人的中心思想，道德實踐的原動力。《中庸》謂：「自誠明，謂之性；自明誠，謂之教」。

1.誠的形上意義

形上是宇宙的本體，萬物生化的根源。先民們仰視天象，日月星辰運轉不息，俯察地理，川流不止；靜觀天地萬物，無不活活潑潑的；整個變化的宇宙，四時更代，充滿了和諧的秩序；萬物生長化育，到處洋溢著生機。因此，先民們體悟整個天地是博厚的、高明的、悠久的。一切的變化不單單是概念性、物質性而已，而是真真實實，蘊含著道德價值。《易．傳》的作者曰：「一陰一陽之謂道，繼之者善也」就是從這方面來了解。於是，先民指稱宇宙的本體為「天」或「道」或「天道」，在《中庸》則稱之為「誠」。

誠，妙生萬物，是宇宙的本體。同時「至誠無息」，誠本身具有生生不已的功能，以推動萬物變化，而使之趨向於和諧。整個天地無時不誠，無物不誠。是故，誠成為宇宙創造的根源與終極目標。亦成為人之所以為人，人實踐道德的形上基礎。

2.誠的內在意義

在先秦整個人文精神開展以來，人和天的關係是相連的。從以上「誠的形上意義」，我們

得知天地只是誠，萬物只是誠，而人之所以為人之性正為天所賦予；於是誠遂自然而然凝聚貫下在人性之中。誠是人本然固有的「性之德」，內在於中真實不妄的性體。同時，誠是純一不已的精神動力，使生命得以擴展的潛能。而順著人內在本有之誠，人自自然然的生知安行；盡一己之性，而盡人之性，而盡物之性，而參天地之化育。《中庸》謂：「自誠明謂之性」就是這個道理。

既然，誠是作為人的條件，誠有實現本性的潛能，那麼人人均有實踐道德的必然與可能。但一旦落實在實際上，物交物則相磨相盪；除了能不思而中，不勉而得的聖人外，大多數的人未必能充份滿足作為人的條件。於是《中庸》的作者曰：「誠之者，人之道也」，作為人有自動、不容已之情，要求生命完美的願望，於是人人可擇善固執，存養省察，體誠盡性而上通宇宙。由此觀之，誠是自我實現的根源與終極目標，是道德實踐的原動力。

3.誠的實踐意義

誠是內在的，自發的，份內具足，不假外求。在自我本性的實踐上，只要當下一刻當下一念能夠自覺的認知，時時刻刻的存養，則能擴展推致一曲之誠，而盡一己之性，進而合天地之德。但在這裡，有繼續不已，無窮盡「致曲」的精神歷程，即是「誠」。

大凡認識自己的本性，一定要從「心」上來驗證。孟子就是從心善來把握性善。繼而，要保持心中善的方向，則要在「意」上下工夫，這是儒家自我實踐極細密的地方。但「意」容易游移不安，以致於流於偏失。《中庸》作者則以為人在此處要本乎誠，以圓足自己的本性，並且勿欺自己的本性，尤其要在意剛動，人欲將萌生時；戒慎恐懼，防範未然。此即「慎獨」的工夫。而「意」誠之外，則進而要求對於事理物理的明白，對於善的認識。循著格物、致知、誠意、正心的路向，道問學和尊德性契合為一。《中庸》謂：「自明誠，謂之教」便是此種自我實踐的充份表現。到了宋儒，則從「敬」的工夫上反歸誠體，敬其事之本，窮物之理，以見天之道；也就是「誠」剛健精神的發用。

「誠」非但要求自我實踐上生命的完美，更進一步對人文世界的創造，人際關係的和諧，有無限量的心願。在物的道德實現上，開務成物；在倫理政治上，由修身而齊家、而治國，而平天下；以一步一步漸進的方式，開展客觀世界的成就。儒家求所謂的「外王」即此。

在內聖道德的實踐上，見成己之仁；在經濟、倫理、政治的實現上，見成物之知。而所謂仁，所謂知，都是由「誠」剛健不已的精神所推動完成。（一至三例為筆者）

簡析

有關四書作文題型，可參黃春貴《四書作文作法分析》（一九九四，台師大中教輔委會）。

縮寫

一、前言

縮寫，是抓重點、求精簡的概括寫法。經由刪、減的手法剪去繁枝，省略裝飾性詞句，綱舉目張，直指文章核心。

相對於擴寫的綿密刻鏤，縮寫是手持開山刀，披荊斬棘的精壯嚮導；相對於擴寫的層巒疊障、雲霧繚繞，縮寫是截彎取直，開門見山，奔赴終點。

如果說擴寫是演繹的拓展、延伸，縮寫則是歸納的撮舉、摘要。從擴寫到縮寫，猶如從紛紅駭綠、春華枝滿的熱鬧，走向天清地寧、水淨沙明的境地；充分展現「才覈」、「善刪」的本領，運斤成風，條貫情理，力去浮花浪蕊之姿，切中要點，彰顯立意之所在。

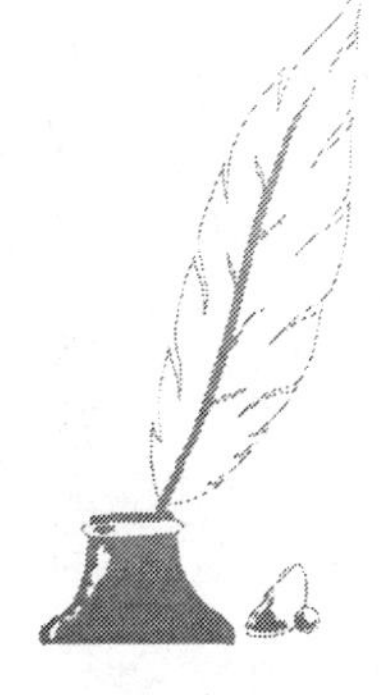

二、觀念辨析

「字去而意留」（《文心雕龍．鎔裁》），為縮寫精神所繫。旨在扼要敘述，化具體細節成概括情節，去排比鋪衍為單句直陳。因此，縮寫首重「量的刪減」，力求化繁為簡，去形象思維成邏輯思維，這樣的觀念適與修辭學中的「省略」接軌。諸如：陳望道《修辭學發凡》、楊樹達《增訂本中國修辭學》、董季棠《修辭析論》、杜淑貞《實用修辭學》等，均於此著墨，特重「縮小」（猶「精約」之「約」）之義，以簡明、正確為訴求。似此綜合涵攝、高度概括能力的養成，即縮寫題型訓練的主要目的。

然而，縮寫的層次可向上提升。由「量的刪減」至「質的精密」，由「字去而意留」至「字去而義豐」，自創作角度（尤其在詩學理論上），講究作品多義性、文句稠密性。諸如：張夢機《近體詩發凡》、黃永武《中國詩學——設計篇》、古遠清《詩歌修辭學》等，莫不於此強調鍛鍊之必要，特重「濃縮」（猶「精約」之「精」），以密度、豐美為訴求。唯此類題型難度更高，挑戰莘莘學子的獨創力與精進力，較適合運用在資優推甄上。

三、縱向：掌握主題句

主題句（topic sentence）係一段或一篇中主要論點所在，標示著作者核心概念。因此博觀約取，掌握主題句，掌握關鍵句，明白作者立意重心、敘述梗概，洵為縮寫的不二法門。

運用在議論上，縮寫首重前提、結論。尤其是代表肯定或否定的判斷句，揭示批判觀點，往往帶出主題脈絡，（阿德勒《如何閱讀一本書》第九章第二節「找出關鍵語句」）。以「凡目法」（先總括後條分、先條分後總括）文章為例，主題句在「凡」；以「正反法」（藉反面的材託出正面的意思）文章為例，主題句在「正」；以「立破法」（先提出論點再加以反駁）文章為例，主題句在「破」（陳滿銘謂「立」是箭靶，「破」是箭）；以「抑揚法」（先貶抑後頌揚、先頌揚後貶抑）文章為例，主題句在「揚」；以「平側法」（先平提後側注，先並列後偏重）文章為例，主題句在「側」。其次，運用在記敘、抒情上，則注重敘事句與表態句。以「泛具法」（泛泛敘寫與具體描述）行文者，主題句在「泛」；以「情景法」（情感與景物）行文者，主題句在「情」；以「本末法」（原本與末尾）行文者，主題句在「本」；以「淺深法」（淺顯與深刻）行文者，主題句在「深」；以「因果法」（起因與結果）行文者，主題句則在「因果」關係的概括敘述上。如此一來，將以旁觀者清之姿，站於制高點之上。不迷於繁花繽紛，不蔽於雲封霧鎖，掌控主幹，總覽全局。

執是之故，主題句位置，大抵出現在文章段落的開端、結尾。因此，抓住「開門見山」、「開宗明義」的緒論（出發點），抓住「百川歸海」、「千里結穴」的結論（終點），最能雲散月明，掌握縮寫竅門（兩點間最短的距離是直線）。其次，亦有出現在中間、言外者（此即陳滿銘「立意」中所謂：「主旨安置於篇首」、「主旨安置於篇末」、「主旨安置於篇腹」、「主旨安置於篇外」），須精於辨識，以求畫龍點睛，切中要點。以張曉風〈我喜歡〉（《曉風散文集》）為例：

我喜歡活著，生命是如此地充滿了悅愉。

我喜歡冬天的陽光，在迷茫的晨霧中展開。我喜歡那份寧靜淡遠，我喜歡那沒有喧嘩的光和熱。而當中午，滿操場散坐著曬太陽的人，那種原始而純樸的意象總深深地感動著我的心。

我喜歡在春風中踏過窄窄的山徑，草莓像精緻的紅燈籠，一路殷勤的張結著。我喜歡抬頭看樹梢尖尖的小芽兒，極嫩的黃綠色中透著一派天真的粉紅——它好像準備著要奉獻什麼，要展示什麼。那柔弱而又生意盎然的風度，常在無言中教導我一些最美麗的真理。

我喜歡看一塊平平整整，油油亮亮的秧田。那細小的禾苗密密地排在一起，好像一張多絨的毯子，是集許多翠禽的羽毛織成的，它總是激發我想在上面躺一躺的欲望。

主題句是「我喜歡活著，生命是如此地充滿了悅愉」。整大段落，可以縮寫成五十個字以內：「我喜歡活著，喜歡冬天陽光的寧靜，喜歡在春風中踏過窄窄的山徑，喜歡看平整油亮的秧田，生命是如此地充滿喜悅。」又如黃永武〈心與境〉（《愛盧談心事》）：

> 唐朝的大官，也都存錢在京城裡買林園別墅，準備退休後，住在朋友聚集的地方，但是白居易不是就可憐這些富貴者嗎：「多少長安空鎖宅，主人到死不曾歸！」擁有了園林美景，卻沒時間沒心情去細賞，只是空鎖不用，真是暴殄天物！宋代的大官富商也一樣，不少人在洛陽買房地產，準備退休後享用，只有富文忠公及時在七十歲退休，在園林間優游了十年，而其他像寇準、王拱辰都擁有漂亮氣派的第宅，勝過富弼，但到老不肯退職，都死在任上，無法歸來，徒然讓「名圃廣廈虛設」！金錢也一樣，唯有使用的時候，才顯出了它的價值，擁有而不能及時使用，談不到享有了。

主題句是「金錢也一樣，唯有使用的時候，才顯出了它的價值，擁有而不能及時使用，談不到享有了」。整個段落可以縮寫成五十個字以內：「唐朝大官往往擁有園林美景，無暇欣賞；宋朝大官也每每擁有華宅，到老仍無法享用。就像金錢，只有及時使用，才是真正享有。」另如朱炎〈此時有聲勝無聲〉（《此時有聲勝無聲》）。

唐吉訶德雖然是西班牙的莎士比亞，但卻也是世界公認的瘋癲騎士。他把風車當成巨人，把羊群當成敵陣，把神父當成惡人，把粗鄙的村女當成理想中的貞女。他到處受人捉弄，而且常被整得焦頭爛額，灰頭土臉。但是，他那一再否認現實情況的態度與行徑，好像是要說服世人：大家所認定的真實，不過是個假象。唐吉訶德象徵人類對理想的渴望與追求；他的跟班桑喬班撒，則代表人類對現實的執迷。由他們的關係看，我們可以知道，在作者賽萬代斯的心目中，理想永遠是主人，而現實永遠是僕從。不管世人如何揶揄唐吉訶德，他那種不畏世俗，直奔理想的專注與勇氣，總會令人感動。

主題句在「唐吉訶德象徵人類對理想的渴望與追求，他的跟班桑喬班撒，則代表人類對現實的執迷」、「理想永遠是主人，而現實永遠是僕從」。整大段可以縮寫成五十個字以內：「唐吉訶德象徵人類對理想的追求，跟班僕人象徵對現實的執迷。雖然唐吉訶德行徑荒唐，但他堅持理想的勇銳，令人動容。」至如林文月〈樹〉（《午後書房》）：

那個午後，我與一位老教授同在室內安安靜靜地各做各事。我忙於預備大一國文的教材，教授似乎在為他的論文翻查資料。他的桌面堆滿許多書籍。我看見他佝僂著上身，將眼鏡放置於一邊，臉面幾乎觸及那些線裝的古典書籍。過了很久，他忽然起身臨窗眺望。我不能確定教授是否在看樹，但是，以窗框為際限，對面樓房的古老磚瓦與雲天枯枝為襯托，那清癯的背影，如一幅寓意深刻的畫，令我感動，至今印象鮮明。

主題句在「那個午後，我與一位老教授同在室內安安靜靜地各做各事」、「那清癯的背影，如一幅寓意深刻的畫，令我感動，至今印象鮮明」。整大段可以縮寫成五十個字以內：「午後，我與一位老教授在室內工作。過了很久，他臨窗眺望，清癯的背影在窗外古老磚瓦與雲天枯枝的襯托下，令我印象鮮明。」於是充滿情意、想像的描繪，變成較和平、簡化的敘述；想像、揣測的部分刪去，詳者略之，只剩下事件始末概要。

四、橫向：刪減、概括對等句法

對等句法（parallelism），是採用相同句型結構（字數不完全相等），來表達相似的概念或相關的內容。大凡系列並舉、選擇比較、鋪陳推衍，莫不藉由對等句法，盎然添葉映綠，艷然繁花增彩，以成文章富麗盛景。

以中文修辭觀之，所謂對等句法，無非對句（寬式對偶）、排比、層遞的表現手法。藉由「對立」、「多樣」的「統一」形式，用以拓展文義、強化氣勢、增強音節，揮灑豐華工贍之美。因此，縮寫的另一重要本領，即在於此「文字空間畫面」的削減，如何逢駢必散，逢雙必孤，化排比成單句，化層遞成最後結語，讓所有的「對立」、「多樣」反璞歸真，重回「統一」單純敘述。以余秋雨〈老屋窗口〉（《文化苦旅》）為例：

窗外是茅舍、田野，不遠處便是連綿的群山。於是，童年的歲月便是無窮無盡的對山的遐想。跨山有一條隱隱約約的路，常見農夫挑著柴擔在那裡蠕動。山那邊是什麼呢？是集市？是大海？是廟舍？是戲臺？是神仙和鬼怪的所在？我到今天還沒有到山那邊去過，我不會去，去了就會破碎了整整一個童年。我只是記住了山脊的每一個起伏，如果讓我閉上眼睛隨意畫一條曲線，畫出的很可能是這條山脊起伏線。這對我，是生命的第一曲線。

其中空間的層遞（「窗外是茅舍、田野、不遠處便是連綿的群山」）、排比（「是集市？是大海？是廟舍？是戲臺？是神仙和鬼怪的所在？」）均可省略，包括想像的推衍（「如果讓我閉上眼睛隨意畫一條曲線，畫出的很可能是這條山脊起伏線。這對我，是生命的第一曲線」）亦可刪除，於是整段文字可縮成：「童年的歲月便是對窗外群山的無盡聯想，跨山隱約有一條路。我到今天還沒有到山那邊去過。我只是記住了山脊每一個起伏的曲線。」復以樂衡軍〈浪漫之愛與古典之情〉（《古典小說散記》）為例：

回顧起來，浪漫與古典，根本說還是情同事異，所有的情愛都是心頭一點暖熱的嚮往，而發散的光度有異而已。率其生命衝動的浪漫愛，猶如春天野火熊熊而燃，不能自已；一時情緒的陶醉愛，彷彿流螢閃灼，風韻自賞，引人暇思；因情悟道的傾賞之愛，不啻長空見月，瀲瀲晶瑩，此心無礙；追求靈魂相契的唯心之愛，譬如是蒼穹星辰，幽渺而永恆；踐守信約的生死之愛，淬礪如砧上火花，驚心而動魄，婉轉幽微的默想之愛，便好像荒村燈火，令人顧念而懷思。不同的情感意態，有不同的境界。

其中六組比喻（「率其生命衝動的浪漫愛猶如春天野火熊熊而燃」、「一時情緒的陶醉愛，彷彿流螢閃灼」、「因情悟道的傾賞之愛，不啻長空見月」、「追求靈魂相契的唯心之愛，譬如是蒼穹星辰」、「踐守信約的生死之愛，淬礪如砧上火花」、「婉轉幽微的默想之愛，便好像荒村燈火」）及其喻解，即可刪略，整段文字可以縮寫成五十個字以內：「浪漫與古典，正是情同事異。所有情愛都是心頭一點暖熱的嚮往，而發散的光度有異。不同的情感意態，自有其不同的境界。」另如黃永武〈遊山如讀書〉（《愛廬小品》）：

「將要最美」的道理，也可以比況人生一切的滋味，如果人生是一段航程，張滿希望的帆檣前進，比抵達了目的地還要有趣；如果人生是一場花季，蓓蕾初成，人心最樂，一旦濃春爛漫，反有了「末路易衰」好景不常的感喟，所謂「老翁慣有飛花感，怕見濃春爛漫時！」這也就是因為快樂生於「不足」的「將要」，而憂懼卻生於「有餘」的「已然」呀！

其中兩組比喻（「如果人生是一段航程，張滿希望的帆檣前進，比抵達了目的地還要有趣」、「如果人生是一場花季，蓓蕾初成，人心最樂，一旦濃春爛漫，反有了『末路易衰』好景不常的感喟」）即可刪減，將整段文字縮寫成五十個字以內：「『將要最美』的道理，可以比況人生的一切滋味。不管是喻為航程或花季，只有『將要』才能產生快樂，『已然』反而使人憂懼。」

又如筆者〈說閒〉（《青鳥蓮花》）。

閒是一種浪漫的藝術，一種虛白的涵養。可惜許多人視浪漫之閒為浪費，虛白之涵養為虛無，不知閒之無窮妙用。殊不知能閒，才能使盲目塵封心靈重新睜亮放光，才能使茫然高速的前衝重新擦亮意義的標竿；從而用志凝神，看見以前未見的美感形相，聽見以前未聽的悅耳之音，思索以前未思索的生命課題；從而猶如封閉屋宇裝設一扇扇天窗，迎向湛湛青天，生命不再是纍纍勞累的「唉」，而是一串驚喜、寬和的「嗨」！

其中引申的對句（「許多人視浪漫之閒為浪費，虛日之涵養為虛無」）、過長的對句（「才能使盲目塵封心靈重新睜亮放光，才能使茫然高速前衝重新擦亮意義的標竿」）、排比的敘述（「看見以前未見的美感形相，聽見以前未聽的悅耳之音，思索以前未思索的生命課題」），以及比喻（「猶如封閉屋宇裝設一扇扇天窗，迎向湛湛青天」）均可刪減，將整段文字縮寫成五十個字以內：「閒是一種浪漫的藝術，妙用無窮。能閒才能睜亮心靈之眼，確定前衝的方向，發現以前沒有注意到的世界，讓生命充滿驚喜。」

藉由刪減或概括對等語法的文義，省略修辭造句（比喻、擬人、移覺、誇飾、示現等），在豪華落盡見真淳中，花飄葉落，留下主要枝幹。

五、結語

基於文學為「理念的感性顯現」、文學係「主題在作品不斷展開的意思和意象，被具體地、戲劇性地表現出來」（艾布拉姆斯《歐美文學術語詞典》）的定義，可知縮寫是直指核心，返本溯源，掌握「理念」，去除「感性」（形容詞、副詞等修飾）；掌握「主題」，去除「具體」、「戲劇性」（生動鮮活的呈現）；以忠於原文的概括敘述為主。因此，縮寫題型，貴於萃取存真，絕不可擅自加料，更不可改變原文大意，遠離基準點（愈飄愈遠，各說各話），否則將失去此題型訓練的意義。

其次，由於縮寫重點在簡要、清晰，約以貫之，不尚藝術加工、情境渲染，因此縮寫練習，往往削弱原作美感，破壞其特殊的生動效果。以魯迅散文〈秋夜〉開端四句為例：

> 在我的後園，可以看見牆外有兩株樹，一株是棗樹，還有一株也是棗樹。

張大春認為可縮成兩句「在我的後園，可以看見牆外有兩株棗樹」，也可縮成一句「後園牆外有兩株棗樹」，然如此一來，將破壞原文蓄勢、伏筆的功能：「棗樹祇是魯迅為鋪陳秋夜天空所伏下的引子，前面那四個『奇怪而冗贅』的句子竟是寫來為讀者安頓一種緩慢的觀察情境，以便進入接下來的五個句子」（《小說稗類》卷一，頁四四），另龍協濤亦謂：「改寫後的句子只是客觀地表達了後園的環境，只是『傳達消息』以訴諸於讀者的理解度。魯迅創造這個顯得囉嗦的句式，著眼點是要傳達出擾人心煩的單調之感和寂寞之情」（《文學讀解與美的再創造》，頁七二）；由此觀之，縮寫在「字去而意留」之餘，不免連帶破壞原作文學趣味，則為此題型的「必要之惡」。

最後值得一提的是，縮寫習作係文學訓練的起點。最終的目的，在經由概括、刪減，走向創作上的「精約」（「覈字省句，剖析毫釐」，劉勰《文心雕龍．體性》）、「濃縮」（「一則是字數不增多，意義增多；一則是字數減少，意義不減少」（黃永武《中國詩學——設計篇》，頁九八）。凡此「以少總多，情貌無遺」行文風格的凝塑，當為縮寫藝境的最高指標。

題目一

將下列段落，縮寫成一百字以內的短文（含標點符號），須符合原文意涵。

人主在創業時需要人才，若不重用人才，有「明顯而立即的危險」。成功後需要使用奴才，他也知道奴才是個負數，但是他已不怕虧損，他估量負擔得起。

與人才相處是很累的，與小人奴才相處則輕鬆愉快。人主需奴才如需情婦，如需名犬，如需熱水浴加按摩。

人才建功立業時的形象對人主構成壓力，所以功臣自全之道是在適當時機自動變為奴才。

就說韓信罷，劉邦問他：「你看我能指揮多少軍隊？」劉邦那時已經懷疑韓信了，已經把韓信縛在車後——就像在古裝電影裡常常出現的鏡頭，繩子的這一頭綁著他的手，繩子的另一頭拴在車後，像牽著一頭畜生，——大大的羞辱過了，他忽然向韓信提出這個奇怪問題，韓信應該看出他的心態，他是向韓信表示「我現在需要奴才了。」韓信不察，居然說劉邦只能指揮十萬人。

「那麼你能指揮多少人？」劉邦再問。

他居然說「越多越好！」從這時起，他死定了。（王鼎鈞〈功臣與奴才〉）

試作

人主在創業時需要人才，成功後需要使用奴才。與人才相處很累，與奴才相處很愉快。所以功臣自全之道，在於適當時機自動由人才變成奴才。而韓信就是一個不知道變通的例子。（筆者）

題目二

將下一段文字，縮寫成五十字以內（含標點符號），須符合原文意涵。

從《開放的人生》到《文化苦旅》，從《三更有夢書當枕》到《天光雲影共徘徊》，將近二十六個年頭裡，出版了五百多種書，這批做書的老朋友，你來我往，彼此看著黑髮變白髮，皺紋從額頭行走，如今每個人嘴角的弧度，大概受了地心引力的影響，都在向下彎曲，啊，這種向下沉淪，頗讓我們無可奈何。幸虧我們在同一座廟久了，總是互相打氣、互相取暖，賣紙的繼續賣紙，印刷的繼續印刷，上光的繼續上光，裝訂的繼續裝訂——我們每個人仍然站在自己的崗位上，景氣不好，也依舊堅持，畢竟十幾二十年，我們都是做書的人，你看著我，我看著你，沒有誰發過誓，但我們都會繼續碰面，繼續在我的廟裡春夏秋冬。（隱地〈我的宗教我的廟〉）

試作

二十六年來，共出版五百多種書，如今這些做書的朋友，雖已漸老，仍彼此堅持信念，各司其職，攜手合作。（筆者）

題目三

將下一段文字縮寫成五十字以內（含標點符號），須符合原文意涵。

推出兩扇窗。萬星入睫。沁膚的涼風撲進來。他想。作為一個生命，無不是海邊平凡的漁家。漁家何傲？唯在整個宇宙大劇院千萬種樂器吹出自己的曲調。一片哭哭啼啼、嘻嘻哈哈、喧喧叫囂的使人耳聾的大齊奏中。希望自己不是一支充數的濫竽。自然，一曲奏終，他將握把斷絃，面對焚日西沉，只有一坏草色新土。江上數峰青。至於能不能留傳下去，就像目前尚在實驗的現代音樂，那是個後來的問題。他想。（張春榮〈節奏〉）

試作

每一個生命都是凡夫俗子。只有努力做自己，終此一生，不自吹自擂，不濫竽充數，才是最實在。（筆者）

題目四

將下一段文字縮寫成五十字以內（含標點符號），須符合原文意涵。

不要害怕受傷！懦弱的人只會被競爭的社會淘汰。要做疾風中的一株勁草，不要做温室裡的一朵花！不要讓自己瑟縮在自卑的陰影裡。不要怯於嘗試，不要輕言放棄，更不要理會旁人幼稚無知的嘲弄。你沒有去做，怎麼知道你不會？

試作

不要害怕受傷，優勝劣敗，適者生存。要走出陰影，勇於嘗試，不可畫地自限。（筆者）

題目五

將下一段文字縮寫成五十字以內（含標點符號），須符合原文意涵。

最閃亮的鑽石，是被包藏在深深的岩石裡頭；最重要的動力——石油，是被埋藏在深深的地層底部。我有一位力求上進的同學，他正像一顆鑽石，雖然亮光四射，卻是虛懷若谷；雖然滿腹經綸，卻還是不停的力求上進。

試作

我有一位同學，他力求上進。才藝出眾，光芒四射，卻十分謙虛；雖滿腹經綸，仍精益求精，毫不歇息。（筆者）

仿寫

一、前言

「仿寫」是作文題型與修辭格的交集區。作文題型中注重「仿寫」單元者，自陳滿銘《作文教學指導》（一九九四，萬卷樓）起，計有：江蘇省寫作學會《作文教學指要》（一九九五，南京師範大學）、李懌《初中作文教與學》（一九九七，北京師範大學）、賴慶雄、楊慧文《作文新題型》（一九九七，螢火蟲）、楊鴻銘《新作文法》（一九九九，建宏）、王昌煥《國文語文表達能力秘笈》（二〇〇一，翰林）、沈壽美等《高中國文語文表達能力訓練》（二〇〇一，翰林）、楊鴻銘《語文表達寫作能力要覽》（二〇〇一，建宏）、范曉雯等《新型作文瞭望台》（二〇〇一，萬卷樓）、趙公正《高中語文表達作文訓練》（二〇〇二，建宏）等，紛紛於此剖析研發，探索仿寫世界的「宗廟之美，百官之富」。

反觀修辭中自陳望道《修辭學發凡》（一九三二）以來，多採「仿擬」一詞，如：黃慶萱《修辭學》（一九七五，三民）、王希杰《漢語修辭學》（一九八三，北京）、楊子嬰等《文學和語文裡的修辭》（一九八七，麥克米倫）、譚永祥《漢語修辭學》（一九九二，北京語言書院）、顏藹珠、張春榮《英語修辭學》(二)（一九九七，文鶴）、黃麗貞《實用修辭學》（二〇〇〇，國家）、陳正治《修辭學》（二〇〇一，五南）等。至於關紹箕《實用修辭學》（一九九三，遠流）則稱為「模倣」，沈謙《修辭學》（一九九一，空大），獨標「仿諷」。然不管取名為何，書中無不論及字句、篇章上的「仿寫」。執是之故，作文中「仿寫」題型，適與「仿擬」接軌，兩者理論、文例，正可相互挹注、發明。

二、「仿寫」的兩種向度

「仿寫」主要是向前賢名篇借靈感，透過原作的摹仿效法。經由不斷融會貫通，心領神會，日後得以自闢蹊，徑邁向創作之門。

歷來「仿寫」，可分正仿（stylization）、戲仿（parody）兩類。高辛勇《形名學與敘事理論》（一九八七，聯經）頁一九五指出：

所謂單向類比是後起作品故意仿效某種既成的形式，如果新作在仿效時含有嘲弄或揶揄意味者為「諷擬」（parody），如果沒有揶揄意味者，則為「模擬」（stylization）。

其中「模擬」即「正仿」，屬於正向、單純模仿。原作嚴肅，則跟著嚴肅；原作詼諧，則跟著詼諧；以原汁原味的「形似」為主。所謂「諷擬」即「戲仿」，則以原汁原味的「加料」為主，以戲謔方式、水平思考的角度看待原作。於是，化嚴肅為詼諧，化瑣碎為正經，顛之倒之，造成落差的閱讀趣味。依沈謙《修辭學》（頁二一一），前者稱之「仿擬」（單純模仿前人的作品，學得維妙維肖），後者則稱為「仿諷」（不但模仿前人作品，在句法與調子上維妙維肖。而且是為了滑稽嘲弄而故意摹仿特定的既成形式，藉形式與內容的不調和，模擬嘲諷，達成滑稽悅人的效果）。以輝聖〈愛情是糖屑〉（《中國時報．人間副刊》，一九九六、四、十四）所引小詩為例：

愛情是糖屑，深沉藥碗裡。
若要吃糖屑，苦藥苦到底。

作者別有會心，將之仿寫：

愛情是糖衣，苦藥糖衣裡。
甜時一剎那，苦時苦到底。

情意更為纏綿悱惻，足以和原作相與爭輝，即為正仿（「仿擬」）。反觀馬致遠〈天淨沙〉：枯藤、老樹、昏鴉，小橋、流水、人家，古道、西風、瘦馬。夕陽西下，斷腸人在天涯。無名氏〈醉中天〉（見《樂府初聲》），出現相似情境：

老樹懸藤掛，落日映殘霞。隱隱平村噪晚鴉，一帶山如畫。懶設設鞭催瘦馬。夕陽西下，竹籬茅舍人家。

然少了原作的悲苦，多了幾分殘缺美感的閒適氛圍，可視為正仿（若兩篇證明毫無關係，則只能歸為雷同之作）。而筆者藉以寫露營場景：

帳棚、沙拉、豆芽，蛋糕、汽水、龍蝦，叉燒、滷味、烤鴨。蠟燭點起，眾老饕笑哈哈。

既無鄉愁襲身，亦無閒情雅致，不用上半身思考，只用腸胃反應，化濃濃悲情為大塊朵頤的愛吃鬧劇，則為不入流的戲仿。至於〈天淨沙〉改寫成散文或新詩之例，可參羅青《錄影詩學．天淨沙》頁十五～十九、邱燮友等《階梯作文1》頁一四五～一四六、王昌煥《國文語文表達能力秘笈》頁一五一～一五三。

基本上，「仿寫」是「有樣學樣」的寫作，「因陵成山」、「有中生有」（並非「無中生有」）的創作階梯。經由「仿寫」，可以喚起「見賢思齊」、「有為者亦若是」意志，激發再創性的想像，觸動「類推」、「類比」的創意思考，此即「正仿」的練習效益。當然，經由「仿寫」，也可以「與前賢開開玩笑」、「幽名篇一默」，以另類、鬆綁的方式，提供逆向、不同的想像視野，發揮大異其趣的「腦筋急轉彎」，讓寫作變得「很新鮮」、「很輕鬆」，釋放畏懼、難搞的心態，拉近學習的距離，此即「戲仿」的趣味效益。於作文教學中，正仿與戲仿兩者並行不悖，相輔相成，值得善加運用。

大凡古典詩文「仿寫」的編本，坊間計有：郭紹虞《學文示例》（一九八六，明文）、陳銘磻《新浪潮國文》（一九八九，號角）、李宗吾《厚黑學》（一九九四，傳文）、周正舉《替詩詞剝層皮》（二〇〇一，台灣商務）等，可供參考。

三、古典詩的仿寫

古典詩的仿作，由於「絕句」易學易工，「律詩」難學難精，入門仿作一向以「絕句」為先。巴壺天教授師大國文系唐詩習作，即以張九齡〈賦得自君之出矣〉：

自君之出矣，不復理殘機；
思君如滿月，夜夜減清輝。

「命諸生擬作，諸生各騁巧思，各摛妍藻，略經潤色，尚呈奇觀」（巴壺天《藝海微瀾》，頁二五四，一九七一，廣文），其中多為「正仿」之作。如：

(1)賦得自君之出矣／張健

自君之出矣，春光去似梭；
思君如井水，日夕生碧波。

(2)賦得自君之出矣／許錟輝

自君之出矣，難遣月圓時；
思君若黃蘗，心苦有誰知？

(3)賦得自君之出矣／余培林

自君之出矣，輾轉不成眠；
思君若荒漠，日夕盼甘泉。

由於三位作者同為筆者大學時老師，今讀其少作，倍覺興味盎然。又陳義芝曾將此詩改寫成新詩〈思君如滿月〉（《青衫》，一九八五，爾雅）。

此詩筆者曾援引設計，讓莘莘學子「仿寫」：

自君之出矣，□□□□□；
思君如□□，□□□□□。

第二句寫離別後自己的心情。第三句找出一個比喻，第四句說明這個比喻的特性，和前面離別後的心情相互呼應。當然第二句、第四句最後一個字要注意押韻，以合乎原詩格式。筆者試作如下：

(1)自君之出矣，寂寞不成眠；
思君如電桿，兩地一線牽。

(2)自君之出矣，日夜跑操場，
　思君如沙漠，滿地仙人掌。
(3)自君之出矣，簡訊訴情衷；
　思君如捷運，東西兩地衝。

第一例仿寫要點，在以「電桿」比喻後，要能深刻的引申、說明。「兩地一線牽」的繾綣繫念，比起「孤孤又單單」或「瘦黑立路邊」感懷，當略勝一籌。第二例仿寫要點，在於透過「沙漠」的比喻，帶出熱情無法獲得回報，愛恨糾結的刺痛心事。「滿地仙人掌」正是如坐針氈的焦灼寫照。此詩若改寫成新詩，猶如方思〈仙人掌〉：

愛你
就如以整個沙漠
愛一株仙人掌。

而古典詩、現代詩之異同（同質異形），由此可略窺一二。至於第三例，藉最新運輸交通，訴說心心念念，渴望時時相聚的「真情指數」，依稀「身無彩鳳雙飛翼，心有靈犀一點通」的現代版。「東西兩地衝」道出捷運班次頻繁，每五分鐘一班，自動發車，由早至晚，永不休止（若寫成「班班都客滿」，雖說言之成理，可惜「滿」和「紅」不能押韻）。

四、童詩的仿寫

童詩首重新奇、有趣，以合乎兒童美感經驗與想像為主。可愛童詩的仿寫，始於好玩，終於趣味橫生，最能讓人興緻盎然。

以「顏色」為題材，童詩中最常見的寫法有二：一是由具體至抽象的「深化」寫法；一是另類想像的「擬人」寫法。如：

(1)紅色的聯想／林蘭芳

紅色是紅的，
喜幛是紅的，
蠟燭是紅的，
新娘嬌羞的臉是紅的，
新郎的領帶和胸花是紅的，

幸福和快樂，
也是紅的吧！

(2)紅色的聯想／王宣驊

紅色的火
喜歡在爐子懷裡
跳著熱情的
粘巴達

兩首表現手法十分明顯。第一首，以「紅」色貫串全詩，藉由結婚場景的移動，由物（「紅包」、「喜幛」、「蠟燭」）而人（「新娘」、「新郎」），由具體（前五行）至抽象（後兩行），帶出表裡如一的深入聯想。第二首，鎖定紅色火焰，將屬暖色系列的「紅火」擬人，發揮其躍動變化的形象，於是展開讓人喘不過氣的煽情勁舞。全詩在「喜歡」、「跳著」動詞的貫串中，一氣呵成，簡短有力。似此相同表現手法的詩作，分別有：

(1)黑的聯想／廖千儀

鼠洞是黑色，

虎穴是黑色的，
夜的小巷是黑的，
為非作歹的人，
他的前途也是黑的

(2)白色的聯想／李孟霞

牆壁是白的，
天花板是白的，
被單是白的，
護士和醫生的衣服是白的，
寂寞和愁苦，
也是白色的嗎？

(3)黑色／王宣驊

沉默的黑色
一直躲在
別人不知道的地方
看著白天裡

髒亂的世界

(4)紅和綠／吳俐瑩

紅和綠最愛春天
每次春天一來
他們就在地上
開了一片
美麗的草和花

顯然一、二兩首是由具體至抽象的「深化」寫法。三、四兩首是充滿律動、化抽象為具象的「擬人」寫法。可見由此展開仿寫，觸類旁通，可以有「藍色的聯想」、「黃色的聯想」、「綠色」、「灰色」、「紅與黑」、「黑與白」等，發揮玲瓏童心，在五彩繽紛的顏色世界，寫出無數可愛的詩篇。其中由具體至抽象的「深化」寫法，層次分明，最容易出現佳作。如：

(1)圓的聯想／林孟蓉

弟妹的笑臉是圓的，
月餅是圓的，

汽水瓶口是圓的，
文旦柚是圓的，
中秋月亮是圓的。
全家人樂融融的聚在一起，
也是一種圓哪！

(2)枯的聯想／楊宗霖
冬天的樹葉是枯的
被人丟棄的花是枯的
沒有澆水的草地是枯的
考零分的心情也是一片枯的

分別以「圓的」、「枯的」貫串全詩，由景而情，別有會心，洵為親切有味。

五、散文的仿寫

散文的仿寫可分「概括敘述」與「詳細描寫」兩種，前者較為簡單，只要舉出事例即可；

後者較為精密，必須發揮、衍申。

以「我喜歡」為題，經由排比鋪陳，李黎〈喜歡〉（《別後》，一九八九，允晨）一文即為「概括敘述」。張曉風〈我喜歡〉（《曉風散文集》，一九七八，道聲）則為「詳細描寫」。茲取其中共同嗜好（笑臉、夢、信）：

(1)喜歡迎面而來板著面孔的行人忽然展顏微笑：「嗨！」喜歡從緊張驚險的夢裡醒過來，發現自己極為安全地躺在家中床上。喜歡折開友人來信的那一刻。（李黎）

(2)我喜歡另一種花兒，是綻開在人們笑頰上的。當寒冷早晨我走在巷子裡，對門那位清癯的太太笑著說：「早！」我就忽然覺得世界是這樣的親切，我縮在皮手套裡的指頭不再感覺發僵，空氣裡充滿了和善。

我也喜歡夢，喜歡夢裡奇異的享受。我總是夢見自己能飛，能躍過山丘和小河。我總是夢見奇異的色彩和悅人的形象。我夢見棕色的駿馬，發亮的鬣毛在風中飛揚。我夢見成群的野雁，在河灘的叢草中歇宿。我夢見荷花海，完全沒有邊際，遠遠在炫耀著模糊的香紅——這些，都是我平日不曾見過的。最不能忘記那次夢見在一座紫色的山巒前看日出——它原來必定不是紫色的，只是翠嵐映著初昇的紅日，遂在夢中幻出那樣奇特的山景。

當我坐下來，在辦公室的寫字臺前，我喜歡有人為我送來當天的信件。我喜歡讀朋友們的信，沒有信的日子是不可想像的。我喜歡讀弟弟妹妹的信，那些幼稚純樸的句子，總是使我在淚光中重新看見南方那座燃遍鳳凰花的小城。最不能忘記那年夏天，德從最高的山上為我寄來一片蕨類植物的葉子。在那樣酷暑的氣候中，我忽然感到甜蜜而又沁人的清涼。

我特別喜愛讀者的信件，雖然我不一定有時間回覆。每次捧讀這些信件，總讓我覺得一種特殊的激動。在這世上，也許有人已透過我看見一些東西。這不就夠了嗎？我不需要永遠存在，我希望我所認定的真理永遠存在。

我把信件分放在許多小盒子裡，那些關切和情誼都被妥善的保存著。（張曉風）

兩相比較，可以明顯看出，同樣看見笑臉，李黎舉出事例，張曉風則再加描繪內心感受（「忽然覺得世界是這樣的親切，我縮在皮套裡的指頭不再感覺發僵，空氣裡充滿和善」）。同樣做夢，李黎指出喜歡惡夢驚醒，安全在床；張曉風則描述各種夢境（「夢見自己能飛」、「夢見奇異的色彩和悅人的形象」、「夢見棕色的駿馬」、「夢見成群的野雁」、「夢見荷花海」、「夢見在一座紫色的山巒前看日出」）。同樣愛拆信，李黎點到為止，張曉風則在讀弟弟妹妹、讀者的信中加以引申（「那些幼稚純樸的句子，……我忽然感到甜蜜而又沁人的清涼」、「每次捧讀這些信件，……我希望我所認定的真理永遠存在」）。而透過以上對照，可見散文仿寫的進階，當始於「概括敘述」，終於「詳細描寫」，充分展現文字書寫的功力（愛亞亦有〈喜歡〉，見其散文集《喜歡》，一九八四，爾雅）。

另以伍佰「啤酒」廣告為例，伍佰彈著吉他，酷酷的用台語問：「誰最青？」接著強而有力答道：「台灣啤酒最（尚）青！」勁爆對答，令人印象深刻。李晉萱小朋友〈我的點子最青〉（《中國時報》，一九九九、六、十三）加以仿寫：

每次看到電視中的伍佰，披著一頭亂髮，忘情的搖滾著吉他，然後酷酷的說：「誰最青？」時，我就忍不住想告訴大家誰最青！

誰最青？春天最青。走到戶外，眼前一畦畦的稻田，就像綠色的波浪，一波波的翻湧。順著綠波一直綿延至遠處的山峰，春天把大地都染綠了。從山腳到山頂，從鄉村的原野到城市的分隔島，何處不青？

誰最青？媽媽生氣時的臉色最青。當我把七十三分的考卷拿給媽媽簽名時，媽媽整個臉色都發青了。接著「啪！」一聲，考卷裂成了兩半，我的雙手也被打得瘀青，真是悽慘。

誰最青？我的點子最青。不論什麼難題，儘管來找我，保證幫你出一個最「青」的點子，讓你拍案叫絕。不過你得請我喝一杯青蘋果汁，因為我最喜歡青的滋味了。

這樣的仿寫，以舊形式添新內容，以熟悉口吻發揮「青」的三種不同意涵，予人陌生而新穎的閱讀趣味，頗具創意。第二段「誰最青？春天最青」是正仿，描寫戶外青綠稻田，由近而遠，由鄉村至城市，到處一片青綠，一片欣欣向榮。第三段「誰最青？媽媽生氣時的臉色最青」屬於戲仿，描寫自己成績不理想，媽媽失望、生氣，自己慘遭修理的慘狀。讓原本洋洋得意的高亢語調「誰最青」，兜出失意、難堪的情境，展現自我調侃的幽默。似此不同向度的仿寫，正是創造思考中「流暢力」（fluency）、「變通力」（flexibility）的具體呈現（張玉成《思考技巧與教學》，頁三〇六，一九九三，心理）。

六、最短篇的仿寫

「最短篇」是《聯合報．副刊》推出的新文類，以兩百字為上限（「每篇不超過兩百字，要有角色、有事件、有衝突、有結局，總之須是小說，這一點很重要。歡迎挑戰自己的靈感與創造力」）。而這新文類的特色，除了比極短篇（一千五百字）更短外，旨在發揮多元創思，展開新視野、新思維、新詮釋、新趣味。

以孫梓評〈我的爸爸〉（《聯合副刊》，二〇〇二、二、二十八）為例：

「我的爸爸是指揮家。」

上說話課的時候，題目是〈我的家人〉，於是我這樣介紹著爸爸。班上的同學一陣譁然。下課時，英慈好奇地問我：「你爸真的是指揮家？那他最喜歡蕭邦、貝多芬，還是莫札特？」我微笑地搖了搖頭，沒有回答。

放學時，我和英慈手牽手一起過馬路，看見爸爸挺直地站在十字路口中央，他很專注地指揮著城市。爸爸對我眨了眨眼，流動的車流像音樂，馬路是五線譜，我和英慈如同兩個裝飾音，輕巧地經過。

全篇藉由獨特認知，展開親切敘述。似此呈現（show）手法，比起直接說明（tell）：

我的爸爸是交通警察，每天在路口指揮繁忙的交通。放學時我和同學英慈一起過馬路，看見爸爸挺直站在十字路口中央，專注地指揮川流不息的車輛。經過斑馬線時，爸爸對我眨了眨眼，手仍不停地比來比去，我不禁笑了起來。

不但除了增加閱讀的「意外」趣味，更提出新感性、新說法，更打破一般「職業」的刻板印象，擴大「工作」的固定意義，化熟悉為陌生，化不重要為重要，展現新發現的創意。通篇自「藝術」的角度賦予父親「技術」形象的新光環，充分流露小孩天真的觀點，呈現「平凡而偉大」的親切感受，確實是難得佳作。

由此觀之，許多職業，均可透過新視角、新感覺，給予新的頭銜。以「老師」為例，也可以稱為「馴獸師」（學生是初生之犢）、「靈魂工程師」（學生心理需要建設）、「點燈人」（陪學生渡過人生中徬徨、昏暗的階段）、「文字魔術師」（告訴學生如何將文字表演得生動活潑），以媽媽是「家庭主婦」為例，也可以稱為「食神」（拿手菜是「黯然銷魂飯」）、「景觀設計師」（很會佈置居家環境）、「創意總監」（資源回收，化腐朽為神奇）等。由此類推，各行各業均可加以重新包裝，重新亮出新的招牌，打出新的名號。即以「我的爸爸」為題，亦可仿寫如下：

「我的爸爸是醫院院長。」

上說話課的時候，題目是「我的家人」，我這樣介紹。下課時，小美好奇地問：「你爸爸是那家醫院院長？台大？榮總？中興？……以前怎麼沒聽你說過？」我微微一笑。

放學時，我和小美一起回家，看見爸爸正忙碌地治療屋內的病患——皮鞋。所有病患經

爸爸診察、修補、整理後，一個個恢復精神，容光煥發，並列在一起，直說：「謝謝院長！謝謝院長！」（筆者）

全篇敘述，不說爸爸是鞋匠，而自鞋醫院院長的角度加以切入，形成轉折意外，即為此題型特色所在。

似此最短篇的仿寫，正可激發創造思考中的「變通力」（flexibility）、「精進力」（elaboration）。尤其孫梓評原作結尾「流動的車流像音樂，馬路是五線譜，我和英慈如同兩個裝飾音，輕巧地經過」，運用比喻（「音樂」、「五線譜」、「裝飾音」）相互銜接，並配合全篇「指揮家」新解；前後呼應，結構縝密，值得揣摩、學習。

七、結語

綜上所述，可見「仿寫」並非抄襲，亦非機械摹仿的堆積，而是以不同文字、相同表現手法，展開不同向度的體會。此即劉知幾所謂「貌異心同」的摹仿，亦為一般所謂「舊瓶裝新酒」的招式。茲以小詩為例：

(1)眉／商禽

祇有翅翼
而無身軀的鳥
在哭和笑之間
不斷飛翔

(2)眉毛／廖筱蓁
眉毛是一隻沒有翅膀的鳥
飛翔在
喜與樂之間

第二首〈眉毛〉相對於第一首〈眉〉，並不能稱為「高明的轉化」。因商禽認為眉毛是有翅膀沒身軀的鳥，雙眉高低揚斂，像翅膀伸展振動，想像相當新穎、獨特。而廖筱蓁改為「沒有翅膀的鳥」，眉毛變成「只有身軀的鳥」，和眉毛的形狀不相符，點金成點，反成病句。又以極短篇為例：

(1)家庭訪問／馮一蓉（焦桐主編《愛的小故事Ⅲ》）

李明在教室裡，掉了一張一千元的鈔票。我明查暗訪了一個星期，仍沒結果。我曾對學生說，希望他們也多留意，有可疑的情況，就來告訴我。

「我和朱正雄小學同班，當時他曾偷過別人的東西。」

「掉錢第二天，我看見朱正雄，在福利社，拿出一千元的鈔票，去買東西。」

「是的。那一千元是我父親給我的生日禮物。」我和朱正雄個別談話時，他點頭承認。

「真的嗎？明天請你父親來學校一趟。」我懷疑地問。

「我家開洗衣店，父母都很忙。」他連忙回答。

望著他低頭而倔強的背影，我決定做一次家庭訪問。

「錢不是我給他的，是他偷拿我皮夾內的錢，我已揍他一頓。」朱正雄的父親這麼解釋。

(2)家庭訪問／陳藝靜

李明在教室裡掉了一張一千元的鈔票。我明查暗訪了一個禮拜，也只是望著李明乾瞪眼。我對學生說，希望他們也多留意，有可疑的情況，就來告訴我。

「老師，林立以前偷過錢，我上學期和他同班所以我知道。」

「老師，掉錢的第二天，我看見林立在福利社拿出一千元的鈔票買東西。」

「是的。那一千元是我父親給我的生日禮物。」我和林立個別談話時，他點頭承認。

「真的嗎？明天請你父親來學校一趟。」我懷疑地問。
「老師，我爸、媽要賣菜，沒有空來。」他連忙回答。
望著他低頭而倔強的背影，我決定做一次家庭訪問。
「老師啊，說我那個孩子實在有夠夭受啦！伊的一千塊是從我的菜籃子裡偷的啊，我已經揍他一頓了」林立的父親這麼解釋。

第二篇和第一篇敘述方式相同，文字幾乎雷同，只把「朱正雄」名字改成「林立」，把「洗衣店」改成「賣菜」，內容毫無更新變換，屬於抄襲，並非仿寫。

其次，仿寫的真精神，在於「形式上繼承，內容上革新」，以故為新，化腐朽為神奇，以創造思考中的變通力為基點。亦即姚鼐所謂「有所法而後能，有所變而後大」的創作論，旨在打破惰性，臻及「句子的陌生化」、「內涵的陌生化」，邁向創作富麗的殿堂。以李白〈贈汪倫〉七絕為例：

李白乘舟將欲行，忽聞岸上踏歌聲；
桃花潭水深千尺，不及汪倫送我情。

民國・蘇曼殊〈本事詩〉：

桃腮檀口坐吹笙，春水難量舊恨盈；
華嚴瀑布高千尺，未及卿卿愛我情。

化空間的深度（「桃花潭水深千尺」）為高度（「華嚴瀑布高千尺」）、化友情為愛情，即為以舊形式挹注新內容的仿寫佳例（此詩另有諷刺送禮拍馬者的戲仿：「局長考察將欲行，忽聞部下阿諛聲。長沙漢水深千尺，不及『良友』、『茅台』情。」「良友」，外國煙。「茅台」，名酒。）

大抵仿寫，只是寫作的中繼站。循既定規矩，變自家風貌，藉由「一定之法」的練習，最後奔向「無定之法」的鎔裁創新。姚鼐謂「善用法者，非以窘吾才，力所以達吾才也」（〈與張阮林五首〉），正道出仿寫的真諦在：由限制至自由，由熟悉至陌生，由模仿至發揮創意。於此，黑野亦有精要敘述：「以虛無為本，以因循為用」：

「虛無為本」，因此一切成就、一切功業、一切結果、一切現狀，皆可超過，皆得超越，因而皆是過渡，皆是暫駐，開啟的正是無窮的繼續「創造」之門。

「因循為用」，因此一切皆不憑空造作，皆不勉強妄行，亦皆不全然毀棄，而是因勢利導，逐漸改進，是以經驗可以累積，傳統可以開展，正是具體的逐步「創造」之路。

（《省思札記．創造．因襲》）

可見仿寫是由慣性至活性思維，有其積極意義。旨在告別惰性，激化莘莘學子潛藏的創造力，力求超越，意圖登堂入室，勇闖創作藝境的高峰。畢竟仿寫只是手段，不是目的。

題目一

離開不難，難在不回頭；割捨不難，難在無牽掛

請仿先否定後肯定（兼頂真）的做法造句。

試作

1. 成名不難，難在能成熟；做事不難，難在不做錯。
2. 幸福不易，易在能珍惜；痛苦不苦，苦在無知心。
3. 苦瓜不苦，苦在未吃苦；情花無情，情在飄緲間。
4. 講理不難，難在不動氣；助人不難，難在當下貼心。

5.修辭不難，難在更修行，職業不難，難在當志業。
6.帥哥不帥，帥在談吐上；辣妹不辣，辣在穿著間。
7.溫柔不難，難在能敦厚；美感不難，難在不陷溺。
8.想要不難，難在不需要；成功不難，難在有成就。
9.多情不難，難在不濫情；相愛不難，難在能相處。
10.美不自美，美在主客間；香料雖香，香在研磨裡。（一至十例為筆者）
11.死去不難；難在死得其所；活著不難，難在活得從容。（劉正忠）
12.求學不難，難在要講究；做人不難，難在不將就。（陳宇詮）
13.溫柔不難，難在能堅定；堅定不難，難在能堅持。（鄭如真）
14.想你不難，難在不說出；愛你不難，難在不期待。（沈欣雲）
15.起床不難，難在不賴床；清醒不難，難在不想醒。（謝采庭）
16.成家不難，難在能持家；生育不難，難在能養育。（路婉琳）
17.情緣不斷，斷於不相思；塵緣不散，散於悟空時。（吳柏昇）
18.等待不苦，苦在無回音；口角不難，難在無嫌猜。（陳鈞惠）

簡析

此類仿寫層次，可分三種。第一種為：

□□不難，難在□□□

較容易完成。第二種為：

□□不難，難在不□□（「不」亦可換成「無」）

難度增高，較合乎原句形式。第三種則為：

□□不□，□在不□□

難度最高，最富挑戰性。測驗時，筆者以為能寫出第二種，即值得鼓勵。

題目二

依底下對偶句型，擇一仿寫：

1. 落霞與孤鶩齊飛，秋水共長天一色。（王勃〈滕王閣序〉）
2. 道通天地有形外，思入風雲變態中。（程顥〈偶成〉）

試作

1. 青春與理想齊揚，琴韻共絃歌同響。
2. 汗珠與口沫橫飛，淚水共心血齊落。
3. 布衣與菜飯同香，粉筆共眉睫一色。
4. 黃鍾與瓦釜齊鳴，白道共黑金起舞。
5. 星光與漁火爭輝，海灘共夜空同色（一至五例為筆者）
6. 春花與朝霧齊飛，碧海共青天一色。（何永清）
7. 流星與烈焰齊飛，血水共火光一色。（黃宏文）
8. 孤星俱皓月齊天，遠山共朝雲一色。（林賢奇）

簡析

一、王勃名句傳誦不衰，始自唐末王定保《摭言》卷五（《太平廣記》卷一七五所引），仿寫者甚多（參沈謙《修辭學》頁二一四、起文《含英錄》頁六六）。王勃此作，彌天蓋地，自成視

覺美感。「落霞與孤鶩齊飛」、「秋水共長天一色」兩句間構成大小對比（「落霞與孤鶩」為小、「秋水共長天」為大）。同時「落霞與孤鶩」、「秋水與長天」當句中又兼大小對比（「落霞」為大、「孤鶩」為小，「秋水」為小、「長天」為大），極盡精工。現代文學中仿寫者有：

(1)「為悅己者容」這句話絕對是真理。等到雙方既已結為夫婦，縱然恩愛有甚於婚前，是否繼續「為悅己者容」，那就因人而異了。尤其子女一出世，尿布與臉巾齊飛，床單共奶水一色，伺候小國民都忙不過來，誰還有「為悅己者容」的餘裕？（葉慶炳《誰來看我．誰來看我》）

(2)戰旗高高挑起了，殺氣騰騰，李希哲含憤上陣：「如此有僭了，請師父賜教幾手絕活！」兩軍移師宿舍，但見王府蕭牆敗瓦，四壁名士環堵：張大千的中堂蛛網密佈，八大山人的墨寶有霉痕斑駁……桌上孔孟共煙灰一色，地底郭象與蚊蚋齊飛；王師安之若素，李兒色變心恐，翻出答卷，揖讓而升，便即鏖戰不休。（方杞《癡情人．逍遙道人》）

(3)在臺北松山區一住十七年，頭頂是飛機航道，巷口是電影院，加上附近工廠圍繞，真可以說得上飛機聲與汽車聲齊響，灰塵共煤煙一色。大弟在挪威住了兩年，據他說，中崙

夜市的熱鬧，人潮滾滾，連奧斯陸都為之遜色呢！（杏林子《另一種愛情．山水為懷》）

(4)居民撩起褲管收這拾那，屋子裡的入水與溪水共色，落雨與向屋外揮動的面盆齊飛。（阿盛《行過急水溪，急水溪事件》）。

(5)鑼鼓聲中，一名星宿弟子取出一張紙來，高聲誦讀，駢四儷六，卻是一篇「恭頌星宿老仙揚威中原讚」。不知此人請了那一個腐儒撰此歌功頌德之辭，但聽得高帽與馬屁齊飛，法螺共鑼鼓同響。（金庸《天龍八部》）

唯運用在散文、小說上，造句大都從寬，不必完全照原來平仄，亦不必嚴格要求上下句營造視覺畫面（「落霞」、「孤鶩」、「秋水」、「長天」），只要形式相近，融入行文，形成活潑語境即可。

二、「落霞與孤鶩齊飛，秋水共長天一色。漁舟唱晚，響窮彭蠡之濱；雁陣驚寒，聲斷衡陽之浦」亦可出改寫題型，改寫成語體、白話，見范曉雯等《新型作文瞭望台》頁一三四。亦可改寫成新詩，如蕭蕭〈孤鶩〉（《悲涼》，一九八二，爾雅）。

試作

1. 情融奶瓶尿布裡，愛在柴米醬醋中。
2. 志隨清風素閒起，心向乾坤朗寬間。
3. 身遊十丈紅塵外，笑看百年白雲間。（一至三例為筆者）
4. 眼觀天地有形外，心悟風雲變色中。（何永清）
5. 身置名利熙攘外，心在愛恨情仇中。（林賢奇）

題目三

成功有一千個父親，失敗是個孤兒（約翰福．甘迺迪）

請仿擬人（轉化）手法，以「富貴」、「貧窮」造句。

試作

1. 富貴是穿金戴銀的貴婦，貧窮是衣衫襤褸的流浪漢。
2. 富貴住在燈火輝煌的鬧區，貧窮住在門巷羅雀的陋巷。
3. 富貴含著銀湯匙降臨，貧窮捧著破碗離去。
4. 富貴漫步在花團錦簇的星光大道，貧窮踽踽涼涼走在泥濘小路。
5. 富貴在艷陽天下開懷大笑，貧窮在陰暗角隅暗自哭泣。（一至五例為筆者）

簡析

一、此題型，亦可換成「勤勉」、「懶惰」，「理性」、「感情」，「快樂」、「悲哀」，「真理」、「錯誤」，「熱鬧」、「孤獨」，「欺騙」、「正義」，「善良」、「罪惡」等造句，透過強烈對比，映射人世理路。

二、將「成功」、「失敗」擬人者，另有：

(1)那個名叫「失敗」的媽媽，其實不一定生得出那個名叫「成功」的孩子——除非她能先找到那位名為「反省」的爸爸。（張曉風〈十句話〉，隱地編《十句話》第一集）

(2)成功避開不值得的人、沒有意志的人、沒有準備的人。（黃文範譯《智慧的語花》，頁一九六）

(3)成功總是個大騙子（德．尼采）

(4)成功總帶有一些連好朋友也為之深感不悅的東西（美．馬克．吐溫）

(5)失敗不啻為造物主所遣派的教育家，只為了指示你我登高邁遠的經驗而來。（巴瑪司敦。斯邁爾斯《勵志文粹》，宋瑞譯，頁三七）

題目四

墓／何光明

碑是起點
看不見青草和綠苔
看得見相思

請仿這首詩的做法，寫一首小詩（三行），題目自訂。

試作

1. 風景

湖是景點
看不見工廠和摩天大樓
看得見悠然

2. 上課

相思是焦點
看不見教授和書本

看得見佳人笑眸

3.送行

青青楊柳是起點
繫不住船槳與風帆
繫得住別情依依

4.婚

紅地毯的一端是起點
看不見黑影與陷阱
看得見幸福

5.恨

恨是盲點
看不見陽光與笑靨
看得見冷淡

6.醉飲

酒是終點
喝不出清風與明月

喝得出鄉愁

7. 笑話

幽默是Q點

逗不出咬牙與切齒

逗得出溫馨

8. 成功

勝利是制高點

聽不見鶴唳與警訊

聽得見掌聲

9. 失敗

悲哀是冰點

冰不出花團與錦簇

冰得出孤獨

10. 年輕

青春是沸點

燒不盡熱力與理想

燒得盡揮霍

11.援交

性是賣點

買不到真摯與承諾

買得到愛滋（一至十一例為筆者）

12.天空

鳥是逗點

飛不盡白雲與蒼狗

飛得盡蒼茫（劉正忠）

13.吃

胃是魔殿

容不下書本與音樂

容得下禽獸（劉正忠）

14.旅行

宇宙是終點

看不見碧海和藍天

看得見寂寞（林于弘）

15.魚

水族館的魚兒
是失去音符的歌者
聽不見水花的聲響
聽得見遠方河海的呼喚（李志宏）

16.車燈

車燈是一個起點
照不見行囊和旅人
照得見理想（廖隆振）

17.悟

淡泊是終點
看不見繁花與烈焰
看得見平靜（陳宇詮）

18.名望是個焦點
聽得見掌聲和鎂光燈的「喀擦」

聽不見噓聲（鄭如真）

簡析

此例仿寫重點有三：

㈠題目和詩一開始的主詞有關連。

㈡用二分法。

㈢先具體（第二行），後抽象（第三行）。

一般最容易仿寫的形式為：

□□是□□
看不見□□
看得見□□

唯其中「先具體，後抽象」的變化，有時囿於題目，無法完全符合。而筆者以為較優的仿寫，進一步在二分法上求變化（如：繫不住、繫得住，喝不出、喝得出，釣不出、釣得出，聽不見、聽得見，燒不盡、燒得盡，買不到、買得到，飛不盡、飛得盡，容不下、容得下，照不見、照得見等）。又蕭蕭《新詩體操十四招》（二〇〇五，二魚文化）中第十一招〈相近似與相對立的意象結構〉，亦採此例仿寫，值得參閱。

題目五

樹海／杜榮琛

廣大的森林，
是一片綠色的海；
大風來時，
驚起的鳥兒和蝴蝶，
就是美麗的浪花。

請仿這首詩的做法，寫一首小詩（五行），題目自訂。

試作

1. 晴空

晴朗的天空，
是一片亮澄澄的大玻璃；
黃昏來時，

出現的霞光和燈火，
就是最美的鑲嵌彩繪。

2. 我的家
爸媽的愛，
是盈盈的湖水；
微風吹來，
款擺的蓮花和錦鯉，
就是我美麗的姊姊。

3. 藍天
浩瀚的天空，
是蔚藍的海洋；
陽光普照，
浮動的帆船和鯨魚，
就是白雲和飛機。（一至三例為筆者）

4. 眼睛
寶寶的眼睛，

是圓潤明澄的水晶；
尋夢的時候，
閃出的光芒和亮彩，
就是純真的心語。（李志宏）

5. 突然的大雨，
是一首嚇人的交響曲；
狂亂吹奏時，
急促奔跑的閃電和烏雲，
就是千千萬萬頑皮的音符。（周嘉燕）

6. 大海
無際的大海，
是一座寧靜的山谷；
小船划過，
驚醒了貝殼和魚兒，
就是清脆的回音。（陳姿君）

7. 夜空

萬里無雲的天空，
是一片廣闊的草原；
黑夜來時，
出現的月光和星光，
就是最美的螢火蟲。（張惠如）

8.戀愛

心有靈犀的感覺，
是一池靜謐的水；
夏日風起，
微漾的漪紋和碧波，
就是甜蜜的交流。（廖隆振）

9.關懷

無數的關懷，
是一道道防波堤；
困難來臨，
父母的鼓舞與支持，

就是最堅固的消波塊。（陳怡靜）

10. 高山

光禿的高山，
是一個生病的巨人；
大雨來時，
流逝的沙土和石塊，
就是紮實的眼淚。（涂文芳）

11. 竹林

翠綠的竹林，
是一排排五線譜；
春雨來時，
竄生的幼筍和嫩葉，
就是跳躍的音符。（王伯軒）

簡析

一、此題仿寫重點在於詩中第二組比喻（「鳥兒和蝴蝶」、「美麗的浪花」），係根據第一組的比喻（「廣大的森林」、「綠色的海」）分化、衍申而來。亦即兩組比喻必須密切相關，不可毫不相干。因此，此題亦可列入喻寫題型，可參「喻寫」一章【題目一】。

二、就創造思考而言，此題在測試學生的精進力，能夠表現相關的統攝力。適用於中高年級。以陳怡靜老師指導的中、高年級小朋友為例，即有突出表現。如：

(1)電／李建霆（武漢國小四年級）

不受控制的電
是一位殺手
任務來的時候
被驚嚇的人們和火花
就是可憐的受害者

(2)醫生／黃迺元（武漢國小六年級）

善良的醫生
是一位公正的法官
手術時
割出來的腫瘤和血

就是被判刑的壞人

兩首設想，新奇而合理，均為佳作。

題目六

酒／何麗美

年輕時的媽媽，
像一瓶酒；
爸爸嘗了一口，
就醉了。

請仿這首詩的做法，寫一首小詩（四行），題目自訂。

1. 汽水瓶

年輕時媽媽，
像有曲線美的汽水瓶；
爸爸還沒喝，

就笑了。

2. 酸梅

年輕時伶牙利嘴的媽媽
像顆酸梅；
爸爸吃了一口，
臉就皺了。

3. 鷹

強壯的媽媽，
像一隻鷹；
爸爸走過去
就被抓傷了。

4. 硫酸

酒醉的車主，
像一瓶硫酸；
無辜路人被波及
就毀了。（一至四例為筆者）

5.風箏

叛逆的哥哥，
像一只風箏；
媽媽緊拉了一下，
就斷了。（陳姿君）

6.蜘蛛網

年輕時愛撒嬌的媽媽
像一張蜘蛛網
爸爸碰了一下
就被黏住了（張惠如）

7.孩童

活蹦亂跳的孩童，
像個裝有彈簧的百寶箱
老師碰了一下，
就笑開了。（廖隆振）

8.天方夜譚

童年時的夢想
像一部天方夜譚
我只讀一回
就眉開眼笑了（陳怡靜）

簡析

一、此類仿寫，形式為：

□□□的□□，
像□□□；
□□□□□
□□□。

與張九齡：「思君如滿月，夜夜減清輝」的表現手法，其實相同。可見今古相通之例，層出不窮。

二、大抵試作文例，無法和原作相媲美。蓋原作詩末「就醉了」，充滿婉曲的不盡之意，充滿想像空間：爸爸是不是臉紅通通？是不是就三腳高兩腳低站不穩？是不是就黏在媽媽身上？是不是醉眼朦朧，荒腔走板的唱起情歌，或另有令人發噱的荒唐動作？……而試作之例，則言盡意盡，未有言外之意，此則仿寫中最大挑戰所在。

三、海寶國小六年級何麗美〈媽媽〉一詩，清新可愛。往往有的小朋友，稍加更動。如：

爸爸說，
年輕時的媽媽，
像一杯香醇的美酒；
爸爸才喝了一小口，
就醉倒了。（《中國時報．家庭版》，一九九五、六、一）

但這樣的作品，並非仿寫，仍屬抄襲。至於寫成：

年老時的媽媽，
像一瓶醋；
爸爸嘗了一口，
就吐了。（郭麗華《馳騁在思路上》，頁六四）

則為大爆笑的戲仿，令人噴飯。又此詩另有小朋友仿作：

爸爸／錢瑤（後庄國小三年級）

爸爸年輕的時候，
像隻大螃蟹。
媽媽去海邊散步，
逗逗牠，
卻被夾住了！

媽媽／黃瑋如（和平國小三年級）

美麗的媽媽，
是一朵鮮花，
爸爸只看了一眼，
就微笑入迷了！（《國語日報》，一九九五、八、十）

可供參考。

文類改寫

一、前言

同一題材，可以出現不同文類佳構。以項羽為例，在現代文學上，散文方面有方瑜〈項羽〉、曾永義〈給項羽〉，新詩方面有大荒〈西楚霸王〉、淡瑩〈楚霸王〉、張錯〈霸王〉，小說方面有張愛玲〈霸王別姬〉，極短篇有芥川龍之芥〈英雄之器〉。又同一主題，以「此以己養、養鳥也，非以鳥養、養鳥也」（《莊子．至樂》）為例，可以寫成散文：顏崑陽〈愛，不要絕對相信自己的好意〉、蕭蕭〈我的肉可能是你的毒藥〉，也可以寫成新詩：陳斐雯〈養鳥須知〉，也可以寫成極短篇：王鼎鈞〈失鳥記〉，可見同一題材、同一主題，不同挹注，全憑作者對不同文類的偏好，自由控勒，靈活妙用。

文類改寫，即詩、散文、小說、戲劇各文類間的改換寫作，又稱「文體改寫」。由於歷來

「文體」包括「體裁」、「風格」二義，易生混淆；因此，本文直拈「文類」一詞，表明「體裁」之義，以求一目瞭然。

文類改寫，可分相同文類（如：詩↓詩、散文↓散文、小說↓小說、戲劇↓戲劇）、不同文類（如：詩↓散文、詩↓小說、詩↓戲劇）間的改寫。似此題型的收集、研發，正可豐富教學資源、強化文類認知、增強莘莘學子寫作能力。

二、詩與散文

將詩改寫成散文，是將「酒」變為「飯」（吳喬）、讓「舞蹈」變成「走路」（梵樂希）的轉換本領。讓詩的意象得以多方折射，詩中空白得以清晰顯影；讓空間畫境轉為時間流程的描繪，整體氛圍轉為心理細節的刻劃。由不食人間煙火的概括、點染，走向柴米油鹽的現實面；由感性的並置、跳躍，走向偏於知性的邏輯敘述。以孟浩然〈春曉〉：「春眠不覺曉，處處聞啼鳥。夜來風雨聲，花落知多少？」為例，可以改寫成：

(1)春天來了，桃花開了，李花也開了，四處一片美麗的色彩。

風軟軟的，雨細細的，天氣既涼爽又舒服。躺在床上，望著窗外花樹隱隱約約的影子，不知不覺就睡著了。

悠悠忽忽地睡著，睡得好熟好熟，不知道天早就亮了。還好，村子裡，遠遠近近的，響起了一串串悅耳的鳥鳴。躺在床上，聽著那高音、低音；長句、短句的鳥鳴，在林子裡起起落落，腦筋裡忽然記起，昨天晚上好像下了一場不小的風雨。

望著窗外那些臨風搖動的枝葉，唉！真令人擔心啊！院子裡那些美麗的桃花、李花、杏花，在風雨的摧折下，不知道被打落了多少？真希望等一下出門時，不要只剩下滿地的殘紅才好。（洪自明《讀詩歌，學作文》，一九九九，小魯）

(2)

啊！好一場無痕的春夢呀！醒在明媚的春光和悅耳動聽的啼音裡。我真有些迷迷糊糊，弄不清楚自己身在何處。還以為仍在黑甜甜的夢鄉裡呢！誰知道眼一睜，亮麗的天光便一把灑在我的臉上，一串串滴溜溜的鳥啼便自四面八方湧了進來，高高低低訴說著：「已經不早了！不早嘍！」此際，我方才整個會意過來。嗯。睡得好過癮。

翻個身起來，突然想起昨夜夢裡，聽到風雨的聲音，不知花兒會落了多少？多少花魂會告別青枝，繽紛著小園的幽徑？我不禁問起。

我不知道，不知道有多少。就像不知道有多少啼鳥在枝頭，在林梢放聲清唱，交織成一闋悠揚喜樂的新曲一樣。其實，知道也好，不知道也好，都沒什麼關係。紛紛響起的音符，和紛紛飄墜的花瓣原本就是讓人去體會，體會春晨裡大自然的情趣。想呀想的，我

欣然一笑，笑向清朗的春晨。（筆者，張夢機主編《鏡頭中的詩境》）

兩則改寫，第一例在結尾加以衍繹，訴說多情的牽念，深怕「花謝花飛滿天」、「明媚鮮妍能幾時」（《紅樓夢．葬花詩》），觸景而傷情。第二例亦在結尾引申，唯撇開自尋煩惱的難題，放寬心情，舒朗以對，所謂「澗戶寂無人，紛紛開且落」（王維〈辛夷塢〉），不管熱鬧開落或寂寞開落，無非生命的本然訊息。孟浩然此詩，若只寫成：「春天特別好睡，醒來時不知不覺天已經亮了。到處都可以聽見鳥兒在叫，昨天夜裡風吹雨打，不知道花兒又落了多少？」則只能算翻譯，不能算作改寫。

而經由以上改寫，可以明顯辨析詩與散文的差異：詩重意象，可作多重解釋；散文重娓娓道來，兜出主旨，一般只作單一解釋（詩文異同，另可參余光中《分水嶺上》、朱光潛《詩論》、陳紹鵬《詩的欣賞》、楊牧《文學知識》、渡也《新詩補給站》、向明《新詩五十問》等）。

相較於古典詩改成現代散文，改寫成現代詩（新詩）的挑戰，無疑難度更高。因改寫成散文，只要揣摩原意，掌握竅門（一、意象喻義的衍申。二、並列景物關係的建立。三、律動情境的塑造），使用接近「生活語言」，適度引申描繪即可。反觀改寫成新詩，必須使用更精緻「文學語言」，發揮特殊新穎的現代語感。以孟浩然〈春曉〉為例，王淑芬〈春眠不覺曉〉（《如何謀殺一首詩》）鎔裁變化，煥然一新：

困在一種情緒裡
困在自己
夢被黎明綁架了
無力贖回
再委靡幾秒吧
再蹉跎一下

雀鳥嘀咕著
花的墮落
而風堅決否認
這件事
和它徘迴整夜有關
或許
也該問問躲起來的雨

困在清晨最前線
困在春天
既然枕頭與棉被苦苦糾纏
那麼我就再來一客
闌珊

改寫後的特色有二：第一、拓展視野，讓景物說話，帶出鮮活的律動世界。於是「曉」、「鳥」、「風」、「雨」、「花」不再是中性的背景，而成充滿能量的主角，交織出新感性的藝境（「夢被黎明綁架了」、「雀鳥嘀咕著」、「風堅決否認」、「躲起來的雨」、「花的墮落」），隱隱約約影射一樁花季情事。雖說此花季情事，純屬捕風捉影，看似無理；然想像力靈動，自成一格，別具妙趣。第二、結尾延伸原作詩意，點出無傷大雅的賴床心理，與詩一開端相互呼應。其中「春天」、「糾纏」、「闌珊」並形成押韻效果。這樣的改寫，充分展現創思認知中的「敏覺力」（sensitivity）、「精進力」（elaboration），形同創作。

當然，就用語的平易、親切觀之，結尾「闌珊」二字，訴說慵懶心情，稍嫌罕見，也許可以改換「黑甜」（成語有「一枕黑甜」）；而「苦苦糾纏」，也可以考慮改成更投入的「抵死纏綿」。如此一來，最後三行：

既然枕頭與棉被抵死纏綿
那麼我就再來一客
黑甜

無疑兜出酣暢甜睡的期盼（其中「最前線」、「纏綿」、「黑甜」亦兼及押韻效果）。

至於古典詩詞改成散文者，計有：張夢機主編《鏡頭中的詩境》（一九八三，漢光）、黃秋芳《鏡頭下的詞境》（一九八五，漢光）、周芬伶〈寄詩〉（《花房之歌》，一九八九，九歌，頁一三二）、簡媜《空靈——我讀山水詩》（一九九一，漢藝色研）、周芬伶〈讀詩〉（《閣樓上的女人》，一九九二，九歌）、蔡榮勇《親愛的，我把童詩改作文了》（一九九五，民聖）、洪自明《讀詩歌，學作文》（一九九九，小魯）等。

又古典詩詞改成現代詩者，則有蕭蕭《緣無緣》（一九九六，爾雅）、王淑芬《如何謀殺一首詩》（一九九九，民生報）等，可供參考。

三、詩與小說

如果說將古典詩改寫成現代詩，是將傳統口味的「酒」變成添加獨特祕方的「新品牌」，將優雅「舞蹈」變成新潮、隨興的「街舞」；那麼將古典詩改寫成小說（極短篇），則是將「品酒」變成「用餐」，將「獨舞」變成「舞台劇」，其中創造力指數急遽增高，融會貫通之轉換本領更複雜。

以樂府詩〈上邪〉：「上邪！我欲與君相知，長命無絕衰。山無陵，江水為竭，冬雷震震，夏雨雪，天地合，乃敢與君絕！」為例，面對生死以之、勇銳投入愛情的主題，自一九七三至一九九三年，現代詩人羅智成〈上邪曲〉、夏宇〈上邪〉、曾淑美〈上邪〉、林耀德〈上邪注〉、吳長耀〈上邪疏〉先後加以改寫，對傳統溫柔敦厚的愛情提出新的省思與批判（參石曉楓〈古調自愛——談台灣現代詩人對〈上邪〉的繼承與發展〉《台灣人文》第3號，一九九九、六）。而後陳義芝〈上邪〉（《聯合文學》一八三期，二〇〇〇、一）再加鎔裁入詩。

她準備了一包乾糧兩瓶礦泉水
在我遠行的行囊裡哀愁地說
南方多地震
我怕劫後挖出我的身體
水已乾糧已腐

就在一塊殘瓦上刻了天地合三個字

留給她

一九九九、十一

後記：為紅媛而寫

此詩與樂府詩相異處有二：第一、原作為抒情詩，敘述對象（「君」）、敘述時空不確定。此篇為敘事詩，敘述對象（妻子「紅媛」）、敘述時空（一九九九、十一，從台北至高雄）確定。第二、原詩只有「我」的獨白，以五個「不可能」的例證（「山無陵」、「江水為竭」、「冬雷震」、「夏雨雪」、「天地合」）強化斬釘截鐵的浪漫之愛、古典之情：滄海桑田，心猶未折；天荒地變，不罷相憐。而此詩則藉由「她」、「我」的對白、「可能」的意外（近日台灣島嶼「南方多地震」災變）、現今與未來情境的對比，訴說愛的萬鈞厚度，無遠弗屆（「殘瓦上刻了天地合三個字」）。其實這樣的作品，已非揣摩原詩，加以引申的「改寫」，而是手法大異、現代感極強的新作。與樂府詩原作相同處，只有標題〈上邪〉與「天地合」三字而已。

至於將詩改成小說（極短篇），重點在於：如何讓詩境中的意象，轉變為情節衝突、因果變化；讓不明確的人物，展現人物心理的深層刻劃；讓抒情感悟，透過事件、透過敘事觀點擇用，得以客觀落實。以樂府詩〈上邪〉為例，張曼娟將之改寫成極短篇小說〈我欲與君相知〉

（《愛情詩流域》，二〇〇〇，麥田）：

「你們不能明白，我們不只是相愛而已，我們是心靈的知己。」她在窗前寫下這幾句話，趁著黎明的天光，然後，拾起極簡單的行囊，輕悄迅捷的從後院離開，踩踏在微潤的濕土地上，連棲在牆垣的雞都沒受到驚動。

那時代還有著很強烈的門第觀念，沒有人贊同他們的婚事，沒有人肯為他們作主。但，她已經為自己作了主。她明白擁有的是怎樣的情感，這情感不只是一場歡愛，更是心靈的知惜與契合，假若，她沒有勇氣奔赴，那麼，不只是辜負了一場相遇，更是辜負了自己。

他們約在村外的土地廟前相見，當她的情人走來時，正看見喜好端潔的她，將緞子似的黑髮編結成一個髻，靜靜回轉過身。就像此刻的她，雪白的髻仍舊緊緊紮好，回轉過身，對站在門邊的老伴微笑，兒孫們都等在廳裡慶賀他們六十年的美善姻緣，這一笑，彷彿又見當日晨曦裡一對年輕男女，在愛之中，從未衰老。

此篇與原作最大的不同有三：第一、改變視角與敘述。由第一人稱（「我」）變成第三人稱（「她」），敘述流程由回憶兜至眼前，時間幅度跨越今生（「六十年的美善姻緣」）。第二、強化衝突與抉擇。面對保守社會風氣（「很強烈的門第觀念」）、家族反對（「沒有人贊同他們的婚事，沒有人肯為他們作主」），她選擇忠於自己，忠於愛情，毅然決然離家出走，奔赴沒有家人祝福的未來。因此，在小說中第一段述說抉擇行動，第二段刻劃人物心理的糾葛衝突。第三、具體實踐愛的真諦。無可置疑，愛的真諦並非年少輕狂、你情我願的私奔，而是「執子之手，與子偕老」的堅逾金石。只有貞定專注，共度今生，才是愛的完成，才是理想與現實的最佳組合。於是第三段晃晃悠悠，回到兒孫滿堂的現場，與老伴相視而笑，莫逆於心。這樣的改寫，彰顯愛的勇銳與承擔，點出相知相守至老（old）的金質（gold）意涵，才是暖心暖目的愛情光輝。

反觀黃秋芳〈非法移民〉（《黃秋芳極短篇——金針菜》，一九八八，希代）對於樂府詩〈上邪〉則提出不同解讀：

・上邪

怎麼會這樣呢？
她闔眼伏在榻榻米上，惶然找著答案。

・我欲與君相思

好像不能相信，故事已經開始了，在初相識的午後。

她坐在那裡，不言不語。只是笑，笑他青澀的樣子，完全像個孩子。

他確實只是一個孩子，年輕、健康，而且知道自己很好看。她含笑看他的時候，像端詳窗外的流麗風景，難免心動，仍能兩不相干。

他敲敲她的窗，為她唱歌，一首又一首溫柔的夜歌。

她放心地走了出來，始終沒想過，她自己已經走進了窗外的風景。

• 長命無絕衰

她跟著他在夜路上走，好像有風，可是，兩個人都覺得熱。為了尋狩冰淇淋，他們走了好遠好長的路。最後的獵物是，生啤酒。

心中的火燄，隱隱燃進眼底，燒上頰間，不知道是不是因為酒的關係。像逐夢的孩子，不知道在什麼時候，所有的構想和期待都換了顏色。

離開啤酒屋的時候，他停了下來，小心地問，可不可以牽妳的手？

她搖搖頭。

知道他是個孩子，也許不明白自己在說些什麼。她還是願意，陪著他，無欲無求的走。

風好涼，一條長長的路，沒有盡頭。

•山無陵

路太長了，他們需要找個據點，坐下來。在懸空冰涼的五層樓上，一個小小的房間，幾方素樸的榻榻米。

於是，他們有了自己的山頭、自己的豪奢。而且是不費力的經營，像原始子民，用本能來建築巢穴。

以為可以天長地久。

天亮以後，才恍然記起，所有的溫熱、顏色，其實只艷在一夜。

他們的山頭，在張皇驚措裡傾頹……

•江水為竭

從黑夜，到白晝。沒有風、沒有水。

一直覺得渴。

他們要在枯涸、貧瘠裡互相需索。卻只感覺到，心中的井，越來越乾澀。

她想到，他不是她的水源，她也不是他的。

她只有將他驅逐。在他不能相信的眼裡，端著一張霜肅的臉顏。

終於有水，在他眼裡匯流成河。
她看到他的年輕與稚弱，越是覺得，他不能是她的水源。那樣的水沒人肯飲，還是覺得渴。
於是，她告訴他一句話，如果我是你，求來的東西我都不要。然後溫柔溫柔地問他，你為什麼還要去求？

・冬雷震震

她回到窗子裡，聽窗外鼓聲鼕鼕。戰事已經開始了嗎？她沒來由只覺得怕。
窗子已經關緊了，她沒有多餘的鑰匙給他。
她貼著窗緣，聽他在窗外一遍一遍唱著歌。於是鼓聲，換了場地吶喊，在她小小的方寸之間，不可遏阻的翻騰奔竄，像四起的驚雷。
對於驚雷，她沒有免疫的藥方。

・夏雨雪

她開了窗，讓他進來。像迎接雪地裡的春天復返。
以為日子過去，就會平平安安地，如一路隨行的陽光。

在他們最親密的時候，他以一種溫柔的語言來對她說，妳知道妳有多老嗎？我大哥的年紀都比妳小。

她看著他的臉，還漾著孩氣的笑意。這樣一種陽光的表情，森森冷冷，把她凍結起來。

她動彈不得，只有任著自己，迅速冰涼。

雪，突然落了下來，以一種叫人錯愕驚惶的速度。

‧天地合

她這才明白，他是她的非法移民，在不小心的剎那裡進駐。

此後一生，開啟了他們進據與驅逐的命運。

‧乃敢與君絕

就好像，進據與驅逐，成為他們之間最熟悉的遊戲。

他說她是一個放牧蜻蜓的女子，不知道什麼時候，風暴就會來臨。

她笑了笑，沒有辯白。

他越來越覺得她的費解。只有她自己知道，拒絕，是一種兩面的鞭策，兩個人一起受傷、淌血。

也許他還不知道，她的拒絕，包含了對自己的冷漠、放棄和捨得。
能捨，才能得吧？她是不是這樣希望著。
他們以後的命運，他們自己不知道。

・上邪

怎麼會這樣呢？
她伏在舊日熟悉的榻榻米上，惶然找不到答案。

〈非法移民〉與原詩最大的不同有三：第一、顛覆原作，改變主旨。由原本信誓旦旦的肯定，變成事與願違的困惑；由高昂熱烈的呼告（「上邪！」），變成惶恐灘頭說惶恐的激問（「怎麼會這樣呢？」）。全篇道出男女間飄渺之情的困境，浮動反諷的基調。第二、揭示事件原委，刻劃心理癥結。由原本概括的愛情宣言，轉換成特定人物（「她」、「他」）的外遇事件（「非法移民」大都指「第三者」）。而熱力四射的愛情強度，也在「姊弟戀」或「戀母情結」的失衡關係中產生質變，漸行漸遠。深悟「像男孩的男人」（「笑他青澀的樣子，完全像個孩子」），既迷人也傷人。原來彼此只是暫時的迷失，暫時的慰藉。一場遊戲終究是一場遊戲，沒有永遠的永遠。第三、妙用場景，塑造氣氛。原詩「不可能」的自然景觀（「山無陵」、「江水為竭」、

「冬雷震震」、「夏雨雪」），一躍而成女主角憂傷心理的折射投影，成為愛情短路的不諧表徵（「他們的山頭，在張皇驚措裡傾頹……」、「他們要在枯涸、貧瘠裡互相需索」、「他不是她的水源，她也不是他的」、「鼓聲，換了場地吶喊，在她小小的方寸之間，不可遏阻的翻騰奔竄，像四起的驚雷」、「她開了窗，讓他進來，像迎接雪地裡的春天復返」）。似此引申、點染，豐富山水意象的意涵，具象化女子幽微悸動的心事，洵為作者高明所在。

至於古典詩詞改成小說者，計有：孔慧怡《婦解現代版才子佳人》（一九九六，麥田）、張曼娟《愛情，詩流域》（二〇〇〇，麥田）、張曼娟《時光詞場》（二〇〇一，麥田）等。

四、結語

綜上所述，可見文類改寫，並非原作的翻譯，而是一種鎔成轉化，發揮「再創性」（非「原創性」）的演繹與想像。以張志和〈漁歌子〉為例：

西塞山前白鷺飛，桃花流水鱖魚肥，
青箬笠，綠簑衣，斜風細雨不須歸。

可以改寫成散文：

(1)在一片青綠的西塞山前，有一群雪白的鷺鷥在那兒飛翔，悠哉悠哉的，多麼安祥啊！這是往遠處看的景致，往近處看呢，清澈的溪水，溪旁種滿了火紅的桃花，紅色的花瓣，輕輕地飄浮在水面上。淡黃色帶有點黑斑的鱖魚，正在水裡游來游去，多麼逍遙自在！這時，天空刮起風下起雨來了，漁夫們戴著青色的斗笠，穿著綠色的簑衣，仍然在江邊捕漁。管他甚麼斜風細雨，何必急著趕回家呢？（筆者）

(2)西塞山綠在眼裡，翠在心裡。成群白鷺鷥悠悠振揚雪白羽翼，將整個場景舞動得更悠然。嬌艷桃花彎下腰，臨流攬鏡，笑得更燦爛；晚霞般的紅暈映在清澈水面，披在黑斑鱖魚胖胖的身上，好像魚族也辦起「花嫁」喜事。漁夫頭頂青青斗笠，身穿墨綠簑衣，在江邊幹活。涼涼斜風是大自然在身上搔癢，毛毛細雨是天地間迷濛的面紗，放眼氤氳江面，開懷撒網工作，撒下希望，又何必匆匆忙忙急著打道回府，無視工作中的自在與寫意。（筆者）

若改寫成第一例，則只是忠於原意的翻譯。若改寫成第二例，注重律動情境的塑造（西塞山與白鷺鷥的關係，桃花與流水、鱖魚的關係），發揮景物的（斜風、細雨的比喻），才是較佳的改寫方向。

其次，就改寫題型而言，將古典詩詞曲改寫成現代散文（白話文、語體文），因山成陵，借力使勁；莘莘學子較能揣摩原意，適度發揮，不會造成腹笥枯竭，難為無米之炊的窘境。至於將古典詩改寫成現代詩，或改寫成極短篇小說，猶如與前賢爭鋒，與高手過招，殊為不易。以《詩經》中〈蒹葭〉為例：

蒹葭蒼蒼，白露為霜。所謂伊人，在水一方。
溯洄從之，道阻且長。溯游從之，宛在水中央。（第一章）

陳義芝據此寫成新詩〈蒹葭〉（《青衫》，一九八五，爾雅）：

秋水潺湲地走進相望的瞳仁深處
玉臂已覺清寒的時節
我突然想起圈點過的《詩經》
恰恰攤開在最美的〈蒹葭〉那頁
且心痛地想著萋萋的蒹葭
是長在懷思的水湄啊

這般情懷遠從溱水洧水流向南
紛歧的水路錯落的澤鄉
再南，如候鳥南飛
度過山原及海峽
如今駐停
鳥島上心怯的急流邊

這樣的纏綿世世有人傳唱
以古典的現代詠歎最最赤裸的白話
最早應是周代正昇平那年
在多情的〈鄭風〉、〈秦風〉中
直到晚唐五代宋
剪燭的燈下或騎驢的背上
始終低回
總是疼惜著伊人
疼惜今生未了的情緣

當苔濕而又迷茫的路如秋意長
我感覺不論白露未已或已
恍惚的身影都成了夢裡的蓮花
那比七世更早以前
就注定要使人痛苦的人啊

亭亭那朵，在蒹葭的水域
在孤鷺斜飛的水中央
我偷眼望著，簌簌垂淚
費神地
為夜空繫上一顆顆
晦澀的星結

此後
應溯洄而上或溯游而下
應褰裳涉水或放棹流渡

文類改寫

啊，泠泠的弦音仍不斷從上游漂來
我隨手截撈，默默地咀嚼
白蓮清芬
萬種的風華

全詩共分六節。第一節寫因秋天而念及《詩經》中淒美的〈蒹葭〉。第二節寫古典詩篇中的淒美情懷，跨越時空落至身處南方小島的心上。第三節述說詩中的纏綿之情源自周代流傳而來。第四節寫秋水伊人的未了情緣，是每人前世今生的牽絆。第五節寫水中的蓮花觸及內心，不免見景傷懷。第六節訴說秋水伊人的形象，永遠浮在緬懷的思念中。全詩揉合古典意象、語法，今昔相映，仍充滿婉約秀美的氣息，堪稱為作者早期詩風的代表作。然而這樣的改寫，猶如「溯洄從之」的再創作，「道阻且長」的深度挑戰，除非創作經驗相當豐富，在此文類中浸染已久者，否則很難駕輕就熟，深造自得（此詩改寫，另有：洛夫〈蒹葭蒼蒼〉（《釀酒的石頭》，一九八三，九歌）、王添源〈蒹葭〉（《如果愛情像口香糖》，一九八八，書林）。因此，在作文測試上，一般不出此改寫題型，比較會出現在中文系或語教系的推甄上。

最後，文類改寫，宜掌握各文類特色。大體而言，詩與散文偏重情境的意象化，小說偏重情節的戲劇化。詩與散文，以演示、呈現、描寫為主（亦即全篇「敘述性」大於「戲劇性」）；小說以人物、情節、衝突為主（亦即全篇「戲劇性」大於「敘述性」）。從樂府詩〈上邪〉與張曼娟〈我欲與君相知〉、黃秋芳〈非法移民〉極短篇小說的對照上，可略窺一二。而詩與散文的區別，大體詩比散文更重音樂效果，詩的開展以「相似」聯想為主（詩中「相似」聯想比例大於「接近」聯想），貴於意象並置、畫面跳接；散文以「接近」聯想為主（文中「接近」聯想比例大於「相似」聯想），貴於固定意象的深化、情理的邏輯剖析。以鄭愁予〈賦別〉中「這次我離開你，是風，是雨，是夜晚」為例，「是」三次重出（「類字」），音節為之高亢，並透過「風」、「雨」、「夜晚」，借喻愛情變色、荒腔走板，一步一步走入沒有光的所在。三組畫面的跳接，正是由空間「風」、「雨」，轉成時間「夜晚」，逼出沉鬱的暗淡氣氛。設若改寫成散文，則變為：

> 在一個刮風下雨的夜晚，這次我決定和你分手，因為我們實在沒有辦法勉強在一起。

可明顯看出：㈠採用生活語言，語意變得更清，音節變得更鬆緩。㈡原本主體畫面「風」、「雨」、「夜晚」退位，變成單純背景，而場景的借喻功能也因此消失。㈢散文敘述必須講清楚，說明白，交代分手的理由。詩則跳躍、間接，點到為止，留下較多弦外之音，言外之意。

由此觀之，不管將詩改寫成散文，或將散文改寫成新詩，當於此差異處，多加斟酌、凝處。

題目一

松下問童子，言師採藥去。
祇在此山中，雲深不知處。（賈島〈尋隱者不遇〉）

請把這首詩改寫成散文。字數不限。

試作

在青松下，我問了青衣童子，他說師父採藥去了。我問他：「你知道你師父會在那裡？」青衣童子搖了搖頭，然後說道：「師父他就在這座山裡，在那白雲深處的地方。」那白雲深處的地方，我怎麼去找？怎麼去找一個飄然如一片雲的隱者？而且，白雲深處，是指白雲初起的地方，還是白雲最多的地方？這個童子給我的答案可真像一片雲，飄飄緲緲，難以落實，可是他這個答案又很耐我尋思。

遠望彌合山頂的白雲，我想，隱者，你是意比雲閒的隱者，你是心若雲白的隱者，你在白雲裡，而白雲也在你心裡。白雲是另一個不染人間煙火的你，你和奇花異草同在，同屬在獨絕的山頂，你和奇花異草同是山中靈氣的結晶，同是大自然特有的風景，是不？（筆者）

簡析

此詩改寫成新詩，可參王淑芬〈雲深不知處〉（《如何謀殺一首詩》），另有清朝許會卿仿寫：

書塾問童子，言師吃茶去。

只在此城中，雲遊不知處。（周正舉編《替詩詞剝層皮》，二〇〇一，商務）

並有教學設計，見王萬清《創造性閱讀與寫作教學》頁一〇三、楊倩華等《幼兒詩詞教案設計》頁五五～五八（一九九五，新苗）

題目二

金陵津渡小山樓，一宿行人自可愁。

潮落夜江斜月裡，兩三星火是瓜洲。（張祜〈題金陵渡〉）

注釋：金陵：地名，古代京口，今江蘇省鎮江市，唐代時稱金陵。瓜洲：今江蘇省邗江縣南，與鎮江市相對。

請把這首詩改寫成散文，字數不限。

夜幕低垂，投宿渡口附近小山的客棧。稍稍休憩，推開樓閣窗口，眺望遠處天際明滅的燈火，彷彿一聲聲溫暖的呼喚，響在耳際；遊子的愁緒，不禁黯然升起。今夜，或許又會失眠了。

思潮洶湧，一如江中翻滾不歇的黑色波濤。仰首夜空，一抹斜月孤伶伶地高掛，彷彿我孤單削瘦的身影，滿懷虧缺盼圓的心事，渴望情感的滋潤。低下頭來，盈耳的潮聲彷若紛擾的雜務接沓而至，江潮紛紛湧落，正揉碎纖弱的月影。

視線悠悠移過江面，極目遼闊的天邊，三三兩兩的星光像一朵朵小花靜靜燃燒。再定睛一看，那星光亮閃的地方，不就是瓜洲嗎？我驚喜指認。明晚，就可以在那裡落腳。有些多年不見的笑臉將在那裡等我，用酒，用佳餚，用熱情擁抱……（筆者）

題目三

楊柳渡頭行客稀，罟師蕩槳向臨圻。
唯有相思似春色，江南江北送君歸。（王維〈送沈子歸江東〉）

注釋：罟：音罟。網。罟師：船夫、漁夫。臨圻：今山東省境內。

請把這首詩改寫成散文，字數不限。

渡口處，煙水茫茫，楊柳仍伸出纖細的手彷彿想再挽留些什麼。行人逐漸散去，只有我像標竿兀自站立原地，目送逐漸遠去的船影，依稀聽見船夫搖槳劃破水面的聲音，攪亂我心。

望風懷想，只因為船上有你，我靈魂的知己，將回去山東臨圻。此地一為別，何時能再把臂言歡，促膝密談？

好友，你一離去，我的思念隨著空間的擴大而加深。想你是否旅途平安？凡事是否順遂？望著即將在視線中消失的船影，我綿綿不絕的思念，是春天的一把綠火，在枝梢、在水湄、在山間、在原野，蓬勃漫延，急速燃燒。

兩岸放眼所及，無遠弗屆，無時或已，心心念念，都是我濃濃情意。吾友，你在江北，我以原野上的碧綠伴你；你在江南，我以水湄的青翠陪你。如果你在江上，我便是聳立的孤峰，以淡青墨綠默默相隨。好友，化身千萬，你眉睫、眼中的盎然春綠，無邊無際，都是我忍不住的思念，圍繞你身邊。（筆者）

題目四

望君煙水闊，揮手淚沾巾。
飛鳥沒何處，青山空向人。
長江一帆遠，落日五湖春。
誰見汀洲上，相思愁白蘋。（劉長卿〈餞別王十一南遊〉）

注釋：五湖：即太湖。太湖有五道，即滆湖、洮湖、射湖、貴湖及太湖，並稱為五湖。

白蘋：水中的浮草，花開白色。

請把這首詩改寫成散文，字數不限。

試作

離別一根無形的針，尖銳地刺痛著兩人甚篤彌好的感情，叫人忍不住的滴下淚來。

望著你在煙水茫茫中的一縷孤影。你說，在這頻頻揮別時，我泉湧的淚水怎能不簌簌流下，而沾濕手巾？在依稀的淚光裡，我發覺剛才那隻飛鳥已不知隱沒何處，寂寂大地只有青青的山脈無言地向著人屹立。而那隱沒的飛鳥不就像你漸行漸遠的身影？青青山脈不正像我站在這裡對著你空自佇立?此時，一片孤帆隨著流水航向遠遠的天邊，航向江南，等你航到五湖時，一定可以看到春暮美好的落日吧！可是美景雖好，我們卻無法一起共賞，那般絕美的五湖落照，只能增添你的思愁，思愁如湖水悠悠流向天涯，綿綿不絕。

遠在天涯的你也應知我此時的心情吧！寂寂天地裡，我空自佇立，站在水中的沙洲，對著清淺水湄的一片白蘋花暗滋愁緒，可是誰會看到我對你的這份依依別情?就讓我的思念像白蘋花在水中不斷的綿延生長，就讓我永遠守著這悠悠的煙水，等你自煙水迷濛中翩然歸來，有一天……（筆者）

題目五

故人具雞黍，邀我至田家。
綠樹村邊合，青山郭外斜。
開軒面場圃，把酒話桑麻。
待到重陽日，還來就菊花。（孟浩然〈過故人莊〉）

請把這首詩改寫成散文，字數不限。

試作

老友的邀約是生活中的驚嘆號。他說：「沒什麼，來坐坐，只有粗酒薄菜。」這濃厚情意，教我如何忍心拒絕。於是，滿心歡喜腳已經來到鄉間小徑。

到了老友村莊，我發覺自己竟置身在一片綠裡，莊院四周，滿是青翠樹林。風來時，枝影搖曳，樹濤盈耳。彷彿連聲音也是綠的。抬頭遠望，望向城牆外的天際，青青山脈斜斜靠臥在白雲裡，彷彿閉目養神，彷彿無事一身輕，自是高人雅士的最佳寫照。

靠著窗軒，老友臨風把酒，真是酒深情亦深。面對滿園豐碩的瓜果，面對友情的芬芳，我們高談！我們暢飲！你一杯我一杯，說到採桑種麻的事，不但酒中漾出笑臉，連盤中的瓜果也笑裂了嘴。

我想，等到九九重陽時，還要再來，在菊花叢中，重拾友情的溫馨，和老友傾談別後的種種，讓菊花也分享我們的生活趣事，那將是秋風中最親切的情味。（筆者）

簡析

此詩賞析，可參黃永武、張高評《唐詩三百首鑑賞》（一九八三，尚友）、倪其心〈情真意濃，思真詞實〉（袁行霈等《古典詩詞名篇鑑賞集》，一九八九，國文天地）、游祥明〈孟浩然過故人莊研究〉（《七十七學年度國民中學國文教學論文研討會論文集》，一九八九），劉逸生《唐詩的滋味》（一九九一，大鴻）、楊倩華等《幼兒詩詞教案設計》（一九九五，新苗）、陳滿銘《文章結構分析——以中學生國文課文為例》(一九九九，萬卷樓)、陳友冰、田素謙《唐詩清賞》(二〇〇一，正中)。

題目六

幼稚園的我，
愛畫樹；
我畫樹，
樹上結滿蘋果；
我畫小孩，
長得和樹一樣高。
上小學的我，
愛畫樹；
我畫樹，
高聳入雲；
我畫渺小的小孩，
仰望參天巨樹，
立下志願

將來的成就，
一定比樹高。（嘉義市崇文國小五年四班張懿心〈畫樹〉）

請將此首童詩改寫成散文，字數不限。

上幼稚園時，老師要我們畫樹。

拿起蠟筆，我立即在圖畫紙上畫了一棵樹，肥肥胖胖的。樹上，頂著一大片一大片綠葉，像雲。綠葉間，掛滿纍纍紅圓的大蘋果。樹的左側，再畫上一個小男生，長得和樹一樣高。

下午放學，我連跑帶跳衝回家，拿給媽看。

媽瞧了一眼，取出毛巾拭去我額上汗珠。

「傻孩子，怎麼把小男生畫得和樹一般大？」

「這樣，一伸手就可以摘到蘋果呀！」我理直氣壯。

「你呀，真會想！」

媽滿臉帶笑，不慌不忙從菜籃拿出個五爪蘋果：「拿去！」

我高興地跳了起來。「咔」一聲，便往嘴裡送。

「吃慢點，沒人會跟你搶。」媽笑睨。

而後每當我想吃水果，只要向媽手一伸；又圓又大的蘋果、梨子、芒果等，便好端端落在我肥胖的小手。我想，媽是一棵取之不盡的果樹，一棵不分春夏秋冬永遠長滿果實的大樹。樹上綠葉是媽溫柔的手，輕輕地拂著我的面頰。

小學生上美術課時，主題不限，老師要大家自由發揮。掀開調色盤，我手握彩筆，沾上顏料，便「刷——刷——」畫下筆直粗大的巨樹。樹幹高聳入雲，彷彿大地怒突傲立的鐵塔。接著，自黑褐樹幹勾出硬瘦的枝椏，如劍戟般刺向湛湛青空。最後，畫上一個渺小的人，佇立樹下，仰望參天巨樹。

回家後，我沾沾自喜地將水彩畫貼在三夾板的牆壁。

媽進來，手拿藍色襯衫：「穿穿看，看會不會太大件？」

我站了起來，挺直腰桿，將襯衫穿上，扣好。

「可以。剛好！」我深呼吸。

媽的眼波掠過一抹欣喜的光輝。

「你現在越長越高了。……」媽意味深長地望著我。

俯首，我驚見媽現在比我矮多了。媽原是一棵低矮的果樹，枝葉低垂，守著這塊祖厝，守著我的成長，沒有見過更高更遠的天空。尤其自爸離去後，媽常對著牆角的菩提樹，對著夜空一輪冷冷清清的白月，低頭不語，偶爾唇間飄出嘆息，彷彿靜夜裡樹上葉子的翻響。

「你書要好好讀，我們家全看你了。」

「我知。」我點頭，心中一陣沸騰。

簡析

試作一文，取自筆者〈畫樹〉（《鴿子飛來》）前兩大段。〈畫樹〉發表於一九八六年五月二十日《中央日報．副刊》，共分五大段。而後一九八八年於國北上「新文藝及習作」課時，學生告知有張懿心小朋友童詩〈畫樹〉。今配合其詩，略加更動，以為改寫文例。

題目七

父親節畫畫，
同學都畫他們的爸爸，
只有我寂寞的畫著哥哥。
因為我必須畫畫。
不知道您會責怪我嗎？（許玉玲〈父親節〉）

請把這首詩改寫成極短篇（小小說），一千字以內。

「這堂素描，畫父親。一定要畫正面，不可畫背影。」美術老師聲音稍停，後頭立即有人笑出聲，竊竊私語。

「好！開始了。不要用大嘴巴畫！線條的層次、明暗，要注意！特別要抓住人像的精神。」

美術老師拍拍手。教室頓時寧靜下來。

沙沙描畫的細響如蠶吃桑葉般飄起。瞪視畫架上擺好的空白畫紙，鴻福直發呆。父親！正面！人像精神？這要怎麼畫？自國小一年級至今，爸的臉卻從未再見過。自己，一直跟媽在一起。每次寫卡片，填爸的名字，不知有幾百次，腦海裡，只有個模模糊糊的印象，這叫自己要如何下筆？

「把握時間，下課一定要交。」美術老師的聲音揚起。

眼見前面黑狗和小青蛙正聚精會神地塗抹。他，手拿軟心鉛筆，不禁怏怏然。剛才下課，黑狗興高采烈道：「咋，我老爸帶我去坪林露營。哇噻。不是蓋的。那溪水真的是清澈見底。」小青蛙更沾沾自喜：「我老爸說我月考成績進步，買一部捷安特跑車送我當生日禮物，昨天兌現了。」他，陪笑在旁，默默無語。雖說自己名叫「鴻福」，卻不像黑狗和小青蛙洪福齊天。

要比成績，自己遠在他們之上。哎！……

傷腦筋，不畫又不行！他愣愣佇立。

這該如何是好？他記起寒假中，好幾年未見的阿姨回來小鎮，見到讀高中的哥哥，像發現什麼秘密似，直手撫他肩膀，上下端詳：「哇！越來越大漢，體格越來越像你爸爸！」「越來越像你爸爸！」像一道閃電掠過他內心天空。轉動指間的軟心鉛筆，他靈機一動。自上衣口袋的皮篋子中翻出與哥哥在家門前合照的相片。凝視哥哥三分平頭的方臉，他心想：只要將哥哥的臉頰、額頭畫凹一點，再加一些皺紋，大概就差不多了。反正，老師也不知道。

當美術老師巡視過來。他開始勾勒出哥哥的輪廓，耳朵，嘴……

簡析

詩例取自林煥彰編《兒童詩選讀》（一九八一，爾雅），文例取自筆者〈父親素描〉（《含羞草的歲月》，一九八七，師大書苑）。今配合題型，略加修改。

題目八

寫作時，適度而精確的使用口語與成語，可使文章增色，但若濫用、誤用，反不可取。下面是一封情書，除粗陋的口語外，更充斥俗濫與錯誤的成語。請在不違背其本意的前提下，用真切、自然的文字加以改寫。

注意：1.改寫時需保留原信的時間、地點、人物、情節。2.不可使用粗陋的口語，並避免濫用成語。

「上個禮拜六在校刊編輯會議首度看到你，就被你煞的很慘。你長得稱得上是閉月羞花，聲音也像鶯啼燕囀。從此，你在我心中的音容宛在，害我臥薪嚐膽、形容枯槁。我老媽看不下去，斥責我馬齒徒長，不知奮發圖強，難道要等到名落孫山、墓木已拱才甘心嗎？我也有自知之明，這封信對你而言只是九牛一毛，你一定棄之如敝屣。但我相信愚公移山的偉大教訓，也就是人定勝天，如果你給我機會向你表白我自己，你會恍然大悟我是個很善良的人。期待你的隻字片語，若收到回音，那一定是我一生中最快樂的一天了。」（九十一年度學科能力測驗題）

試作

1.上個星期六在校刊編輯會議上，乍見你的容顏如蓮花出水，淡雅脫俗，聲音如清泉石上，縈迴耳際，心中那面銅鑼立即噹噹狂響。而後你巧笑倩兮、眉眼流波，一直在我心湖盪漾。盈盈風情，念念千流，真是魅力四射，無法忘懷。

母親不以為然，數落我兒女情長，無益於事。宜當下收拾心志，勇闖聯考窄門，切莫蹉蹉跎歲月，荒蕪時光。面對母親的愛深責切，我幡然領悟。其實，這一切無非我個人一廂情願。我心知肚明，這信對你而言，將如浮雲之過太虛，微風之輕拂原野，勢必無法打動你芳心。

然而精誠所至，涓滴成河。自忖，如果有機會再進一步交往，你將會發覺我絕非浪花浮蕊，視愛情為兒戲之輩。希望這封信能獲得你青睞。若能錦書飛來，接到善意回應，將是我今生最大的驚喜！（筆者）

2.上週末在校刊編輯會議中，乍見初遇，妳那佼好容貌和帶點憂鬱的氣質，深深吸引著我，我不曉得是不是所謂的「一見鍾情」，但可以肯定的是，妳碰觸到我內心滾動的滑鼠，開啟了無盡的相思視窗，難以關閉。不管白天或黑夜，妳的倩影、妳的舉手投足、甚至一顰一笑，始終深印於我腦海中，無法忘懷。

愛情的力量，的確足以使人失魂落魄、茶飯不思。如今，我真實感受到箇中滋味，所言不虛。當老媽發現自己心愛的兒子，陷入不可自拔的境地時，不免憂愁、煩心，也極力勸告、開導，希望能以平常心面對，切莫因為一時情感而荒廢學業，誤了將來美好前程。

我雖耳聞老媽苦口婆心、殷殷勸導，但卻無法終止我對妳的思念。鼓起勇氣，決定提筆寫下這封信，或許稱不上是「情書」，但卻是我最衷心的表白。與其將愛慕之情藏在心裡，不如付諸行動，至少要讓妳知道我「心無二用，情有獨鍾」，更要讓妳了解，這個世界上，還有一個人偷偷愛著妳。

期盼這封信不要石沉大海，更希望妳能給我機會來證明我是多麼喜歡妳。期待妳的來信，那將是我最大的福音！（盧金漳）

3. 曾經驕傲宣稱，不可能，為任何事物放棄自己。從來，我只為自己心動。

直到那天，真正避不開的，不是冗長的校刊編輯會議，而是你，我從未想像過的美麗身影。你像一團太炫亮的光，使人暈眩不能自持。你所說的每句話，我都必須強忍起立為你喝采的衝動。你的一切勢如破竹直闖我封閉的國度，我無力招架。

該遠離你吧？那麼，請先扼住我的咽喉。

見不到你時，我情願自己沒有眼睛、沒有記憶、沒有心！我甚至記不清你的長相，因為那種美好已經超乎所有能存於記憶的感官知覺。你的一顧一盼，早已掌握我心中的陰晴風雨。

然而我的劫難才剛剛開始。一切看在母親眼裡，簡直就比一齣莫名的惡作劇更令人不解和憤怒。從此，我必須在嚴厲眼神監視下，將對你的心意打包藏起，就連承受接踵而來的斥責教訓，我也能夠將它轉換成你柔聲的呼喚，一一聽取。打開書本只是一種形式；表面上符合母親的期望，實際上只為了可以多些時間和空間，與你在心中相見。儘管我珍貴的情感，一送到你跟前，會立刻湮沒在眾多對你仰慕的情意中，但我仍祈求一個生存的機會。你不必表示什麼，那會使我緊張而不知所措。只要一點點，你任何形式任何份量的回應，都將是我在思念你的情潮中漂流激盪時，引為安慰和憑藉的浮板。

快樂和淚水都託付予你，還望你的隻字片語，給我一絲盼望的空間。（張嘉芸）

4. 上禮拜六在校刊編輯會議第一次見到你。我的目光就被你深深吸引，無法離開。你是視覺與聽覺的精品，貌如沉魚落雁，聲似黃鶯出谷，都是美的饗宴。從此之後，你便在我心湖翩翩映現。

對你的思念，如墨汁滴水，緩緩暈開，終成一片。也逐漸懂了原來「衣帶漸寬終不悔」的深意。母親不忍見我身陷情網，不知放下兒女私情，砥礪上進，直斥我飛蛾撲火，簡直不用大腦思考。其實，我雖一往情深，也心知肚明。這封信對你而言，你也許視若無睹。但我仍堅持「不信真心喚不回」。如果你能一窺我的心跡，你將能感受到我的誠意。而若能獲得你心靈的些許共鳴。我將雀躍不已，欣喜若狂。（吳柏昇）

5. 第一次與妳邂逅，在上週末那場不經意的校刊會議裡。

妳果然是絕世而脫俗的。與妳交談之際，只見妳才輕啟櫻唇，那曼妙有如旋律的聲音，便已盈滿我的耳邊。

自此之後，妳便到我的心上定居下來了；我數度記清楚，卻又完全地忘記了妳的臉，好像是在夢境中一般，有種淡淡的惆悵，引領我進入更深更遠的迷惘。而自幼督促我甚嚴的母親，見我這般模樣，期期以為不可。如此失魂落魄下去，豈不誤了正事？我是你卑微的欽慕者。也許，你視我如過眼浮雲，也無所謂。就讓浮雲輕輕陪在你四周。那一天，你肯回眸溜眼，訴說你心事，我將是最忠實的聽眾，最快樂的一朵雲。深盼你的佳音！（陳釣惠）

簡析

一、此題情書改寫，重點有二：一是改正之寫，將濫用、誤用的口語、成語改正確。二是改善之寫，將情書改得更文情並茂，更加動人。至於改善之寫，要改到什麼程度，題目上並未加說明（僅謂：「用真切、自然的文字加以改寫」）。以白靈試作之例觀之。

一顆穩定的心像一座小小沒有波瀾的湖泊，只有天光雲影在此倒映，朝曦和晚霞愛與它對話，那是一種寂寞的繽紛。即使帶著它走入人群，亦然。遂以為從此可以靜度一生。然而，自認為是「事實」的，竟只是自編的「神話」。而妳就是打破「神話」的那個人。

上周六，紛擾而沒有秩序的校刊編輯會議上，正當七嘴八舌之際，妳來了，像一顆大磁石滑入混亂的小鐵釘群中，雜亂戛然停止，聲音像突然被誰收走似的，每個人——不，應該我最「厲害」吧——那顆心緊縮如小小貢丸似的，卡在喉嚨，差點無法呼吸。但這一刻若去形容當下那瞬間的感覺，其實有些失真，而且不敬。只宜說，那真是聖潔的一刻啊！妳的出現，竟令我心中整座湖泊的水快速蒸發成煙霧，迷濛了我的眼、我的思考，竟至那一整夜，以迄如今。

母親心思細膩，沒多久就「觀測」到我的恍惚。啊，那被偵察窺見到的情境可真尷尬！當母親明白我竟為「相思」一女子而終日無心課業、置大考於不顧時，她是何等的痛心，斥責我本末倒置、不知殫心竭慮地將前程置於一切之上。然而她並未能瞭解，任何心之湖泊皆有水源，或小溪或泉水、或雨或露，總得與大自然的某人某事或某物相通，否則終將蒸發成霧成雲而乾涸。

那麼請降下一點小雨給我吧！即使是一滴滴的雨絲。我深刻認知，妳的奇魅必然追求者眾，然而想伸手沾到妳一絲絲滋潤的心湖，卻顧不得什麼地向妳移動。妳的隻字片語都將是我湖上的天光雲影。

至盼著妳飄來的回音。（《聯合報．副刊》，二〇〇二、三、二七）

通篇介入比喻，發揮創意大幅改寫，要莘莘學子達此高標，實非易事。尤其第一段憑空而降，總括全文，絕非考場氛圍中一蹴可及。依筆者之見，學子能於改正之餘，小幅改寫即可（擬大幅改寫，時間上也不允許）。若要求大幅、全新改寫，宜標明清楚。

二、此篇改寫，另有秦冰（王昌煥〈九十一年學科能力測驗語文表達能力解析〉，《國文天地》二〇三期，二〇〇二、四）、楊鴻銘〈情境寫作與文章改寫的方法〉（《中國語文》五三三期，二〇〇二、四）文例可參。

題目九

請依據以下極短篇，改變敘述視角，試從同學的角度加以重新敘述，字數三百字左右。

她看到母親伏在她身上痛哭，大妹倒抽著氣嘶喊，父親和小弟跌跌撞撞衝出房間。

床上的她，蒼白而瘦弱，身體正一點一滴擺脫高溫的束縛，疼痛已減輕到無法作怪的程度。因骨癌而斑爛的病腿，佈滿難看膿瘡，讓她十分難為情，真想用手拉起被子來遮住。

她愉快的挪動，輕輕吸口氣，鮮冷的空氣直竄進體內，像充氣般使她立刻飽滿起來。試著伸伸腿、搖搖手，她驚喜的發現，久病頹弱的手足，如同

新生。肌膚光滑細緻，是好久以前春陽的顏色。

近日想到，同學會遲遲不能召開，只因她這個惱人的病而停頓至今。畢業前被選為第一次同學會的主辦人，然而，暑假期間，當其他同學接受分發，到學校去做個新鮮的老師。她卻拿了一張奉准延緩服務的命令，開始過著鄉下蟄伏的日子。終日平躺等待，一根掛蚊帳的竿子立在眼前。然而，日光所及的範圍，似乎日益低垂狹小於一日。她的日子不是魯賓遜刻在木條上的深痕，而是一根根戳在心中的長釘。

現在，她看到窗戶露白，奇怪自己怎麼睡得那麼沉。更怪的是母親流著淚哽咽的打電話，竟是她最熟悉的幾個號碼！記得自己明明沒託母親轉達什麼事？

她覺得精神出奇的好，和平而安全，彷彿不必費勁，空氣中的清涼就由毛孔滲進，清清甜甜。再過幾天就是元旦，有一連串假期，她高興的想起該著手準備同學會啦！步子又是往日的輕盈靈活，只一分神，就跨出門外。真想偷偷拎著提包去逛逛，卻連那樣小小的東西都提不動。沒法子，只好坐在床沿，羞澀的看母親替自己洗澡換衣。

她的蚊帳換成簇新的粗厚白布，睡得好好的床被挪到角落，搬來一只新得發亮的大紅漆盒，真是太浪費了。雖然，她嘀咕著：「我不喜歡紅的，我要咖啡色的。」家人還是硬把她抬進裡頭。幸好病中瘦了不少，不然，這個床實在太小了。

第二天，他們在她的新床上蓋上一層薄的透明的壓克力板，像個保溫箱！他們是趁她熟睡時弄的，根本不理會她略帶不耐的客氣：「我還不須要這種保護！」

第三天中午，同學陸陸續續來了，她熱情的打招呼，問是誰替她發通知單的？連問了好幾人，都沒人理，她一頭霧水。看昔日好友的言行舉止，頗覺怪異。那些同學一到家中，立刻到她那張放大的畢業照前，用一束香薰得她發昏，也薰得他們淚汪汪的。可是，他們連一句話都不對她說。

第四天，家人將她的新床載到郊區一隅。現在，她看清楚是怎麼一回事了，原來，他們想活埋她！在那麼多同學面前？難道他們也介意她的病拖累家庭？不行、不行！眼看著土一點一點的蓋住她的眼，她再也不能安穩裝睡，不能沉默的跟他們作遊戲了。

奮力一振。她慢……慢……飄了起來。

她打算等他們埋掉那具空棺，然後，和同學一道聚聚，難得一來就有三十

個。（鄒敦怜〈同學會〉）

1. 接到伯母的電話，哽咽壓抑的聲調從聽筒傳來，一股不祥的預感便籠罩全身。雖知小芳臥病，但不是聽說稍有起色？怎麼……竟然這麼快就走了。我腦門彷彿被重重敲了一棍，不知該如何接腔。只記得「會！會！伯母，我一定會去！」的允諾中，鼻頭陣陣酸楚，不禁淚水盈眶。

接連幾天，小芳蒼白嬌弱的身影一直走馬燈在眼前浮現。同窗五年，她是姊妹淘的和事佬，班上的甘草人物，失戀時最貼心的聽眾，班際比賽時最佳啦啦隊長，露營活動的熱心伙伴；從不計較只有苦勞，只有疲勞，凡事面帶笑容，彷彿班上熱力的光源體，畢業後選同學會召集人，當然非她莫屬。

直視廳堂中央她畢業照燦爛的笑臉，我真的無法接受，小芳這本青春的書，還沒來得及打開，來得及一頁、一頁填上她「靈魂工程師」的教學夢想，便已掀到死亡版權頁。真是情何以堪？告別式上，瞻仰遺容，大伙講好控制情緒，不要放聲大哭，觸動伯母「白髮人送黑髮人」的傷心處，盡量安慰伯母，往生是另一個起點……

第二天，班三十個全部到齊，跟著靈車，護送她最後一程。並約定下一次再開同學會，

一定留一個空位。（筆者）

2.告別式上，看她相片中開朗的笑臉，我默默無語。

畢業前，班上剩餘的班費著實叫人傷透腦筋，大家七嘴八舌建議花錢用法，大吃大喝一頓、領回現金或乾脆當第一個踏進愛情墳墓者的大紅包，似乎都可行，所以票數接近，結論遲遲無法定案。突然，那自以為重情重義的女人登高一呼，就將大伙的難捨離情勾起，一種剪不斷的糾纏讓這筆為數不小的費用成了往後同學會基金。

而她！所謂的同學會召集人，畢業至今將近一年，散沙依然是散沙，當初承諾的熱情，依舊沒有兌現。那筆錢，她正捧著呢！看她嘴角微揚，十足憋笑的模樣，想必對這場預謀的結果挺滿意的吧！

那礙眼的白，燻人的煙霧，搞得我精神緊繃，淚眼婆娑，這副蒼白相，正好！

「謝謝你們抽空來參加我女兒的喪禮。」

我輕輕攙起虛弱的老人，幾乎同等哀傷地哽咽：

「伯母，您請節哀。」

3.被煙燻痲的眼睛，恰巧滴下一顆應景的淚水……。（黃麗秋）

第一次為人師表的滋味，五味雜陳。學校的校長、主任，就算你「升格」成為正式老師，在他們眼中，你不過是「嘴上無毛，做事不牢」的新手而已。想來真嘔，不過最讓人嘔的是那些學生家長，沒事動不動就「關心」你的教學一番，還理直氣壯的「指導」你，應該這樣，應該那樣。我真想告訴他：你那麼行，你自己也去考一張教師證。不過當老師也有快樂的時間。每當上課時，幾十對純真的眼睛全注視著你，你彷彿擁有全世界。尤其一雙雙純真的眼睛漾著笑意，發光發亮，那更是生命中最快慰的事了。此外，第一次領薪水時，不再是實習津貼，而是全職全薪，那種感覺也很過癮。

雖然這些經驗你無法親臨感受。但，沒關係，我都告訴你……強忍哽噎心情，我直望廳堂正中照片裡那穿著學士服笑容可掬的同窗好友。

好友她辦了一場永遠無法落幕的同學會。（林佩璇）

簡析

一、論及語文能力表達中的「改寫」，范曉雯等《新型作文瞭望台》指出有：「形式上的改寫，可以由體裁、作法、人稱三方面更改；內容上的改寫則可以將順敘改倒敘、改變中心人物；而主題的改寫則以改變主題思想為主」（頁一三二，二〇〇一，萬卷樓）。其中「形式上的改寫」，偏重文體的轉換，由文言至語體，由古典詩至現代散文等。「內容上的改寫」，其實即表現手法的變化，尤其是改變敘述觀點，如將「第一人稱」偏知觀點，改為「第三人稱」偏知觀點、全知觀點（「第三人稱」可包括「偏知」、「全知」兩類）。「主題的改寫」，係同一題材不同主題的競技，屬於不同「悟讀」（非「誤讀」）的多元訓練。在此類「改寫」中，最能激發學子「創造性思維」。

至於在主題改寫上，頗能撞擊智慧的火花，逼使學子採取「陌生化」的策略，提出另類思維觀點（如：波諾《六頂思考帽》），亦臻及「再創作」的書寫，誠非易事，不宜貿然採用。於此，筆者以為設計成「閱讀評述」（《新型作文瞭望台》，頁三〇九）會更理想。亦即對鄒敦怜〈同學會〉中特殊視角所傳達的主題，寫出個人的感想或評論，包括後設、擴大、深化等不同面向的評述，則為難易適中的測驗，值得一試。

二、似此不同視角的寫法，可溯源自日本芥川龍之介〈竹藪中〉（即電影黑澤明導演的《羅生門》。此篇賞析，可參楊昌年〈「面子」原型的深層剖現〉（《十二重樓月自明》，一九八八，漢光）。國內作家則有：朱西寧〈冶金者〉（《冶金者》，一九七二，晨鐘）、朱西寧〈第一號隧道〉（《將軍與我》，一九七六，洪範）、王幼華〈過活小調〉（《惡徒》，一九八二，時報）、蕭颯〈死了一個國中女生之後〉（《死了一個國中女生之後》，一九八四，洪範）、張大春〈天火備忘錄〉（《公寓導遊》，一九八六，時報）可參。

三、歷來有關「同學會」的作品，小說有：黃秋芳〈同學會〉（《黃秋芳極短篇》）、陳郁夫〈同學會〉（《幼獅文藝》，一九七七、十二）、劉墉〈媽媽的同學會〉（《衝破人生的冰河》）。散文有：梁實秋〈同學〉（《雅舍小品》三集）、席慕蓉〈同學會〉（《有一首歌》）、黃明堅〈同學會〉（《青春筆

記》）。而李黎則另有〈同情會〉（《悲懷書簡》）

題目十

昔有一國，國中一水，號曰狂泉。國人飲此水，無不狂，惟國君穿井而汲，獨得無恙。國人既並狂，反謂國主之不狂為狂，於是聚謀，共執國主，療其狂疾，火艾針藥，莫不畢具。國主不任其苦，於是到泉所酌水飲之，飲畢便狂。君臣大小，其狂若一，眾乃歡然。（《宋書．袁粲傳》）

上述「狂泉」寓言，請仔細閱讀，改寫成極短篇（小小說）。可據原來結局，亦可加以更改。

試作

1. 鎮長規定全鎮大大小小都要飲用廣場前的聖水。從此，鎮民思維日趨一致，眼神日漸呆滯，閒暇時以狂拳互毆及觀賞笑鬧劇取樂。

只有他，偷偷在山區挖口井，汲冰涼井水而飲。

冷眼觀察鎮民的舉止，他深覺廣場那聖水一定有問題。

議。膝旁水壺裝滿井水。

鎮民圍觀，七嘴八舌：「瘋子！」「神經病！」「聖水是甘泉，黑白講。」「可憐，頭殼破一個洞！」

消息傳開，鎮民紛紛向廣場集中。鎮上警衛也奉令出動，在聖水四周佈下崗哨。

豔陽下，他慷慨陳詞：「我很正常。這水有問題。不信，可以將水送到鄰鎮檢驗。如果沒問題，我願以死謝罪。」鎮民指指點點，嘻嘻呵笑，彷彿在看一齣很好笑的鬧劇。他苦笑連連。

抬頭，瞥望警衛槍管在正前方閃出白亮光澤，他知道，警衛直接聽命於鎮長一人。抹拭額頰汗水，突然一個臆測如削金利刃插入他胸膛。

會不會鎮長在水裡摻加藥物？他越想越寒心。果真如此，此鎮不可久居。心念電轉，他決定帶一瓶聖水到鄰鎮化驗。

當他自口袋取岐山小水瓶，走近水邊，準備採樣。白花花水光映睫時，他看見一隻槍管冒出白煙。

他踉蹌前傾，倒落水中，水中泛出鮮紅。接著，他的屍體被迅速移走，聖水再度恢復清澈。

某日。鎮長在廣場前頒發獎牌給開槍的警衛。上面刻有「除暴安良」四字。

2. 鎮長規定全鎮大大小小都要飲用廣場前的聖水。從此，鎮民思維日趨一致，眼神日漸呆

滯，閒暇時以狂拳互毆及觀賞笑鬧劇取樂。

只有他，偷偷在山區挖口井，汲冰涼井水而飲。

冷眼觀察鎮民的舉止，他深覺廣場那聖水一定有問題。

當他走過街道。鎮民圍了過來。

「這人走路好奇怪！眼神好可怕！」

「你看他手擺動很慢，不像我們這麼靈活快捷。」

「好可憐，竟然神經不正常。」一名婦人憂傷道：「想辦法將他治療。」

「我沒病！」他辯解。

「瘋人都認為自己沒病。」中年男子接腔：「這傢伙一定瘋病得很嚴重。」

他狠狠瞪視自以為是的中年男子。

「小心！瘋人一抓狂，會咬人！」旁邊的人示警。

「把他抓起來，不要讓他到處亂走。萬一傷到小孩婦女就糟糕！」

「對對對，快將他抓住送去治療。」

「絕對不允許瘋人存在，破壞安寧！」

在鎮民喧嘩鼓譟中，他被綑綁送至精神治療中心。

中心醫生商量會診。每天固定打針、強迫他吞藥丸；眼見他病情毫無起色，進而針灸、電擊，想盡各種辦法讓他「正常」。

綁躺病床，忍受針刺的痛楚電流竄身的痙攣抽搐，昏迷中，他知道再繼續治療，他將神經分裂；與其被折磨瘋掉，乾脆和大夥一樣。他大喊：「水！水！給我聖水！」

當中心宣佈醫治成功，鎮民欣喜若狂。在廣場前以狂拳互毆以資慶祝，並合送中心一塊匾額：「妙手回春」。

3.鎮長規定全鎮大大小小都要飲用廣場前的聖水。從此，鎮民思維日趨一致，眼神日漸呆滯，閒暇時以狂拳互毆及觀賞笑鬧劇取樂。

只有他，偷偷在山區挖口井，汲冰涼井水而飲。

冷眼觀察鎮民的舉止，他深覺廣場那聖水一定有問題。

他知道鎮上沒有人會相信他所說「聖水即狂泉」，加上他本身又無法證實，他只好三緘其口。同時為了避免被視為異類，他開始佯狂裝瘋。

經過刻意模倣，他的行徑和鎮民日趨一致。白天，他隨身攜帶一瓶井水，混跡市場。閒暇時，亦和大夥以狂拳互毆取樂，並和他們共賞笑鬧劇同聲笑叫。

夜深人靜，獨返山區，俯瞰井中明月靜影，環顧森然巨岩頂天蒼松，他不禁對空「喔——」長嘯，抒發內心的鬱悶。

畢竟，裝瘋賣傻，短期還可以。長期下去，他相信自己弄假成真，有一天必定神經錯亂，真正發瘋。

因此，當他照往例觀看笑鬧劇場，他靈機一動，建議劇中增加「狂人」角色，更可收笑鬧之效。接著，他爭取演出機會。

每當演出「狂人」笑鬧，他不再偽裝，恢復本來面貌，盡情宣洩，台前鎮民呵呵指笑，鼓掌叫：「好啊！」「好像！」「絕透啦！」

他被公認為最佳「狂人」演員。劇中凡是有「狂人」角色，一律由他擔綱。至於他，珍惜每一次演出，唱作俱佳，絕不馬虎。

因為這片刻的演出，正是他最真實的生存空間，讓他能在公共場合自由笑鬧哭叫，不必忌諱。

等他過世，團員送他的輓聯上寫著：「演技精湛」「千古奇才」。而他遺言僅有一個字：「累」。（一至三例為筆者）

簡析

以上改寫取自筆者《狂鞋》極短篇集。又〈狂泉〉亦可配合時事，改寫成論說文。文例可看《教育部八十學年度高級中學國文學科資賦優異學生保送甄試升學輔導總報告》。

故事續寫

一、前言

「續寫」是由限制至自由，由被動至主動的新題型。這樣的題型，從封閉至開放，從聚斂至擴散，引導莘莘學子在主題、文體的統一原則下，展現凌空飛翔的美技，遊目騁懷，翩然飄然，恣縱揮灑語言的藝術。

大抵「續寫」形態，猶如草原上放風箏，藍天下盪鞦韆；風箏再怎麼翱翔天際，手中的繩線一定要緊緊握住；鞦韆盪得再怎麼高，人一定要穩穩坐在鞦韆架上。因此，如何控而不斷，抱而不失，化阻力為助力，讓忍受的牽絆為享受的揮灑，為「續寫」真正關鍵所在。

二、續寫與創造思考

就故事續寫而言，其擴充拓展的模式有二：一、細節的刻劃；二、情節的變化。前者細節刻劃，著眼於人物行為、神態、心理、發揮「承」的本領（原文為「起」），展開豐富而生動的描述。後者情節變化，著眼於事件的衝突、抉擇、意外結局，發揮「轉」的本領，賦予不同思維的設計，呈現深刻寓意。

就創造思考而言，細節刻劃上的延伸、推衍、分化，形成多元相關的完整情境，正是「精進力」（elaboration）的表現。而情節變化上的曲折、逆轉、擴大，形成別出新裁的精采敘述，則是「獨創力」（originality）的表現。蓋所謂「精進力」是「一種補充概念，在原來的構想或基本觀念再加上新觀念，增加有趣的細節，和組成相關概念群的能力」（陳龍安《創造思考教學的理論與實際》，頁二一，一九八八，心理），「獨創力」是「指反應的獨特性，想出別人所想不來的觀念；亦即「和別人看同樣東西，卻能想出和別人不同的事物」（同上）、「一種能想出不尋常反應的答案、新穎的想法的能力」（陳龍安《做個聰明人》，頁二五，一九八八，心理）。

由此觀之，續寫題型可以開採創思的金礦，激發另闢蹊徑的潛能，培養莘莘學子「精進力」與「獨創力」，測驗其對文章「聯貫律」、「變化律」（文章四大規律）的確切瞭解，寫出縝密細膩，獨特新穎的作品。

三、續寫細節的比較

茲以葉香〈演奏〉（聯副編輯部《極短篇》㈣，一九九五，聯經）為例，設計成續寫題型：

舞台上，長髮女孩終於在琴鍵上敲落最後一個音符。

觀眾席前排，站出一位早已等候多時的男生，手握玫瑰，正要奔前獻花。

女孩必是太緊張了，或者介意彈錯了一個音，完全沒看到迎向自己的紅玫瑰，匆匆一鞠躬，快步走回幕後。

男孩一愣，手中的花瓣也顫一下，這和昨晚重複多次的預演不合，不敢期待像電視上看到的熱情回應，但，至少，當她一手捧花，臉溢笑容，和自己緊緊握手，呵，在數百隻眼睛的注目與羨慕下，想到這個，他的手心全濕。

然而，此刻，該怎麼辦呢？人去「台」空，……

續寫中間、結尾，字數限兩百字以內。

細節續寫的重點，不在情節的曲折，而在尷尬情境中男孩心理「反應的描繪」。「反應」的脈絡有二：一是為什麼女孩完全無視自己？緊張得無暇他顧？或為彈錯一個音，心情大受影響？二是最後要愣愣杵立原地？或失望地退下來？或不管三七二十一，追了過去？

由於續寫重心，以男孩內心世界的波動為主。因此，細節的接續鋪陳、勾勒描繪，自當配合正文情境，合理開展，不可亂跑野馬，毫不相涉。試觀以下三篇習作：

(1)然而，此刻，該怎麼辦呢？人去「台」空，男孩想，女孩現在一定很懊惱，正需要有人安慰與鼓勵，自己不能再如此萎縮不前了！於是他堅定地捧著花往後台走去，一股電流閃過全身，手心不再顫抖與潮濕了！（黃國萍）

(2)曲終人散，男孩手中還殘留緊握玫瑰的餘溫，女孩卻隨觀眾的離去消失於人群中，男孩墊著腳尖，依舊在花叢中尋覓最璀璨的一株……。

演奏廳，頓時成了即將舉行彌撒的教堂，靜謐無聲。一排一排紅色觀眾席座椅，靜靜躺著，男孩望著前方的十字架，祈求上帝能將時光回溯，像按「復原鍵」回復上次動作，讓他能向女孩獻花、握手、甚至輕吻，說出內心的仰慕與渴望。接著，像羞赧的情人說出對另一半的邀約：「能否請你喝杯咖啡？」

女孩行雲流水般的琴聲，再度瀰漫整個演奏廳，男孩專心盯著每個音符，深怕錯過了結束的最後一個音，錯過向女孩獻花、握手、甚至輕吻……。

空盪盪的演奏廳，依然站著一個男孩。（盧金漳）

(3)他始終不明瞭這謎樣的女子，心裡究竟在想些什麼。

而相對於男子的熱烈追求，她總是顯得冷漠無情，他身高不高、相貌平平、學歷又低

（完全不符合她高大威猛又多金的擇偶條件），她在昨晚的電話中已暗示這段戀情的終結，但他似乎沒有意會。

今天，他特地起個大早到花店買花，挑了她最喜歡的紅玫瑰，預約了一頓浪漫的燭光晚餐，準備向她表白一番，為了怕臨時怯場，他事先擬了份講稿，在他心裡，這一切是多麼無懈可擊！為了要準時進場聆聽心上人的演奏，他還特地提早一小時出發，捧著鮮豔欲滴的紅玫瑰，準備給她來個驚喜，順便求婚……看來，自己真是她彈錯了的一個音符，黑鍵和白鍵在現實世界是無法和諧搭配。他內心一陣酸楚，避開台前眾人的目光，形單影隻，默默離去。（林景隆）

三篇相較，第一篇發揮愛心，採取行動（「往後台走去」），可惜心理描繪過於簡略，可以再加擴充、演繹。第二、男孩愣立當場，拒絕相信，仍逗留在浪漫美好的憧憬裡，自成一格。第三篇接受現實，不再心存幻想。配合原文「介意彈錯了一個音」加以引申、發揮，較前兩篇更能掌握「續寫」的一致性（整體思維）。至於葉香原作，較這三篇更縝密更細膩；多了對女孩內心的揣摩，多了積極的行動，帶出喜感的結尾：

再等一下下，這個舞台就換成另外一個人的天空，她怎麼可以走得那樣倉促呢？好像毫不留念似的，天知道，她是從五歲開始練琴，少說也練了十五年，舞台的世界才有她的席位，那麼短暫，那麼美好，她自己不珍惜才怪？

男孩不相信自己的眼睛，彷彿心儀的女孩還站在台前，並且微笑的望著他。受到這個期待眼神的鼓勵，他勇往直前，以羚羊飛躍身段，躍向燈光燦爛的舞台，躍向還縈繞他最熟悉也最迷戀的琴音之餘響，並且，直奔芳蹤隱去的幕後。

這時，觀眾鼓起如雷的掌聲，彷彿直到此刻，一曲優雅美麗的演奏才告完滿完成。

由於加上男孩即興演出（「以羚羊飛躍身段，躍向燈光燦爛的舞台，躍向還縈繞他最熟悉也最迷戀的琴音之餘響」），讓觀眾在視覺、聽覺享宴之餘，增添「看戲」的趣味，也就難怪最後掌聲如雷。而兩段心理細節的刻劃（「再等一下下……她自己不珍惜才怪」八十七字、「男孩不相信自己的眼睛……直奔芳蹤隱去的幕後」九十二字），微妙靈活，親切生動，尤其和第一篇續寫相較，正見原作之精緻。

四、續寫情節的比較

此等續寫的重點，在既有的基礎上，環環相扣，再起波瀾，再生變化。而情節變化、轉折幅度，以小小意外之「曲轉」（curve，又稱「偏斜」），難以置信之「逆轉」（reverse，又稱「陡轉」）兩種，最為常見。

「曲轉」，是可以接受的意外，可以想見的變化。延展出來的轉折，普遍性較大，不致於和預期相距太懸殊。以葉香〈演奏〉為例，試觀以下曲轉續寫的習作：

(1)然而，此刻，該怎麼辦呢？人去「台」空，讓本來站在台前已顯突兀的他，更加尷尬。司儀又唱出下個演奏者的名字。他牙一咬，打算就站在原地，把花獻給正走出舞台的表演者。喔！不，是個男演奏者！男生給男生獻花，太詭異了。再等下一個吧……天哪，是一對情侶的四手聯彈……該把花獻給男生？或女生？再等等吧。下一個表演的是一對雙胞胎姊妹，她們的媽媽也捧了一束花，悄悄的站到他的身旁。他把握機會，將花遞給了媽媽，聳聳肩，很瀟灑的說：「送給她們，別客氣！」說完，頭也不回的走出會場。留下一臉錯愕的媽媽，以及早在後台，趴在高高帥帥的鋼琴老師懷裡啜泣的女孩。（陳靜玟）

(2)望著空蕩蕩的舞台，他是要追到後台去，還是抱著捧花，黯然退下呢？多麼希望女孩想起，再度從容回到台前，接受自己這一片赤誠的祝福，還有，最真摯的心意呀……。

「媽媽，那個叔叔手裡捧著好大一束花喔！」一個稚嫩的童音從席間傳來，不知道為什麼，竟蓋過轟然的如雷掌聲，還是，掌聲在不知不覺中停止了？

「媽媽，那個叔叔拿著花要作什麼？」這一次，像是由擴音器播送出的聲音擊盪著他。

他側頭一瞥，看見一個綁著兩根麻花辮的女孩手指著他，臉上盡是笑意。忽然，他發現全場數百隻眼睛像聚焦似的鎖定在玫瑰花和他身上。

一股熱氣從腦門奔騰而出，潮紅從臉上擴散到耳根，他感覺一陣躁熱……。

「媽媽，那個叔叔拿著花要作什麼……媽媽，那個叔叔拿著花要作什麼？」像是跳針的舊式唱機，不斷藉由擴音器播送這句話，偌大的舞台卻一直迴盪著相同的回音，「媽媽，那個叔叔拿著花要作什麼？」

「啊！——」他大聲嘶吼，想掩蓋這個聲音。

「小鄭，醒醒。演奏會要開始了，別忘了你的獻花呦！」

他用力張開眼睛，一身勁汗。擦乾額頭汩汩汗水，他瞥見即將上台演奏的長髮女孩，對他嫣然一笑。（李佳燕）

(3)在「安可」聲中，女孩再度出場。男孩一個箭步衝上台去，緊抓住最後一個機會，鼓起勇氣跳上鋼琴前，彈奏腦海中複習千百萬次的旋律，向她告白。

女孩一怔，哪兒迸出的傻小子？彈得稀稀落落的，也膽敢上台。簡直臉皮有夠厚，回頭注視不成調旋律中對方認真的神情，她不禁被對方的「笨拙」所感動。習琴這麼多年來，向來都是為人演奏。沒想到在這公開場合，居然第一次有人專門為她演奏，自己成為「高高在上」的欣賞、傾聽者。

何必拒人於千里之外？她心想。接過對方遞來的玫瑰花，臉上浮漾由衷的微笑。雖然，和對方還不熟……（鄭如真）

第一篇中，延異送花的對象。既然長髮女孩不領情，轉送給接下第二組的孿生姊妹也好，何必虛擲浪費？第二篇，顛倒示現，想見自己手捧玫瑰花束進退不得的窘困，席間稚嫩童音的問話強化難堪心事，結果嘶吼驚醒，才發覺杞人憂天，純屬子虛烏有，世界仍是美麗新境（「瞥見即將上台演奏的長髮女孩，對他嫣然一笑」）。第三篇，男孩逆勢操作，以勇氣創造機會，以真誠打開友誼的大門（猶如日劇《一〇一次求婚》），仍可獲得心儀女孩的青睞。丸此情節的拓展，雖偏斜逸出，超乎常軌，然仍合乎經驗的可能，概然率頗高。

至於「逆轉」，則是離奇、震撼的意外，匪夷所思，令人難以置信。其中轉折幅度之大，判若雲泥，別如天壤。往往生死異位、禍福瞬換，每每好心做壞事，壞心卻帶出好結果，甚而麻雀變鳳凰，英雄成狗熊（猶如god變成dog），形成鉅大落差，打破一般思維習慣，驚人心魄。試觀以下逆轉習作：

(1)然而，此刻，該怎麼辦呢？人去「台」空，留下男孩孤獨的身影，湮沒在一陣如雷貫耳的掌聲和一群刺眼的閃光燈中。

女孩並沒有給男孩一個解釋或道歉的電話。今夜似乎特別漫長，男孩想起初識女孩的那場聚會，她一襲粉白相間的背心洋裝，外罩絨質短衣，一頭烏黑的秀髮像絲絹般瀉在肩膀兩側，襯得她白晰的肌膚粉嫩透明。最令男孩動心的，還是她那十隻柔軟細緻的手指，流暢地跳動在黑白鍵上，譜出一曲曲美妙的樂章。從此，他開始愛上音樂，愛上那十隻靈巧的手指，愛上那個女孩。

女孩來自音樂世家，四歲開始學琴，七歲開始第一場公開演奏。她的生命與鋼琴合而為一，每日在琴鍵前面坐上十二個小時是稀鬆平常的事。她夢想有一天能登上世界級的鋼琴演奏會，並告訴男孩，等到那天，男孩一定要帶著她最愛的玫瑰花來看她。

女孩的夢想實現了，而男孩的，卻碎得擲地有聲。

惱人的鐘聲踏破清夢，男孩抓起床頭的鬧鐘，使盡全力地往門上砸去，一陣破裂之後，恢復了原有的寧靜。這時長短針不偏不倚地指著八時零分，距第一節上課時間還有十分鐘，男孩只好心不甘情不願地爬下床，抹把臉，到教室上課。

走進教室，男孩發現同學們一邊對他投以注目的眼光，一邊拉扯著報紙搶著觀看：「你看你看，這個男的跟阿奇長得好像喔！」「對耶！就連身高體型都像。」

男孩一把搶過報紙，那是他昨晚站在台前被媒體捕捉到的一張照片，望著自己落寞的神情，他的心頭又被狠狠地撞擊了一下。

「長得像罷了！那不是我。」男孩沒好氣的斜睨他們一眼，就逕自往座位走去。

面對男孩沒來由的情緒，同學們也不甘示弱，追了上去，攤開報紙：「該不會也是你的雙胞胎兄弟吧！」

男孩接過報紙，頭版上出現幾個斗大的標題：「名鋼琴家×××在世界演奏會前一晚與鋼琴葬身火窟，大會允諾由其雙胞胎妹妹完成遺願。」(涂文芳)

(2)

然而，此刻，該怎麼辦呢？人去「台」空，注目的眼睛此時像數百隻的螞蟻啃鑽著他的背，竊竊私語之聲如鬼影由會場的各方竄進他耳裡。要往哪兒移動？全身的血管變成一根根釘子將他釘在地上。然而，繼續待下去也不是辦法，恨不得手上的花化為烏有，男孩提起千斤重的腳黯然自舞台左側離去。走了兩步，卻聽見來自舞台上的腳步聲。女孩折回了！台下的鼓掌歡呼聲四起，他內心激動不已，用最快的速度奔向台上。鵝黃般的燈光將女孩的臉襯托的更嬌美，她接過花的那一剎那，笑得很燦爛，用清脆如琴聲般的聲音對他說「謝謝！」男孩看著女孩的臉，分不清身在何處，只覺已不虛此生……。

「又抱著那寶貝睡覺，起床了！」媽媽尖銳的聲音叫醒了他，男孩抱著一本檔案夾，一頁頁盡是女孩的照片、參加過音樂會的介紹。最後一頁，泛黃的剪報上有一行顯著的標題「××路下午發生連環車禍……」，一片壓花從檔案夾裡幽幽落下。交不出的花、無數次同樣的夢境，陪伴著永遠到不了會場的她……。（章欣捷）

(3)然而，此刻，該怎麼辦呢？人去「台」空。一陣遲疑，男孩將預藏在玫瑰中的粉紅盒中掏出，隨即信心倍增，決定往後台去。

男孩始終掛意剛才女孩恍惚的神情，這是她第一場正式演出，應當全力以赴。恰巧女孩的經紀人迎面而來，男孩正想尋求解答，卻因為經紀人神色凝重而閉上嘴。想來女孩失常的表現，造成很大的影響。

走廊最末端有一道光，是休息室吧！男孩將玫瑰藏在身後，輕輕推開半掩門扉。

男孩一震，身後的玫瑰瞬間化為血珠，滴滴散落。

突然，一陣淒厲尖銳的車輪刮道聲刺穿腦門，粉紅盒裡的金色戒指應聲融進火紅血泊，男孩緩緩闔上眼，便再也記不清了。（黃麗秋）

第一篇，由男孩（阿奇）的難堪、心碎，帶出第二天報紙上被拍的照片。接著經由圓謊的辯解（「長得像罷了！」）、對答，劇情急轉直下：原來昨晚女孩（攣生妹妹）不理睬自己是一場誤會，自己心儀女孩前晚早已香消玉殞，天人永隔。第二篇述說女孩雖讓自己尷尬片刻，但折回台上，接受自己獻花；然後情節逆轉由夢境兜回現實，完全是自己補償心理的示現，女孩早在演奏前車禍，告別人世。第三篇自男孩失望、心事重重上延伸。男孩在閃神、恍惚之際，走上街頭，發生車禍，竟因此一命嗚呼。大凡逆轉情節之作，往往太多巧合，太過戲劇化（俗稱「太扯了！」、「真會瞎掰！」），概然率較低；每每駭人聽聞，讓讀者「是邪？非邪？」半信半疑。

五、結語

續寫，是在別人地基上，蓋自己的房子，運用已有的資源，發揮自身創意。尤其故事續寫，更是此題型（另包括「議論說明」、「抒情記敘」）中極富挑戰的一類。除了根據原文（開頭）加以接續鋪寫外，所有故事（寓言、極短篇、小說、戲劇、電影）結尾，均可再活化、拓展，讓所有「美麗的句點」，變成無限可能契機的「刪節號」（……），撞擊出一新耳目的創意火花。

基本上，續寫題型旨在強化學子「有機」（巧妙的統一、高明的照應）、「完形」（全體大於部分的總合）的結構觀念，運用三分段落（開頭、中間、結尾），掌握「鳳頭、豬肚、豹尾」、「起要美麗，中要浩蕩，結要響亮」的原則，培養其刻劃細節、變化情節的表達能力。

其次，在創思的認知上，續寫題型足以激化學子不同向度的拓展。以續寫中間為例，中間包括「承」和「轉」（開頭「起」、結尾「合」。在承接上，扣住脈絡，發揮「接近」的聯想，衍生、增添細節，描繪心理幽微（猶如電影「特寫」鏡頭），正展現出創造思考的精進力。在轉折上，承上啟下，發揮「相對」的聯想，合理變化；或曲轉以成小小意外，成逆轉以成驚悚震撼，正展現創造思考的獨創力。至於續寫結尾，同一故事能掌握不同思維視野，寫出多重（兩種以上）結句，則展現出創造思考的流暢力（極短篇例證，可參筆者《極短篇的理論與創作》，頁一四九～一五七）。凡此不同指標的設計，則出題者須確切釐清。

最後攸關續寫題型著作，分別計有陸逐、朱寶元《初中作文指導》（一九九〇，少年兒童）、陳滿銘《作文教學指導》（一九九四，萬卷樓）、孫晴峰《炒一盤作文的好菜》（一九九四，東方）、李懌《初中作文教與學》（一九九五，北京師範大學）、賴慶雄、楊慧文《作文新題型》（一九九七，螢火蟲）、嚴雪華、張華萬《多角作文訓練》（一九九七，上海教育）、楊振中《初中作文十八法》（一九九八，華東理工）、齊峰等《中國中學生材料作文指導大全》（一九九九，山西教育）、賴慶雄《新型作文贏家》（一九九九，螢火蟲）、趙永年《步步高作文》（二〇〇〇，吉林文史）、范曉雯等《新型作文瞭望台》（二〇〇一，萬卷樓）、王昌煥《國文語文表達能力秘笈》（二〇〇一，翰林）、楊鴻銘《語文表達寫作能力要覽》（二〇〇一，建宏）、趙公正《高中語文表達作文訓練》（二〇〇一，建宏）等。單篇期刊有邱素雲〈續寫與補寫類型〉（《明道文藝》二九七期，二〇〇〇、十二）、趙公正〈以大考中心八十九年試測題〈創作接龍〉為例〉（《中國語文》五二一、五二三期，二〇〇〇、十一、十二）、仇小屏〈新式作文評改㈡〉（《國文天地》二〇三期，二〇〇二、四）等，可供探討、研究。

題目一

小草以歡欣的舞姿
迎接朝霞的映照
咖啡以熱情的香氣
迎接杯子的邀請（隱地〈換位寫詩〉）

全詩八行（每小節二行），上所列為前四行。請以新詩方式續寫後四行（即第三、第四小節），不必抄原作。

試作

1. 明眸以皓齒的燦爛
迎接鑽石的閃耀

伴娘以玫瑰的紅艷
迎接白紗的祝福

2. 轎車以蛇形的醉步
迎接紅燈的警告
靈堂以僧侶的梵唱
迎接生者的錯愕

3. 燈管以黃白的光暈
迎接白蛾的飛撲
無常以寬大的黑袍
迎接青春的輓歌

4. 傷口以堅毅的神色

拒絕鹽巴的同情

理想以浪漫的
拒絕現實的勸說

5.智者以清明的心量
送走蝙蝠的疑雲

賢者以淡泊的寧靜
送走誹聞的魅影（一至五例為筆者）

簡析

一、此題續寫的模式有三：第一、全詩四節，正好可以「起、承、轉、合」。如一至三例。第二、全詩四節，前後對比。如四至五例。第三、詩中前三節寫景或寫物，第四節寫人，即隱地原作。

隱地此詩，出自其詩集《詩歌誦》（二〇〇二，爾雅）。原詩後四行為：

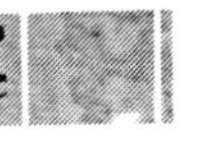

跑道以筆直的軍禮
迎接輪子的滾動

我以擁抱的姿勢
迎接你的情慾體操

二、現代詩中不乏可設計成績寫詩作。如方群〈愛情土司〉（《文明併發症》，一九九七，文史哲）

也許該讓愛情像土司
用不同的標價寫著一樣的名字
有溫柔的雙唇
也有粗糙的手臂

也許該讓愛情像土司
塗滿了草莓果醬或是夾著荷包蛋

不同的滋味點滴在酸甜苦辣的發酵心頭
嚐過的你一定會流涕感激

也許該讓愛情像土司
從西半球吃到東半球
超越種族和國籍的複雜差異
遠離赤道和兩極的悲觀問題

也許該讓愛情像土司
讓想吃的人都能輕鬆吃得起
沒有貴賤貧富的痛苦遺憾
沒有天南地北的生死分離

可以保留第一節、第二節，續寫三、四節，當然亦可出仿寫題，將「愛情」換成「友情」、「親情」等，亦可出改寫題型，將新詩改寫成散文。

題目二

前文：

「寶貝！全是寶貝！」船長歇斯底里地叫起來，兩手捏滿了令人眼花撩亂的珍珠瑪瑙。大副也衝上前，從鐵箱中掏出一把一把的寶石項鍊往身上戴。

他們手舞足蹈，好像忘掉洞窟外的食人族正步步逼近。

廚師阿杰也情不自禁的湊上前。突然船長兇性大發，一鞭子打在阿杰臉上：「走開！你這狗！」阿杰爬開。

我和老鳥互望一眼。

食人族的鼓聲更近了！

然後一聲槍響迴盪在洞窟裡，幾乎震破我的耳膜——

請根據前文，連綴情節，繼續書寫，安排結局。文長不限，不必標題，不必抄前文。

1.阿杰一槍打死了船長。

阿杰是這艘船的年輕廚師，上船才一兩個月，做事的身手還不十分俐落，常被船長罵得狗血淋頭，心裡蓄積了一股怨氣，無從發洩。船長擁有這艘船的大部分股權，自然認為他有完全的控制權，就常對下屬頤指氣使，薪水給得低，伙食也極差。

「到現在你還把我當成狗，這顆子彈就當成對你的回報吧！」阿杰冷冷的從嘴角說出。我和老鳥又互望了一眼，默許了這樣的結果。一行人趕緊逃出洞窟，留下了瞠目結舌的大副。（林景隆）

2.槍，冷靜地站在阿杰的手裡；子彈，精準地穿透船長的喉。船長嚥不下的最後一口氣，隨著煙和血，一起從傷口冒出，不甘心地消散。

阿杰向我們走來，慢慢收起他的槍，丟進圍裙裡。我和老鳥因驚愕而來不及寫在臉上的慌，硬生生止住。老鳥正要開口，「我恨他，我就像條狗，他一直不把我當人看。哼！他不知道，每一餐，都有一條狗吐一口水替他加味。哈哈哈……」阿杰說畢，大笑著走出洞窟，留下震耳的回聲和我們。

大副一直躲在暗處，不敢出來。突然一個箭步，他抓了一大把珍珠瑪瑙發瘋似地追了出去。

又一聲槍聲，冷冷夾了一聲「不要以為你可以帶走寶貝！」大副沒有回來，阿杰也沒有再出現。

食人族的鼓聲也漸漸遠去！

洞裡只剩下我和老鳥，和一堆拿不完珍珠瑪瑙。

我和老鳥對望一眼。

又一聲槍響！（董松喬）

3. 船長、大副還來不及將珠寶裝箱，食人族手上的槍口已對準了船長這班人。船長手上還握著珍珠項鍊，但卻被點了穴道般動彈不得；阿杰怯縮地爬到石頭旁，像一隻嚇破膽的小貓。大副昔日一副的「狠角色」，如今不得不低頭。

我和老鳥，鎮靜地觀望。眼神互瞄，就像籃球隊員間眼神的暗示，彼此的默契穿越了時空。我思忖、猜測食人族的頭目、也就是他們的「老大」是哪位？中間塊頭壯碩、留有落腮鬍的那位，鐵定是老大，我心裡暗想。

我再次瞄了老鳥，老鳥不愧是老鳥，來了一個「聲東擊西」，作出動作，吸引眾人的目光。我趁機一躍，奪下老大的槍，順手架在老大的脖子上，就像綁架案中的歹徒挾持了人質，我吆喝：「通通把槍放下，雙手舉起來，不然，斃了你們老大！」

老大高聲吼叫：「你們不要輕舉妄動！」

老鳥起身，同我轉個身，一步一步架著老大走出洞外。船長、大副、阿杰貪婪地抓了幾把珠寶往袋子丟，所謂「人為財死、鳥為食亡」。人總是健忘的！剛剛的生死關頭已忘了一乾二淨，看到亮晶晶、白花花的珠寶，心又著迷了。

我嚷著：「咱們快走！食人族的夥伴，待會兒就到了。」大夥一聽，才抓起袋子往後肩一摔，踉踉蹌蹌快步離開。

走了將近一百公尺，我將食人族老大放了，我和老鳥告別了船長、大副、阿杰三人，我和老鳥走了，珠寶留給他們三人。

望著遠方夕陽，我和老鳥走在荒涼的小徑中，聽到遠方傳來的槍響，我和老鳥互瞄一眼，嘴角露出一絲笑容……。（盧金漳）

4.

這時，阿杰的另一隻手緩慢地移向背部，我立刻掏出手槍，對準阿杰的腦袋，用力扣下扳機，大喊：「是他！老鳥，人是他殺的！」

老鳥靠了上去，一把抓住阿杰的手——什麼都沒有。

他不是要伸手去拿藏在身後的那把刀嗎？他覬覦那些寶藏，趁我們還熟睡的時候，在極速間一刀砍下大副的頭顱，然後將屍首拖到洞窟外丟棄，再將刀子磨利，回來對付我們。不是這樣嗎？那，刀子呢？

一定有。我走向前，搜尋那把刀子。可是一無所獲。

悔恨與罪惡自心底湧出，阿杰一向膽小，怎麼可能殺人？我腦中一片空白，轉身往回走去。

頃刻間一陣涼意從頸部襲來，我的視線開始垂直降落，不一會兒碰觸到冰冷、凹凸不平的地面，任意滾了兩圈，迎面直撲一陣濕熱的血腥。面對唯一能透進光線的洞口，我在迷濛中看見老鳥手握長刀，嘴角上揚，露出得意的微笑。還有他身後那群手握長刀的食人族。（涂文芳）

船長的回憶

「你……天啊！」我的肚子開始冒出鮮血，我中槍了。那個大副開槍的位置還真狠，我狼狽地向後倒坐在地上，邊喘著氣邊看大副那閃著黃光的眼，一瞬間我下意識捏緊我手中的珍珠瑪瑙。他戒備地將槍指著我，冷冷地叫我放開手中的寶石。鼓聲咚咚作響，我和大副僵持著，下一秒我卻被腦後的重擊敲昏了過去，「唉！如果我放開的話……」

大副的回憶

一看他一鞭子揮向平常最忠心的阿杰，我就知道我得先下手，不然不被他出賣，也會到頭落個什麼都沒有的下場。趁著他專注在盯阿杰爬開時，我一槍朝他肚子打過去，果然毫無戒備的他也只能坐在地上仰看著我。「這老傢伙都死到臨頭了，右手還死捏著那把珍珠。」我艱澀地發出聲音叫他放開。此時鼓聲越來越近，我正想算了時，老鳥卻拿石頭敲昏了船長，他……他也想來嘎一腳嗎？我槍管立刻指向他，鼓聲讓我的呼吸變的越來越急促濃濁，老鳥冷靜地望著我說：「大副，遲了，大家都逃不了。」

我挑了挑眉，常跟在老鳥旁的小個也開口說：「我們不動這些寶物，我們只想救船長，我……」我聲音粗嘎的連我都被嚇到說：「隨便你們，不過別想耍花招，我可是有槍的人。」邊把船長手中的珍珠裝進皮袋中，邊防範那老鳥和小個，只要他們一露出覬覦的眼光，我一定斃了他們。

出了洞口，他們都沒有任何反應，立刻朝小船停泊的地方跑去，我心想果然還是有白癡的船員要去救那暴躁老頭的性命。鼓聲離我越來越遠，我覺得天樂在我四周響起……

「什麼！」我看著身上的毒箭，睜著滿眼的疑問「什麼時候，為什麼……」模糊之中只看到一個人影過來，什麼，是廚師阿杰！

我的回憶

「船長是個好人」這是老鳥說的，我在船上工作這一陣子也這樣覺得，可是從進到洞窟之後，什麼都變了，我和老鳥相對一眼卻是他眼中看到了然。在他們僵持之中，我呼吸不知不覺也繃緊著，鼓聲提醒著我要有所行動，不然到時候大家都會是食人族的大餐。

在我還緊盯著大副和船長時，老鳥卻悄悄繞過大副的視線範圍內，以極快的速度抄起石頭打暈了船長。略顯尖銳的聲音逼大副放棄對船長更進一步的念頭，我知道這時候老鳥很緊張，一時間我也不知為何開出了「救船長，不要寶物」的條件，看著老鳥嘉許的眼光，我知道我做對了。

鼓聲彷彿只在洞窟前幾百公尺了，我全身繃緊地看著大副收珍珠的動作。我知道只要我動一下手指，到時候子彈可就會先招呼在我身上，但是老鳥的呼吸聲卻奇異地蓋過外頭的鼓聲，我冷靜下來等著時機。終於，大副消失在洞口。老鳥和我立刻一前一後抬起船長，準備朝小船停泊處跑去。忽然，老鳥回頭問我：「奇怪，廚師阿杰人在哪？」對啊！阿杰人不見了。

在我和老鳥還來不及反應的瞬間，只見船長睜大了眼，一條鞭子因失去持力而垂直掉落，緊接著是一連串滴滴答答珍珠瑪瑙落地的聲響。船長倒了下去，身後露出一張扭曲變形的臉孔，大副手持黑槍：「他媽的！把我們當狗，現在要你連畜生都不如！」

我和老鳥回過神來，衝了過去，一把搶下大副手中的黑槍，叫道：「你瘋了你！」大副一向對船長唯命是從，這下怎會發起瘋似的朝他開槍？

「阿杰，你快來，把屍體處理掉，這些珍珠瑪瑙就是你的了。」

阿杰嚇得抱頭蜷曲在一旁，全身抖動。

「你們也不想想，大伙兒同在一條船上，他幾時把我們當兄弟看過？別說這些寶藏了，我們能不能活著離開都得由他。」大副的神情漸趨和緩，像擊斃一隻猛獸般的面露歡愉。

大夥兒歷經重重險阻，漂泊了半個海洋，等的不就是這一刻嗎？沒料到船長竟會如此見財失心，一定是想獨吞寶藏。大副說的沒錯。

「你沒聽見外頭食人族的鼓聲越來越近了嗎？要是血腥味傳了出去，還不怕他們以最快的速度找到這兒來？」我將大副的槍收進自己的衣襟裡。

老鳥獨自思量著。

大副一把揪起廚師阿杰：「快拿你的刀子來，把屍體分一分丟到洞外遠一點的地方去，我們先在裡面躲一晚上，等明天天亮，拿了寶藏馬上走！」

不失為一個保住大夥兒性命的好辦法。

阿杰畏畏縮縮的照辦。

看過阿杰殺魚的人都知道，那刀法真是厲害。魚抓上岸，阿杰托起腮子一刀砍掉魚頭，刀鋒在魚身上迅速翻折兩次，除去鱗片，再往魚肚縱向一劃，掏出內臟，一條白淨的魚肉便可下鍋烹煮了。

這晚極為寧靜，洞窟外的鼓聲果真不再響起。大副吩咐大夥兒早點睡，天一亮趕緊動身離開。

闔上眼，從黑暗中沉沉睡去。隱隱約約間，一些微弱的聲音依稀可辨，好像是某種金屬正摩擦著石頭。不安使我立刻睜開眼，四周黑漆漆的看不見任何東西，僅能感受到身旁老鳥的鼻息，我用手肘將他推醒：「快醒醒，阿杰和大副不在。」

人到哪去了呢？面對唯一能透進光線的洞口，我和老鳥不由得升起一股莫名的恐懼，再次確認手槍待在胸前。

阿杰從光亮處現身，滿臉蒼白，拖著發顫的雙腳向我們靠近，手裡提著一顆頭顱，血染一地。

「大副！」我和老鳥齊聲驚呼。

阿杰嚇得直打哆嗦：「夜裡醒來，去外頭撒尿，沒想到草叢裡有大副的頭。」

難道是大副拿了寶藏想獨自脫逃，在外碰到了食人族？

阿杰越走越近，我不自覺伸手摸進胸襟，握住了槍。

不！不對！剛才那陣模糊的金屬聲，是刀！忽然心頭一震——難道會是阿杰？

此時鼓聲卻急逼我們得盡快離開，倉促之中，只好在心中對阿杰說聲抱歉了。一陣混亂後，我和老鳥還有船長總算回到了船上，卻在船終於駛離食人族的範圍時，老鳥悲傷的告訴我船長還是走了。在我和老鳥將船長送回大海的懷抱時卻在口袋中發現船長留了兩顆渾圓的大珍珠和一些零碎寶石，老鳥搖搖頭眼淚滴了下來，而在一旁的我看著這一顆比鑽石還晶亮的眼淚，覺得我願意相信船長還是個好人。

廚師阿杰的回憶

火辣辣感覺刷在臉上，這船長也跟其他那些傢伙一樣，全是些見錢眼開的傢伙。我爬到旁邊，等著看這些人待會看到食人族進來會怎樣？我假意摀著臉，偷窺這洞穴中這群人。果然，槍聲響起，呦！看來這個大副可真是個狠角色，平常在船上還真看不出來他是這種人，可是，我也沒料想到原來船上還有對船長忠心耿耿的傢伙，看在這兩個傢伙的份上，我決定這次的人選就是大副了，反正世界上少一個這樣的人也沒差多少。

我偷偷摸摸趁他們對峙時往洞外移出，飛快的溜去平常收藏我麻箭的地方，在回到洞窟前，只看到大副衝出來，我小心跟蹤在他後頭，至於那兩個還留在洞窟中的人，就好自為之了，反正我都留了條生路給他們了。看著大副那急衝衝的樣子，猜也知道他正準備去停泊小船的地方，我預先抄小路繞到他的前頭。哈！他一出現在我視線內，我便一箭射中他胸前，我走向前去看他搖搖晃晃，還露出一副不敢相信的模樣才倒下。我笑著對他說：「恭喜你啦！我幫我們的神選中了你，你的人頭將會是我們今年豐收的保證，嘿嘿嘿。」

食人族酋長的回憶

我們這一族需要新鮮的人頭來祭祀我們神，作為豐年的保證。但是新鮮的人頭並不好找，直到三年前，族中的青年在成年禮中發現這個隱藏寶藏的小島，在巫師的建議下，族中的長老和我決定讓巫師的兒子出去引誘外界的人們來到這裡做為我們新鮮的人頭來源。這已經是第二年了，巫師的兒子做得很好，大家都為這個新的人頭而高興的在準備儀式，我想今年的人頭應該可以讓我們有個豐盛的收穫。（林家寧）

簡析

一、第一、第二例承前文阿杰遭船長羞辱，於是槍殺對方。第二例較第一例再加變化，留下沒有結局的疑雲。

第三例是增加情節的曲轉。我和老鳥成為關鍵人物，藉由「食人族先擒老大」策略，解圍脫困。而船長、大副、阿杰，仍在未定之天。

第四例以逆轉見長。首先「大副」槍殺「船長」，繼而「阿杰」帶「大副」頭回來，造成「我」誤會，因而槍殺「阿杰」。最後「老鳥」砍殺「我」，層層翻疊，極富戲劇化。至於「老鳥」和「食人族」的關係，分明又是「螳螂捕蟬，黃雀在後」的伏筆，結尾留白，召喚讀者充滿興味的想像空間。

第五例最為特殊，經由「船長」、「大副」、「廚師」、「我」、「食人族酋長」五個視角，編織出整個故事來龍去脈，頗能展現作者創思的「流暢力」與「精進力」。

第五例整個情節續寫，以逆轉取勝。「大副」射傷「船長」，「阿杰」射殺「大副」，「我」、「老鳥」帶「船長」離去，最後揭露「阿杰」身分，原是「食人族」巫師之子，確實離奇曲折，令人凜然心驚，洵為此篇續寫之白眉。此外張悠疆小說〈槍聲〉（《如花初綻的容顏》，一九九一，聯合文學），亦極盡變化之能事，可供參考。

二、筆者於《91建中紅樓文藝營》（二〇〇二、一、二九）中談及此篇續寫，當場即有三位建中學子交稿，其中王煥博同學續寫如下：

「你……你這個……」大副還沒說完，就摀著胸口倒了下去。船長那副兇臉配上手上那把還在冒煙的槍，惡狠狠瞪著大副。

「快上來！」老鳥在洞穴中某個高處喊著。我扶著阿杰勉強爬上去，躲起來。食人族到了，船長在驚叫聲中被人多勢眾的食人族綁了回去；「老鳥，阿德。你們在那。救我！」

老鳥跳下來，「再來怎麼辦呢？」

我看看阿杰，再看看那些寶貝：

不禁喜孜孜叫道：「看！這些是我們的了！」

沒想到，大副為了搶奪珠寶，竟然舉槍往船長射擊。

船長的胸口鮮血直流，大副趕緊搶走所有的珠寶，一面舉起顫抖的右手，喝令老烏和我不准動，想獨吞所有的珠寶。

說時遲，那時快，食人族此起彼落的腳步已來到眼前，他們所有的眼光都落在大副身旁的珠寶。那一剎那，長矛紛紛都落在大副的身上，只見大副踉蹌地、狼狽地在地上翻滾。

熊熊的營火愈燒愈旺，巨大的鍋中沸著蹦跳的熱水，食人族團團圍在四周，正準備今晚豐盛的晚餐。

能於短短二十分鐘內迅速續成，頗為難得。今刊登於此，以為存念。其實掰故事能力，不分年長年少，廣福國小張少綺小朋友，即接道：

雖未採用對話，然一路發展，合乎情理。唯張小朋友在最後加上一行。

所謂：鳥為食亡，人為財死，螳螂捕蟬，黃雀在後。

則可刪去。因這是「極短篇」續寫，不是「寓言」接力，不用加上「教訓」的尾巴，通篇寓意自然顯現。

題目三

前文

我們二年十班有個大塊頭，她叫李娟娟，多秀氣的名字，可是她本人卻是肚大腰圓，掌如菜盤，手指頭就像今日公司門口賣的熱狗，所以我們私下都叫她「寶島沈殿霞」，雖然同學都常同她開玩笑，但她媽媽是二年九班導師，也就不敢太過份，免得「惹火燒身」。

不過娟娟也有我們崇拜的時候，那就是學校舉行拔河比賽，在這一個星期時間裡，娟娟才真是我們的天之驕女，尤其在午飯的時候，大家自動把便當最好吃的送給她，她都照單收下，真是揚眉吐氣，此其時也。

「預備！嘟！」體育老師一聲令下，十班同九班啦啦隊，立刻尖叫「加油！加油！」這是今年拔河比賽冠軍爭霸戰，連校長都親臨現場觀戰。

我們可愛極了的娟娟，把大繩一頭圍在腰上，雙腳斜撐著地，真是穩如磐石，雖然九班在她們導師（娟娟的媽媽）喊叫指揮下，有節奏的用力拉，也不見半點進展，相反地，那個繩中央的紅布卻慢慢向十班移……

請根據前文，續寫結局，以兩百字為限。不必抄前文。

試作

1.「十、九、八……」突然娟娟的腳踩到了石頭，連滑帶摔地跌了一跤，繩子一溜煙地奔向九班，「嗶～時間到！」

我們輸了。

雖然大家都有一股衝動想把午餐的東西列張清單討回來，但是看見平時壯碩的娟娟像個洩了氣的熱氣球，也就自認吃虧。

娟娟猛然抬頭，望向遠處，梨花帶淚的說：「下次我一定要贏！」（張瓊文）

2. 勝利愈來愈接近十班，大家的吶喊聲也越來越激動，娟娟不經意的抬頭，忽然看見了在對面的吶喊的聲嘶力竭的媽媽，娟娟心中開始有點猶豫，是自己班上的勝利重要，還是讓媽媽快樂重要？這一個失神，讓娟娟手上的繩子鬆了一點，九班一個用力，整個情勢開始逆轉，我們娟娟雖然很努力的想挽回，但大勢已去，象徵勝利的紅布毫不留情的捨棄十班而去。

輸了比賽，我們心情非常惡劣，怎麼想也覺得不可能會輸，從勝利在握到忽然失利，整件事讓人無法接受；站在娟娟前面的小婉說她覺得是後面忽然放開繩子，情況才會整個失控，李娟娟是九班導師的女兒，這可讓事情有了個合理的解釋，有人說娟娟是隔壁班派來的間諜，是不顧班級榮譽的叛徒；娟娟自覺理虧，低下頭沒有說話，這更讓我們覺得她根本是做賊心虛。也有同學說娟娟不可能做這種事，但是輸掉的事實和九班不停的挑釁、嘲笑，讓大家不得不認為兇手就是娟娟。（林巧樺）

3. 加油聲此起彼落，現場鑼鼓喧天，響徹雲霄。我們班可以說是篤定奪冠了，這時，李娟娟突然大聲哭了出來，奮力撒下繩子往教室跑，隔壁班趁此機會，我們煮熟的鴨子飛了，只得到全校第二。

李娟娟呢？大家紛紛將輸的原因怪在她的臨陣脫逃。其實，她也不是故意的，都只能怪大家「太好心」、「太熱情」了，吃了那麼多便當，誰不會拉肚子？（沈欣雲）

4. 我們班喜孜孜地慢慢把紅布挪過來，十分鐘後，我們贏了。大家輕飄飄地又叫又跳，娟娟的媽卻走過來一巴掌打在娟娟臉上，「養隻小狗會對我搖尾巴，養妳肥成這樣還不給我面子！」一把烈火燒紅娟娟的臉，烏鴉叫回我們的眼睛。從此娟娟的身形漸漸縮水，同學慢慢忘了她的外號，忘了拔河。（謝采庭）

5.正當十班的同學興高采烈，覺得勝利在望時，九班的導師（娟娟的媽媽）大叫「娟娟，你的褲子破了一個洞！」娟娟的直覺反應，立即將雙手迅速遮住破洞。一時，她忘了正在拔河比賽，雙手一鬆，九班同學重心不穩，瞬間全部往後倒。跌坐地上，不成隊形。於是班上同學，趁著機不可失，把繩子輕輕拉了過來，贏得比賽冠軍。（林文儀）

6.眼看勝利在望，我們不禁都在臉上掛起了一絲笑容。「唉唷！」然而娟娟竟在此時大叫了一聲「我肚子痛！」看他把五官皺得像包子一樣，大家都慌了起來。可能是這星期以來，大家獻給她的「貢品」，冰、熱、甜、辣她都不拒絕才會這樣。

還好，娟娟忍住絞痛，大聲叫大家用力，於是大伙重振旗鼓，在「一、二、煞」——、「一、二、煞——」、「一、二、煞——」整齊一致的口號中，節節進逼，再度將繩子拉回，贏了這場比賽。不過，我們再也不敢在比賽之前隨便拿東西「貢獻」娟娟了。（陳劭謐）

7.「嗶——」裁判的哨聲響起，十班的勝利讓全場為之沸騰，我們班簇擁著此次最大的功臣——娟娟，高聲為她喝采。

汗水與情緒化開熱氣，每個人都抹上了一把濕紅，九班的同學高呼著「雖敗猶榮」，不甘心的眼淚和吶喊一起摔碎在汗濕的土地上，我們兩班平時就是死對頭，看見九班如此，我們不禁更加得意，揮班旗、唱班歌、尖叫、擁抱，但是娟娟始終只是靦腆的笑著，臉上不時閃過為難的神色，大家以為娟娟只是害羞，卻沒注意到站在一旁九班導師——娟娟的母親，一張鐵青的臉。

回到教室後，我們依然情緒高亢，鬧翻了天，這時娟娟走到班長身邊說了幾句悄悄話，「為什麼？」大嗓門的班長一臉狐疑的喊道，有人問發生了什麼事情，「李娟娟說希望我們不要再繼續大聲慶祝拔河比賽冠軍。」班長說。這可引起了班上的喧然大波，大家你一言我一語的詢問娟娟，「不是還沒上課嗎？又不是會吵到別班上課？」「得第一本來就該慶祝啊！」「我們贏了九班更應該慶祝。」四十幾雙眼睛瞪著娟娟，娟娟的臉都脹紅了，她小聲的說：「我……我怕我媽媽會不高興。」沉默了幾秒，同學們爆出了如雷的叫罵聲，批評著娟娟的媽媽如何不應該、心態可議，大家更是替娟娟抱不平，得了名竟然連快樂一下的權利都沒有；娟娟的頭愈垂愈低，臉白的像一張紙，大家得名的好心情也被徹底破壞，拔河比賽就這樣落幕了。（林巧樺）

8. 娟娟心裡也十分地激動，眼看繩中央的紅線就快要過界，十班同學每個臉上閃爍著異樣的喜悅。

突然，娟娟的肚子激烈的攪動起來，那陣陣的抽搐，彷如利針般刺著她的胃。娟娟心裡大喊不妙，想是中午小豪拿給她的漢堡，當時因肚子餓便狼吞虎嚥的吃下去了。

「一定是壞掉了！」娟娟咬著牙想。

隨著加油聲愈喊愈大聲，娟娟的肚子也愈來愈痛，可是她看到班上同學興奮的眼神，只好硬著頭皮不敢放手。

娟娟的媽媽看到娟娟臉色發白，嘴唇發紫，身體不太對勁，手卻緊握繩子不敢放，心中百般不忍，她偷偷將腳伸出去絆倒一位小朋友，九班一個重心不穩，倒成一團，輸給了十班。

十班贏得了冠軍，圍著娟娟又叫又跳，娟娟只覺得天旋地轉，大喊一聲：「媽——」就昏倒了。（呂宣儀）

9. 眼看，就差一毫米的距離，冠軍獎盃就屬於我們的了！這時，「啪！」一聲，大家拉得臉紅脖子粗的繩子應聲而斷。只見大夥兒是跌得人仰馬翻，哎聲連連，恍若一場人間大慘劇！一旁的觀戰群眾看得傻眼。

這時，九班的導師以跑百米的速度往我們班的方向跑，讀著她的方向看，李娟娟一人躺在距離大家好幾十步的地方，一動也不動。她扶起娟娟，血就這樣一滴一滴地滴下來，大家忙著將娟娟送到醫院去，現場只留下分不出勝負的兩班。（沈欣雲）

10. 眼看勝利就要被我們拉將過來。九班同學雖聲嘶力竭的用力拉，但繩子仍無動於衷。驀地，娟娟的媽媽漲紅了臉，幾近歇斯底里地扯掉掛在胸前口哨，往地上一丟，隨即轉身跑向九班繩尾處。只見娟娟的媽媽把一大段粗麻繩往自己的腰身纏住，站定在九班的最後一個位置。

大家一陣嘩然，校長也拿出手帕，不知所措地拍打著額頭。紅布也在原來的地方，懸空停滯了下來……（陳鈞惠）

簡析

一、此題取自辛芬珍〈孝心〉（《極短篇》第二集，一九八〇，聯合報），原作結局為娟娟不忍心看她媽媽（九班導師）披頭散髮、聲嘶力竭，一定非贏不可的模樣，結果放開繩子，哭著跑回教室。比賽結果，二年十班輸了。其實，這場比賽，可以有三種結句：㈠十班輸了，如文例一至三。㈡十班贏了，如文例四至八。㈢不分勝負，沒有結局。如文例九至十。須知極短篇中，有時「沒有結局是最好的結局」，讓懸疑效果繼續延宕。

二、至於以「拔河」為題，可以寫新詩。如：余光中〈與永恒拔河〉（《與永恒拔河》，一九七九，洪範）、林彧（《夢要去旅行》，一九八四，時報）、渡也〈拔河比賽〉（《落地生根》，一九八九，九歌）。

寫成散文有：蕭白〈投河〉（《浮雕》，一九七九，九歌）、蕭白〈拔河〉（《白屋手記》，一九八六，九歌）、喻麗清〈與永恒拔河〉（《尋找雨樹》，一九九四，林白）等。

續寫方法

故事接龍，一向人言言殊，各吹各調，極盡變化之能事。「續寫」出來的情節，有中生有，再造新境，往往千奇百怪，匪夷所思，甚而令人瞠目結舌，直呼「想像力驚人！」「掰功一流！」。然不管如何競秀爭流，奇正相生，萬變不離其宗，終究有其法則可循。其常見運用的本領，大抵有：一、增加法。二、延長法。三、合併法。四、變造法。五、倒置法。

王鼎鈞〈新與舊〉（《文學種籽》，一九八二，明道文藝社）中分別解說：

「增加」是在前人已有作品裡增添一些成份。

「延長」是加以改寫，卻不照原來的樣子結束，故意加續一段，這一段才是作者匠心所在。

「合併」是從兩部作品中分別取出一部分來，加以融合，可以寫成新的作品。

「變造」則特別偏重舊有作品的「神」，所以更接近創造。

「倒置」是改變業已形成的順序。

再輔之以荒謬構思、新視角的照見，必能推陳出奇，開拓創思的新向度。（另參其《靈感》附錄，一九八九，爾雅）。而王鼎鈞沿承奧斯明《實用想像學》，所揭出的創新五法，依筆者體會，可再進一步詮釋：

「增加」即增添人物、情節、細節。

「延長」有兩類：一、時間的延長，人物由生至死，形成「死者」觀點。二、情節的延長轉折，改變結局。

「合併」即舊有人物、情節的重新洗牌，再加組合，形成移花接木的效果。

「變造」即時空大挪移，變造不同時空場景，呈現特異的旨趣。

「倒置」即改變人物性格、改變情節發展，改變主題寓義。

其中「增加」、「延長」法，以發揮創思之「精進力」為主，而「合併」、「變造」、「倒置」法，以發揮創思「變通力」為主。根據以上方法檢視「尾生」事件：

尾生與女子期於梁下，女子不來，水至不去，抱梁柱而死。——《莊子．盜跖》

可以明顯看出洛夫〈愛的辯證〉（《釀酒的石頭》）中〈式一：我在水中等你〉：

水深及膝
淹腹
一寸寸漫至喉嚨
浮在河面上的兩隻眼睛
仍炯炯然
望向一條青石小徑
兩耳傾聽裙帶撫過薊草的窸窣

日日
月月
千百次升降於我脹大的體內
石柱上蒼苔歷歷

臂上長滿了牡蠣
髮，在激流中盤繞如一窩水蛇

緊抱橋墩
我在千噚之下等你
水來我在水中等你
火來
我在灰燼中等你

這首詩採取「時間的延長」。第一小節係彌留前的「望穿秋水」，第二小節已跨入死亡門檻。第三小節則為死者「情逾金石」的堅定之音，以死見證「情近癡而始真」的勇銳。而詩中〈式二：我在橋下等你〉：

風狂，雨點急如過橋的鞋聲
是你倉促赴約的腳步？
撐著那把

你我共過微雨黃昏的小傘
裝滿一口袋的
雲彩，以及小銅錢似的
叮噹的誓言

我在橋下等你
等你從雨中奔來
河水暴漲
洶湧至腳，及腰，而將浸入驚呼的嘴
漩渦正逐漸擴大為死者的臉

我開始有了臨流的怯意
好冷，孤獨而空虛
如一尾產卵後的魚
篤定你是不會來了

所謂在天願為比翼鳥
我黯然拔下一根白色的羽毛
然後登岸而去
非我無情
只怪水比你來得更快
一束玫瑰被浪捲走
總有一天會漂到你的手中

採取「情節的延長轉折」。第一小節是苦等錯覺中的回憶，第二小節為瀕臨死亡邊緣的戰慄，正視一己悲涼。第三小節幡然省悟，理性抬頭，毅然走出困境。此二式，即「延長法」的改寫（包括「文體改寫」）。

當然，「尾生」事件，除了「延長法」望向未來時空外，仍可以運用「增加法」、「合併法」、「變造法」、「倒置法」加以發揮。其中「增加法」常常被初學者採用。筆者〈尾生〉（《含羞草的歲月》），即增加「朋友」（「我」、「死神」），與尾生形成對話：

雨嘩啦嘩啦地下著。鎮上的人都說尾生一個人站在橋下等人。我心想尾生他女朋友已經結婚了。他一個人站在橋下等誰？

我越想越不對勁，連忙雨傘拿著，直奔橋下。

橋下，尾生像一棵樹直立在混濁的沙中。

「喂。走啦，走！水都淹沒你的足脛了。」

眼看溪水迅速上漲，我喊道。

尾生沉默的佇立。

「吔吔吔。不要開玩笑，快上來，快！快！」

我揮著手，催他上岸。

尾生木然望著遠方。

「不要等啦！雨這麼大，水這麼急，沒人會來，算了，快到這邊，不要傻啦！」

水已爬上尾生的膝蓋。

「一、定、會、來」尾生冷冷的答腔，一個字一個字講得斬釘截鐵。

一定！逕望尾生篤定的神情，應該不假。眼光一轉。望見密密雨點正在尾生腰間的水面上拚命落響，我想尾生今天一定吃錯藥，這也應該不假。

「喂！你到底在等誰？」

尾生不語。

「吔。有誰值得你這樣等？」

「朋友！」尾生頭連回都不回。

朋友？莫非以前的女朋友？唉！這又何苦？早該死心了。新郎已不是你，不是你就算了，犯不著自己半身浸在水裡，身心俱冷。

「吔。不要這麼死心眼，趕緊上來，莫和自己開玩笑。」我催促。

尾生靜靜的默立。

「不要想不開，多想無益，對不？有啥事上來再說，總可以解決。」

尾生一動不動。

「趕緊上來，上來，趕緊，不要跟自己過意不去！」

水已爬上尾生的肩胛。

「喂喂！聽到沒？」

媽的，耳朵聾了是不是？或是把我的話當成狗叫！

「來了！」

尾生突然迸出兩個字。

來了？我轉身一看，草野上一個人也沒。來了？我再仔細一看，媽的，連個鬼影也沒。

「沒啦！你在騙……」我回過身。

尾生的頭像氣球在水面浮動。

我大吃一驚。「騙」字底下再也接不下去

哇塞！這小子今天真的神經線反轉緊，再下去，媽的，尾生這條小命保險要到尾聲了。

「吔吔吔。快上來，緊緊緊！你要做水鬼是不？緊上來，趕快！」

「莫瘋這款！頭腦破洞，為了一個女人，太憨了。起來起來！真正莫瘋這款！」我拉開大嗓門。

尾生一聲不吭。

「喂喂喂！聽到沒？耳朵聾了？尾生！尾生！聽到沒！幹！游過來！」

我越叫越火。把雨傘拋開。

尾生右手伸起。左手伸起。

一聲一聲的水響沉重響起。

尾生像一尾魚緩緩浮過來。

咈！我鬆了一口氣。連忙大步踏過去。

抓住尾生的右手，我用力往後一拉。

尾生氣喘咻咻的站了起來。

雨仍唏哩嘩啦下個不停。

我揩拭滿臉的雨水：「喂！早該上來了，何苦在這裡洗澡？」

尾生任雨水在臉上直流。

「還好你開竅，不然，會慘！」我撐起雨傘。

尾生用手抹了一把臉，吸了一口氣：「不這樣，我不會死心……要這樣，我才會上來。」

「為什麼？」

「不為什麼。」

騙鬼！不為什麼？我冷笑。

「為什麼？」

尾生定睛的凝視快滿上橋墩的急流。

「吔。說嘛！咱們好朋友，說一說嘛！」尾生不說，我就越有興致問。

尾生瞄了我一眼，回頭凝視一片寬廣土黃的溪水，停了片刻，緩緩道：

「朋友勸的。」

又是朋友，見他個大頭！現場除了我之外，根本沒有其他人。幹，盡講昏話。

「到底是哪一個朋友？喂！你講白一點好不好？」我不禁音調上昇。

媽的，這小子講話沒邊。剛才站在水裡，說朋友來了，現在站在岸上，又說什麼「朋友勸」，實在是，只有用「番」來形容他，明明沒有人來過這裡，我又不是睜眼的瞎子。

尾生看了看我，臉色十分平靜。絲毫沒有開玩笑捉弄人的神態。

尾生慢條斯理的開口：「站在這裡，我首先感到哀傷。我想哭，雨拚命的下著。剛好是我的知己。我盡情宣洩久來壓抑的惡劣心緒。過了一陣子，想到自己忙了老半天，忙了兩年的結果，等於什麼也沒。雖說既然沒有結果，那也就算了。可是自己偏偏又來這老地方等。等一個明知沒有結果，卻又想萬一她的影子會出現——」

尾生的聲音越講越低沉，我的心情也隨著他的語調越來越沉重。

任何人用膝蓋想也知道，尾生站在水裡死等，等於在等死。莫非他所說的朋友就是死神？等死就是等朋友來？……

尾生沉吟了一下：「時間一分一秒的溜過，水一公分一公分的高漲，我全身開始冰冷，紊亂怨嘆的心緒開始安靜下來，腦筋也慢慢清醒。」

「你所說的朋友，就是死神對不？」我插進話。

尾生搖了搖頭。

「後來，我就站著聽聽時間走過的聲音，流水流過的聲音。時間、流水，好像是兩個朋友，一直在我身邊。一個使我沉思，一個叫我冷靜。我在時間中沉思，在流水中冷靜。就這樣，我不再死等了。」

那尾生的朋友是時間，流水？但時間不是一個無情的過客，流水不是一個冰冷的流浪漢嗎？我暗忖。

雨又瘋狂的落下。

「走走走，不管怎樣，先回去再說。」

尾生點點頭。

咳！和尾生講了老半天，終於看到他點頭。

我一手拍著他肩膀，笑道：

「呲。我也是你的朋友吧！」

似此續寫文例，旨在強調尾生惚兮恍兮「置之死地而後生」的覺醒，只有大死一翻，才能大活。所謂「不識風塵色，安識天地心？」生命要被逼至絕境，才能深刻體認；要由感性而走向悟境才能真正內外「淨化」；擺脫「尾聲」的陰影，重獲新生「洗禮」。

其次，以「合併法」為例，可以嵌入「梁山伯與祝英台」的故事：

女子心心念念尾生，決定與尾生相偕私奔。孰料臨走前，事跡敗露，被家人發現，軟禁在柴房裡，無法前去赴約，徒呼負負，只有暗自飲泣，怨嘆自己薄命。只因父命難違。

父親未徵求她同意，已將她婚事許配給隔壁村馬家的大兒子。而明天就是大喜的日子。當第二天，鑼鼓喧天，坐上迎親花轎，行經大橋，她掀開布簾，望著和尾生相約會面的橋墩，不覺悲從中來，淚眼婆娑。恍惚間，似乎瞥見遠遠橋墩旁，尾生身影在暴漲的水波間載沉載浮，彷彿在呼喊她的名字。她急急叫轎夫停下來，整個人衝到橋邊，不假思索，直朝尾生的方向跳下去，直叫：「尾生！我來啦——」此時，原本晴朗的天氣整個昏暗下來，飄下一絲絲細雨，橋下一片迷濛。

眾人一陣慌亂，面面相覷，直嚷著：「快下去救人哪！」「那有辦法？水流這麼急！也沒救生工具！」「看誰比較懂水性，快點下去，不然新娘——」

剎那間，水面上已失去新娘的蹤影。

當大伙驚魂未定，紛紛探頭直瞧新娘跳落的方向，只見餘波盪漾，無限漣漪。橋墩附近寬靜的水面上，赫然游出一對銀亮的比目魚！

漸行漸遠，直向迷濛天際，最後消失在眾人訝異的目光中。（筆者）

全篇旨趣，在於配合劇情發展，接上「比目魚」的變形結局，擺脫「飛出一對蝴蝶」的老套。於是藉由「得成比目何辭死？願作鴛鴦不羨仙！比目鴛鴦真可羨，雙去雙來君不見」（盧照鄰〈長安古意〉），打破形軀限制，跨越生死鴻溝，獲得「精神上的勝利」。

傳奇：

至於「變造法」，可以將故事場景搬至現代或未來，展開「現代版」或「科幻版」的尾生

由於地球臭氧層破壞，極地冰帽溶解，海水上昇，倒灌河川，淹沒橋面，放眼過去，一片汪洋。

尾生一直焦慮的坐在小舟上，引頸直望女子該來的方位，隨著時間一分一秒的消失，尾生的臉色越來越凝重，一股不祥的預感直兜心頭。莫非她半路出事，險遭不測？從她家到這裡，十里路程，要這麼久嗎？早知道就不要和她約在這鬼地方。尾生飢腸轆轆地瞥視舟旁的樹枝、稻梗、垃圾袋、保麗龍碗……尾生直覺一陣頭昏眼花，下意識划動雙槳，緩緩朝女子的方向前進。天色逐漸暗淡下來，氣溫更加冷颼，迷濛怔忡間，眼前浮現女子和他相約時的燦爛笑靨：「不見不散喔！」「就在出口的橋邊等我。」銀鈴似的嗓音響在耳際……

不知昏睡多久，等到他醒來，連陸地、島嶼也看不到，小舟飄流在茫茫水世界中。（筆者）

這樣的變造，係由環保議題所帶出的「浩劫重生」，分明是現代版的「魯冰遜飄流記」；直指

人類破壞生態的結局（尾聲），將成淩波萬頃之茫然的孤獨飄流，前途堪憂。

反觀「倒置法」，則顛覆原本人物性格、主題，形成新的思索。如七等生〈我愛黑眼珠〉（《我愛黑眼珠》）：

李龍弟重回到傾瀉著豪雨的街道來，天空彷彿決裂的堤奔騰出萬鈞的水量落在這個城市。那些汽車現在艱難地駛著，有的突然停止在路中央，交通告阻塞。街道變成了河流，行走也已經困難。水深到達李龍弟的膝蓋，他在這座沒有防備而突然降臨災禍的城市失掉了尋找的目標。他的手臂酸麻，已經感覺到撐握不住雨傘，雖然這支傘一直保護他，可是當他抱著萬分之一的希望掙扎到城市中心的時候，身體已經淋漓濕透了。他完全被那群無主四處奔逃擁擠的人們的神色和喚叫感染到共同面臨災禍的恐懼。假如這個時候他還能看到他的妻子晴子，這是上天對他何等的恩惠啊。李龍弟心焦憤慨地想著：即使面對不能避免的死亡，也得和所愛的人抱在一起啊。當他看到眼前這種空前的景象的時候，他是如此心存絕望；他任何時候都沒有像在這一刻一樣憎惡人類是那麼眾多，除了愈加深急的水流外，眼前這些愴惶無主的人擾亂了他的眼睛辨別他的目標。李龍弟看見此時的人們爭先恐後地攀上架設的梯子爬到屋頂上，以無比自私和粗野的動作排擠和踐踏著別人。他依附在一根巨大的石柱喘息和流淚，他心裡感慨地想著：如此模樣求生的世人多麼可恥啊，我寧願站在這裡牢抱著這根巨柱與巨柱同亡。他的手握的黑傘已經撐不住天空下來的雨，跌落在水流失掉了。他的面孔和身體接觸到冰冷的雨水，漸漸覺醒而冷靜下來。他暗自傷感著：在這個自然界，死亡一事是最不足道的；人類的痛楚於這冷酷的自然界何所傷害呢？面對這不能抗力的自然的破壞，人類自己堅信與依持的價值如何恆在呢？他慶幸自己在往日所建立的曖昧的信念現在卻能夠具體地幫助他面對可怕的侵掠而不畏懼，要是他在那時力爭著霸佔一些權力和私慾，現在如何能忍受得住它們被自然的威力掃蕩而去呢？那些想搶回財物或看見平日忠順呼喚的人現在為了逃命不再回來而悲喪的人們，現在不是都絕望跌落水中嗎？他們的雙睛絕望地看著他（它）們漂流和亡命而去，舉出他們的雙臂，好像傷心地與他（它）們告別。人的存在便是在現在中自己與環境的關係，在這樣的境況中，我能首先辨識自己，選擇自己和愛我自己嗎？這時與神同在嗎？水流已經昇到李龍弟的腰部以上，他還是高舉掛雨衣的左臂，顯得更加平靜。這個人造的城市在這場大災禍中頓時失掉了它的光華。

小說中的人物包括男主角「李龍弟」、妻子「晴子」（即「黑眼珠」），以及女子（妓女）。藉由洪水滾滾，淹沒城市，李龍弟幫助落水女子安全爬上屋脊，目睹妻子在對面屋頂泅泳過來，結果被沖走，帶出爭議的主題。結尾：

黑漆中，屋頂上的人們紛紛在蠢動，遠近到處喧嚷著聲音：原來水退走了。這場災禍來得快也去得快。天明的時候，只留下李龍弟還在屋頂上緊緊地抱著那個女人。他們從屋頂上下來，一齊走到火車站。

在月台上，那個女子想把雨衣脫下來還給李龍弟，他囑她這樣穿回家去。他想到還有一件東西，他的手指伸進胸前口袋裡面，把一朵香花拿出來。因為一直滋潤著水分，它依然鮮綠地盛開著，沒有半點萎謝。他把它插在那個女人的頭髮上。火車開走了。他慢慢地走出火車站。

李龍弟想念他的妻子晴子，關心她的下落。他想：我必須回家將這一切的事告訴伯母，告訴她我疲倦不堪，我要好好休息幾天，躺在床上靜養體力；在這樣龐大和雜亂的城市，要尋回晴子不是一個倦乏的人能勝任的。

當然，這樣的作品已與「尾生」事件相去甚遠，戛戛獨造，自成存在主義的「理念小說」，等同創作，已超越「續寫」範疇。

綜上所述，大抵可見在故事接龍上「增加法」、「延長法」、「合併法」，往往在舊有架構上另起爐灶，發揮再造想像力，展現機智與巧思，較容易接招。至於「變造法」、「倒置法」，則移形換位，脫胎換骨，在「變通力」中，每每獨抒胸臆，直向「獨創力」邁進。臻及至此，則已深得創作三昧，邁向富麗萬有的文藝新境。

題目一

尾生與女子期於梁下，女子不來，水至不去……（《莊子・盜跖》）

請自尾生或女子的角度，敘述情節發展，安排結局，文長二百字以上。

試作

1. 我來了，躲在一旁，看著你緊抱梁柱！
去見你，是理所當然，但是，我卻突然遲疑！
我們的愛那麼強烈，強烈到我深深覺得我已消失！
奔到你懷裡，我們即將成為生命共同體，
但是，我將再也不是我了！
水慢慢淹過你的身體，你為什麼不離開？
再這樣下去，你會死去，你為什麼不離開？
或許，你的死亡是我自由的唯一救贖！
你一定不會瞭解我對愛情的恐懼！我對將要失去自我的恐懼！

你是我最愛的尾生，也是我一生愛的尾聲！

我的腳步無法向前，留著淚，看你被水淹沒，

我的嗚咽哭喊被吞沒在奔流的水聲中，

一切，再來不及……。（謝敏玲）

2.風狂，捲落冠帶，任它在急流中打轉！他，登岸——黯然離去。

片刻之後，一女子急奔而至，見急流中不去的冠帶回旋成無盡的盼、無盡的癡……驀地跪地長哭。風狂捲不去悲痛，雨沱洗不盡哀傷，淚千行、悔萬聲，終是喚不回情深無尤……。

馱一身悲，跋涉萬水千山，偌大的「白雲庵」映入眼簾。她踩著青苔石階，一步一定心，想佛祖慈悲必能淨一身罪。

「佛緣未至，塵緣未了。」住持堅定的口吻，一字一句崁在心頭，但見壁上「萬物有涯如客次，一燈無盡照人間」，青燈木魚應是最後的交待，她想。（林淑芬）

3.看到水一寸一寸地淹上來，我不禁慌了，抱著梁柱，在水中載浮載沉，我張望四周，想搜尋有關妳的一切，最後……

看到了人影。但不是妳。

她撐著傘走來，看到我，慌忙地召村人將我救起，將虛弱的我攙至她家，細心的照料，

我日漸康復。對她，也有了一股莫名的情愫。

我不想怨妳，卻又忍不住。

我帶她盈盈的眼波中看到妳的影子，我知道對她不公平，可我忍不住，我總不經意地在她身上尋找有關妳的一切。

就這樣過了數年，我跟她生兒育女，享受著平凡的幸福。而妳，是我心中無法癒合的傷。

為什麼不讓我們從此永不相見？這樣，不是比較沒虧欠嗎？

然而就在那一天，我見到了你。

妳依然沒變，一點都沒變。妳挽了一個鬆鬆的髻，同她一樣，站在門口，白細的手撐著與她相同的傘，睜著水靈靈的眼，對我淺淺一笑，我感到一陣暈眩，我的世界開始旋轉、旋轉……（劉上寧）

4\. 水深及膝，尾生仍靜靜佇立在水中，對奔騰的河水視而不見，魂魄像鱒魚迴流般追溯著腦海中洶湧的回憶——

「明年我們要再來喔！說好了不准反悔」……

「好啊！一定來，一定要來……」尾生喃喃地不知說給誰聽。

尾生忽然伸出手向前一抓，觸手的冰涼似乎讓他有點茫然。是了，去年，在這裡，他自已鬆開了她的手，從此他再也握不住一絲溫暖。

然而，他始終記得她那句似是而非的承諾。他也總是告訴自己也許，也許，她會來的。

於是，他等待。

雨水加上河水的衝擊，尾生眼前一片茫然。恍惚中，他似乎又看到那雙他來不及握住的手，一抬頭，迎面一陣激流……

本報訊：去年帶走一女子性命的××溪，昨日又奪走一條人命，據警方表示，死者與去年死去的女子本為情侶，殉情的可能性很大，警方正深入調查……（王春惠）

5. 望著地上一件件打包好的行李，尾生此刻的心情是又緊張又興奮，牆上滴答的鐘響，似乎遠跟不上他內心的急迫。

尾生已經來到橋下，這時離約定的時間，只剩十分鐘了，儘管內心萬分緊張，但臉上卻掩不住對未來憧憬的期待。

仔細的望、耐心的盼，尾生像雷達般，不願疏忽任何一個可能的點，唯恐失去鏡頭的剎那。此時此刻，那雙眼睛，變得更犀利了。

時間儘管慢慢地流逝，但卻一分一秒清楚地敲著尾生的心……「快來了，不是嗎？不要緊的，也許被事耽擱了，也許路上叫不到車，也許……也許——不來了！」赫然間，尾生似乎觸了電的全身顫抖起來。

這時，天邊傳來一陣巨響，轟隆隆的雷，盛氣凌人地趕走橋下的寧靜，偕著驟雨急急落下。

眼前的景物，在雨幕中，一切都變得模糊；望著一片灰濛，尾生似乎看得入神……看得入神了，對眼前這位女子，尾生覺得有幾分熟識，卻想不起來；女子似乎察覺到有人在看她，坐著一動也不動，刻意得像個人體模特兒。忽然間，這位女子站起身來，笑意盪漾地迎向對面走來的男子，尾生這時一驚，「咦！那不是工廠裡的小張嗎？」小張是個少年郎，同尾生一樣是貨物裝卸部門的，雖然工作偶爾怠慢些，但對人卻是稱兄道弟，熱絡得很。

第二天，尾生向小張問起那女子。「啊？那天你也在呀？怎麼這麼巧，難道你給忘了？她就是我跟你介紹，照片中的那個姑娘呀！」

想想，自己早已到了不惑之年，至今仍是打著光棍兒，實在是愧對父母的期許；有個伴也好，雖然她不是美若天仙，但是也不差呀！能煮煮飯、陪陪我，那就夠了，畢竟我也沒有好條件！

就這樣，尾生花了平生大半的積蓄，給了小張二十萬。說好的，今天一早在橋下等，尾生連車票都訂了，想想不久的將來，就能牽著新娘子回老家炫耀一番，心裡的驕傲，不知如何形容……

雨愈下愈大，暴風雨似乎沒有減緩的趨勢，她還是沒來，是不可能來的！尾生心冷了。水慢慢的愈昇愈高，把尾生僅存的希望，慢慢的一波又一波的沖走，愈——走——愈——遠……（陳雅莉）

6. 天色驟變，狂風在耳邊呼嘯，吹亂了髮絲更吹亂了思緒，雨點急且亂地重重落下，一張剛毅嚴肅的臉無任何表情地沉著，無視於囂張的風狂暴的雨對他的肆虐。

「怎麼還不來？」尾生忖度著：「難道……」心中的疑竇亦如雨點般落下，在心裡泛起陣陣漣漪……

昨日聽街坊說起她已經答應張員外之大公子的提親，但此事怎可為真？她早屬意於我也曾互訂終身立下山盟海誓，難道她對我只是一片虛情假意？亦或她是看上張家的富貴權勢而瞧不起我這名窮書生？而此刻她遲遲未赴約難道是真心要與我斷絕來往並投入他人懷抱？一股憤恨的熱血襲至腦門使他忘卻了淹至腳踝的河水與暴烈的風雨……

若她真是如此薄情寡義而今日不來赴約也正證實了她的無情，她既將我與她的情分付諸流水，我亦無須一廂情願地付出情感，不如歸去……

風仍狂、雨仍驟，尾生拂袖而去……

數日後，一具女屍浮現河面，展開無限等待的漂行……（王慈愛）

7. 風，一聲比一聲淒厲；雨一陣比一陣狂驟。河水無情地湧起，漸漸浸濕我的鞋、我的膝，和那熱情逐漸消褪的身軀。「吾愛，為何你還不來？」

曾經，我們是令人羨慕的一對。多少個亮麗的日子裡，浪花伴笑語飛揚，綠樹傍足跡碧綠，藍天也曾因我倆爭執而嗚咽——回憶，是多麼令人愉悅呀！

你愛將長髮編成一張網，一張細密的網，攫取顆熾熱的心，緊緊地纏住，不准滲入半丁點的風霜。在這裡，一切是如此地祥和，彷彿萬物都靜止了，只有你、我回旋在無人世界，共同舞出美好的未來。

（冰涼的水，已漫過我的胸口，逼近喉頭，我張著一雙望穿秋水的眼——那深邃的眼是否曾撼動你心弦？）

我們曾併肩計畫在鄉下買一間茅舍，遠離人煙喧囂，忘卻橫逆阻撓；庭中種滿各色花草，池裡養數隻白鵝；清晨，共守露珠的晶瑩，傍晚，為豔麗的彩霞送別。你說，待孩子們長大了，要向他們述說古老而美麗的故事——屬於他們父母的。

而現在，我只能將臉埋在風雨裡，埋成一種等待的姿勢，向著你的名字萌芽；將身體蹉成一個圓，圓內有我，圓外不見你，你竟不在我的方位裡——一條鐫刻著思念的路，不知要展向何方？

罷了！等待的眼是慣於等待的，就讓我無眠地守候著這條永生的路吧！（詹淑卿）

8. 傾盆大雨，雨滴大如豆，一顆顆打在我受創的心頭，我已分不清痛的是我的身，還是我的心？寒風陣陣，吹我亂髮是風寒？還是心寒？

你還會來嗎？我的眼已望穿，仍不見婦婦身影，是什麼原因，使你不能來？是雨打壞了你來時的路？是風吹走了你擋雨的傘？還是……還是……？喔！還是你根本不想來呢？記得我們當時的約定吧！「風雨無阻，不管什麼原因，不見不散！」我猶信守這一句話，「風雨無阻……不見不散！」今日一定要等到你。

大雨、寒風仍然沒有停歇的意思，河水漲得真快，怎麼一下子就沖到我的膝了。一根浮木直向我衝來，猛然一個踉蹌，一大口黃水就湧入我的口中，好苦！我只好緊抱橋柱。怎麼一轉眼，水已到我的胸口，好難受，我已看到死神向我伸出手，捏緊咽喉，我已發不出聲，看不清……。

「還好，還好，總算醒來了！」是什麼人在說話，是你嗎？你來了嗎？我的眼好睏，怎麼總是睜不開？一大團的黑影在我眼前晃動，一大團聲音在我耳朵嗡噫，是天堂，還是地獄？

「小伙子！快醒醒，你還沒死哪，怎麼下地獄？」一陣拍打，把我睏乏的眼，乍然驚醒。四周一個個好奇而又善良的面孔，一個個向我靠攏，七嘴八舌的問些為什麼風雨夜還在橋下的問題。我的頭快要炸開了……「不要問！」我使出最後的力氣吼出這一聲，又睏乏的倒在地上。

四周一片死寂，我知道我是活著的，可是沒有見到你，我寧願做波臣，我只願我這一躺下去，一閉上眼，就這麼死去也好。

天還是一片墨黑，大雨又要下了，就像我嗚咽的心。（詹月芬）

9. 洪水「轟隆隆」的直滾下來，我站在一塊大石頭上舉目眺望，只見氣勢磅礡的狂浪洶湧而至，汪洋的水面還是看不到你的倩影，從橋的那頭走來。風更急了！雨更大了！洪水也更狂了！打在臉上的分不清是雨，是浪花，還是我焦急的心，所湧出的淚珠。好冷！真的，好冷，水已淹至下顎，全身冰冷如死屍，心也凍結了。但我的眼仍不放棄，炯炯然的相信，你一定會來，縱使浪花沖毀所有路徑，你還是會乘船而來。

赫然，千條金蛇交會，一股巨浪將我吞噬，連滾帶翻，眼睛像被膠黏住似的無法睜開，你的倩影在腦海裡重疊千千萬萬，如花的笑靨燦發，燃燒求生的熾熱，心底喊出響聲：「我不能死！」「絕不能！」奮力的張開眼睛，用力的蹬著雙腿，用最堅強的意志與搏鬥。在水中不知飄盪了多久，風彷彿小了，雨彷彿了，洪水也彷彿暫時停止了怒吼，搭在大木板上的手，已疲乏得無法動彈，撐著最後的一口氣，隨浪用力一蹬，倒在軟軟的沙岸上。（徐蓮招）

10. 灰沉沉的斜橋下，大雨正嘩啦啦直落。尾生不禁觸個寒顫，趕忙扣緊胸前的單衣。山洪漸漲，如同漸升之潮水，千軍萬馬衝著他奔騰而至。冷嗞嗞的河水，一寸寸，一分分，正吞沒其腳踝，觸噬其白膝。眼前，那滲有泡沫乳酪般的濁水，夾雜著斷枝殘葉，正奮力的爬上，逼擊其腰際。一股衝鼻的腥味，一陣沁骨的冰寒，作弄得他七葷八素，凍得他哆嗦沁骨。只見他緊咬著雙唇，伸手合掌，向天祈禱，似乎在祈禱什麼的降臨……？暴風雨之夜，冷颼颼的寒風，斗大的雨點，正持續拍擊他的臉頰，「你該回去了，尾生，莫作人間癡心的情種，天涯何處無芳草，何必單戀一枝花？」一種呼吸急促的律動，在他的心裡催促。

「不，她應該會來，我們約好的。」一種堅定木然的眼神是這麼肯定。

然而，任憑風雨刺得他又痛又痲，他似乎仍無退意，他根本毫無回家的意念。篤定木然的眼神，仍然和剛來的他一樣。

儘管河水已逐漸的浸至他的喉嚨，飽滿的溪水已泛出迴旋的水紋，他似乎仍想多回憶些什麼？是那盛滿口袋的雲彩，還有叮噹在昨天的誓言，還是不甘願那過去和她在雨聲、笑聲共渡的微雨黃昏……？他已快不能呼吸，然而僅剩的兩眼，仍炯炯然癡情的望向那條青石小徑，期盼臨終前的奇蹟。她，那位使他如此殘害自己身軀的女子，到底芳蹤何處？

尾生的頭，像汽球般，在水面上浮動，儘管他的泳技超群，他仍毫無揮動手臂的意念，一點也未顯露其臨流的怯意。

「救命啊！救命，救命啊！」，倏地，一陣陣緊促恐怖的驚愕求救聲，蓋過了轟隆的河水。音調愈來愈高，越發急促，夾雜著孩子的哭號聲，發自對岸的盡頭。這聲音的急速傳來，驚醒了尾生浸在水中半天以來的木然。他有了些微的反應。此時此刻，載浮載沉的他似乎已遙見有對母子在水中掙扎飄浮的臉孔及驚覺，那求生的意念瞬息，遠在他鄉盼望他早日歸來的白髮慈顏，閃過他的腦際……。小時，因自己的調皮，不慎跌落溪中，要不是二孀婆母子站立高樓遠眺察覺，及時搭救，白髮人送黑髮人的悲劇早已發生，寡婦的淚水早已流盡……。此時，一股暖流，流過了他的心窩，一腔歉意，竟充塞心坎，逼得他採取進一步行動。

他深深的吸了一口氣，緊閉著雙唇，縱身向前横游，如一尾魚迅速。游向對岸，對岸那對亟待援救的母子。（陳美月）

11. 記得相聚的那些日子，她總是喜歡嘴裡叮叮噹噹瑣瑣碎碎的叮嚀，不時哼著咿咿啞啞不成曲調的民歌，舞著細細柔柔的圓裙裾，繞在我的身邊，像隻把快樂掛在脖子上的小鳥兒，雖然被關在一槓一槓的竹籠裡，仍然興奮的啄食她的米粒。記得相聚的那些日子，她總是喜歡拱著我的心情，給我像火鶴身上燃燒的狂熱，而我，總是漫不經心的，看不見她瞳中溢出的一顆顆哀怨，聽不見她嘴角呢喃的一字字失落。

「她一定會來的。一年前的誤會，我已經試著和她解釋清楚了。」

餘暉把光華燦發的橙色舞衣褪去，悄悄穿上釘著亮閃閃星子的夜色晚禮服，圓拱橋墩下細細長長的草叢裡，青蛙和夜蟲正忙著演唱小奏鳴曲，牠們的噪聒驚動了渡口邊正在打盹的搖櫓船夫，他一邊忙著收拾船具，一邊探詢的問：「少年吔！要坐船嘛？」我低頭看著手錶，才六時三分，還早。

「不要，您忙吧！」

她一定會來！我心裡直吶喊。

從遙遠的天際正有一團墨黑濃濃的雲層，以萬鈞的速度挾帶千斤的雨水，撕裂了廣大的天幕，空中的雲氣激昂的像張飛的巨吼，在雲末和地面間翻騰搖擺。我傾耳細聽，可以感覺到河面上、橋頭裡被狂暴攻擊的號角和戰鼓，一陣急似一陣，而雨就這樣下來了。仔細一看，橋墩下的石頭，被縱飲粗暴的豪雨，一分一寸急湍的吞食著，水位漸漸升高。

「再不走，就走不成了。」我理智地告訴自己。

摩托車輪輾過的一條水路，像兩排雪白的冰牆圍拱著，這一場豪雨真是無情啊！一道道兩柱像銳利的鋼刀直狠狠的貫穿過我的身體。她家的燈火依稀，像星光疏疏的篩落在昏迷沉睡的雨陣裡，我心急的等待那扇紅色門扉的開啟。不能平靜，不能甘心的等待，總能加速東方魚肚發白的同情。雨漸漸小了，風緩緩停了。

她家有了人聲走動的動靜，應門的是她的媽媽，手裡正張羅著一條繡著美豔刺目的鴛鴦圖飾的紅色錦帶。

「伯母好！家裡辦喜事？吳媛在嗎？」

「咦，你這麼早就來道喜呀！她今天要訂婚了，當然在，進來坐嘛！」

……

那一方紅錦帶在晨曦的陽光下灼灼燒著。紅色門扉的牆角亂七八糟的堆著一張斷腳的椅子，一架螢光幕破了的電視，一本被撕裂的日記。（周文玲）

12. 尾生與女子期於梁下，女子不來，尾生的心情是天空中密布的烏雲，徘徊橋墩下，想起伊母親再三阻撓，只因門當戶對的迂腐觀念，今日伊不來，表明這段戀情的結束，唉！難道伊真要聽從伊母親的安排？原以為伊不是庸俗女子，但伊的承諾呢？雷聲隆隆，雨點打在尾生身上，分不清臉上是淚是雨？風狂雨驟，河水暴漲，尾生絕望的看著伊送的手錶，約定時間已過，而手中捧著的玫瑰，隱隱約約浮現出伊美麗的容顏。

橋上響起倉促的腳步，女子氣喘休休的趕至，望向橋下，只見滾滾濁水，不見尾生蹤影，極目搜尋，「啊！」一聲驚呼，女子望見那束玫瑰和那只熟悉的手錶，想那尾生是癡心之人，莫非……，女子呆立雨中，滿腔淒涼悲苦，似橋下一江急流。思及尾生既死，自己又何必獨活？於是縱身河中……

醫院病房中，尾生與女子母親焦急的注視著女子，女子仍然昏迷，額頭繃帶層層包紮著，面如床單般蒼白。原來尾生鼓起勇氣直奔女子家中，欲向女子母親當面懇求，方知女子不顧母親反對已赴約，真是陰錯陽差，而後女子墜河幸被救起，但額頭已被河中巨石所傷。

照顧著女子，此刻尾生與女子母親感到從未有的契合，他們有著共同的心願，只願女子平安無恙。

女子脫離危險，但額上的創疤卻是抹之不去了，但在尾生心中，「伊」還是從前的「伊」，尾生深深的愛，撫慰了女子的傷痕。

日子飛逝，「爺爺！奶奶額上怎麼有那麼醜的疤痕呢？」尾生慈祥的說：「傻孫子，那是愛的標記。」

因此世世代代就留傳著這一段愛的故事。（張秀娟）

簡析

此題為七十八年（一九八九）暑假，筆者於國北語教系「新文藝及習作」課中的考題，旨在測驗「小朋友的靈魂工程師」接軌搭線的「續寫」能力。

第一、二例，採取女子視角，兼及「改寫」（改變敘事觀點），第三例以下，全採取尾生視角。

第三至第六例，運用增加法。第三例增加人物（她）、情節（獲救、和對方成親），第四例增加情節（去年承諾、今年殉情）。第五例增加人物（小張）、情節（相親被騙）。第六例增加情節（張員外大公子提親，女子投河自盡），尾生毫不知情。

第七至十例運用延長法。第七例以獨白口吻，追念今昔，特重心理描繪。第八例於心理刻劃之餘，加上獲救事件。第九例面對死亡逼近，最後理性抬頭，求生意志浮現。第十例在千回百轉的癡心等待中，加入「有人溺水，尾生發揮大愛，英勇援救」的事件，形成曲轉變化。

第十一例經由延長法，改變主題內涵（愛人結婚，新郎不是我）。第十二例，透過延長法，增加情節變化（女子投河）、發展（尾生上岸，女子獲救，結為連理），化悲情成喜劇。

由此觀之，故事續寫往往運用「增加」、「延長」兩種方法。其次，提升創意，邁向「倒置」、「變造」、「合併」，挑戰自身創意的新高。

輯 二

基礎篇

造句藝術

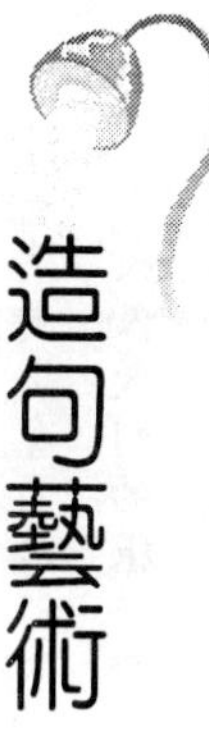

一、前言

造句藝術，一向始於「正確」，繼而「通順」，終乎「生動」。因此，在遣詞正確、文從字順的基礎上，如何加工鍛鍊？奕奕揚輝，無疑是造句藝術的進階，恣縱行文的積極訴求所在。歷來運思凝慮，控勒鍛鍊的原則有二：第一、求精要；第二、求變化。力求精要，注重文字瘦身，冗句減肥；去除惡質歐化句法，講究精妙扼要，簡潔有力。而力求變化，注重形象思維，新穎語感；去除陳腔濫調，要求化平庸為不凡，化熟悉為神奇。

二、求精要

所謂「句之清英，字不妄也」。警策精采的句子，必定一字不多，一字不少，切中事理，擊中人心。一般學生在詞彙越來越豐富時，往往出現冗詞廢字太多的毛病，值得注意。例如：

(1)電影的高潮不斷迭起。

(2)我們紛紛提出許多問題。

(3)大家住的地方距離相隔不遠。

第一例中，直接寫「電影高潮迭起」即可。因「高潮迭起」中的「迭」，就是「不斷」的意思，不必再加上「不斷」形成浪費。猶如「公之於世」，不必硬要寫成「公諸於世」，因「諸」即有「之於」的意思。同樣，第二例中「紛紛」和「許多」意思重複，只要採用一個，寫成「我們紛紛提出問題」或「我們提出許多問題」即可，至於第三例中「距離」和「相隔」意思重複，宜改為「大家住的地方距離不遠」或「大家住的地方相隔不遠」。又如：

(4)一定要避免再度肝炎的發病率。

(5)今天人數到的很齊全。

(6)她戴的手錶潔白光亮，光彩奪目，金光閃耀。

(7)只要這個工作對人民有利，它就是光榮的工作。

第四例是拗口的歐化句法，宜改為「一定要避免再度罹患肝炎」。同樣，第五例只要簡化為「人數全到齊」五個字，意思就很清楚。至於第六例，先後用「潔白光亮」、「光彩奪目」、「金光閃耀」來形容手錶，其實三組意思非常接近。一再堆砌相同詞彙，無疑畫蛇添足，委實不必要。在這裡，採用一組來形容即可。反觀第七例中，則「工作」二字一再重複，第二個「工作」可以承上省略，寫成「只要這工作對人民有利，它就是光榮」即可。

基於以上認識，可見求精要原則，在消極方面，刪掉不必要的字，避免疊床架屋，過於囉嗦的語病。在積極方面，或承上省略，或探下省略，使前後文句變化，免除機械、板重之失。例如：

(1)這個家喻戶曉的小故事，究竟涵義何在，恐怕見仁見智，各有不同的看法。我們通常總是覺得那位哲人視尊榮猶敝屣，富貴如浮雲，雖然皇帝駕到，殊無異於等閒之輩，不但對他無所希冀，而且亦不必特別的假以顏色。可是約翰孫博士另有一種看法，他認為應該注意的是那陽光，陽光不是皇帝所能賜予的，所以請求他不要把他所不能賜予的奪了去。這個請求不能算奢，卻是用意深刻。因此約翰孫博士由「光陰」悟到「時間」，時

間也者雖然也是極為寶貴，而也是常常被人劫奪的。（梁實秋〈談時間〉）

(2)我曾在夏天來過，墓石上一片綠油油，纏生著的是常春藤，蓋滿了墳地。墓後的這塊冰冷的石牆，在夏深時也會呈現一種較暖和的色調，大自然以它沉默的方式安撫著早逝的天才和他的親人，夏天以葉，冬天以雪。（蓬草《櫻桃時節．梵谷的頂樓房》）

第一例中「那位哲人視尊榮猶敝屣，富貴如浮雲」，由於上句有「視」，下句就不必再寫「視富貴如浮雲」，以求句子長度的精簡。同樣，第二例中「大自然以它沉默的方式安撫著早逝的天才和他的親人，夏天以葉，冬天以雪」，亦承上省略。如果不承上省略，繼續寫成「夏天以葉安撫著早逝的天才和他的親人，冬天以雪安撫著早逝的天才和他的親人」，將過於機械繁瑣，令人厭煩，不耐卒讀。又如：

(3)他曉得這時的小村裡是幾乎無人的：年輕人，就像以前的他一樣，長年在外工作，難得回家；留下來的老年人和小孩，則大都去附近荒僻的田野間種作和上學了。村子可以說是空的。他的心也是。（陳列〈療傷／老兵儀式〉）

(4)「不是總有。」她低下頭，撫著髮，一起向記憶之深淵探影：「是一直有。」抬頭很肯定的說：「愛情。」

但是，那樣多癡情於她的，不舍晝夜追隨著她的，竟都聽不懂她心中的天籟！「他們說，我想得太多了！」她憾然一嘆：「但，我自己清楚知道我想的是什麼？我知道，如果不能對生命有解釋的答案，與其兩個人一起茫然，不如獨自。」（簡媜《只緣身在此山中，卻忘所來徑》）

第三例「村子可以說是空的。他的心也是」中，下句「他的心也是」，承上省略「空的」，形成句子變化。同樣，第四例中「如果不能對生命有解釋的答案，與其兩個人一起茫然，不如獨自」，第三句「不如獨自」，承上省略「茫然」。至如探下省略，如徐志摩〈偶然〉：

你我相逢在黑夜的海上，
你有你的，我有我的方向。
你記得也好，
最好你忘掉，
在這交會時互放的光亮！（徐志摩〈偶然〉）

其中「你有你的，我有我的方向」，第一句「你有你的」則因下一句已出現「方向」而加以省

略。

對於精要造句，俄國托爾斯泰的意見最值得重視：

> 寫作的藝術，其實，並不是寫的藝術，而是刪去寫得不好的東西的藝術。

因為知道不應寫什麼，將多餘部分除去，必能汰蕪存精，鮮明突顯出重點所在，攫獲讀者目光。而對於刪改，六朝劉勰提出「善刪」的準則：

> 善刪者，字去而意留。（劉勰《文心雕龍．鎔裁》）

可見刪改是求精要，是高密度的濃縮。但如果省略太多，造成晦澀難懂，或引人誤解，則不足效法。如：

(1)牧童騎在牛背上，邊走邊吃草。

(2)比起一個髮型設計師，信任水果販子所冒的風險實在微不足道。上個月我去燙髮，那個對自己的手藝、審美眼光都信心十足的香港師傅是這麼對我說的：

「放心！你儘管放心把你的頭交給我！」（劉靜娟《成熟備忘錄．神仙打鼓有時錯》）

第一例中，由於第二句沒有寫上主詞「牛」，結果讓人讀起來以為牧童是「邊走邊吃草」，造成誤解。第二例中「你儘管放心把你的頭交給我」，聽起來非常恐怖，因為將「你儘管放心把你頭的髮型交給我來處理」中「的髮型」三個字省去，立即變成兇殺的無頭命案。猶如用西餐，點「豬排」、「雞排」。服務人員送來時，常會問：「誰是豬？」「誰是雞？」省略一個「排」字，聽起來好像在罵人。像這樣的語病，應儘量避免。

三、求變化

句法變化的要訣，主要在動詞與名詞的活用上。第一、善用動詞，化靜態為動態，讓畫面活了起來；第二、善用名詞，出入於具體與抽象之間，使句子靈動入妙。以唐朝詩人岑參詩句為例：

孤燈燃客夢，
寒杵擣鄉愁。

第一句如果寫成「孤燈照棉被」，無疑點金成鐵，把原本生動的句子破壞了。因原詩動詞用「燃」，呈現動態畫面，如改成「照」（或「映」），則律動情境的感覺消失，變成純粹靜態。同時，原詩受詞（名詞）用抽象「客夢」，現改為具體的「棉被」，根本無法精準折射出遊子異地思念故鄉的焦灼心態。如同「寒杵擣鄉愁」，改為「寒杵擣石臼」，則變成單純寫景，無法勾勒出「聲聲敲打在心坎裡」的陣陣波動。由此可見：掌握動詞，可以使句子遒勁；掌握名詞，可以使句子活潑；兩相配合，可將句法靈妙發揮得淋漓盡致。

首先，善於擇用動詞，最能感性造境，鮮活寫景，化靜態為動態。如：

⑴而童年的眼睛，看著那些刺入水田的秧針，稀稀疏疏地，才不過幾日工夫，竟在春雨滋潤下，榮發成一整畝密密森森的碧綠稻稈，且很快結出穗實，他便非常驚異於雨水為秧苗所灌注的神奇的生長力量，彷彿碗裡一顆顆珍珠般的蓬萊米都是雨的顆粒凝結成似的。（陳幸蕙《人生温柔論．淋漓》）

⑵閃光在抖動，雷聲在碾壓四野，獸一般野蠻的廝殺在垛圳上進行著。帶傷的在爬動，垂死的在呻吟，死屍橫七豎八，樹根一樣的絆人。六指兒童貴隆扔了彎把短銃，端起那支上了刀刺的洋槍，在雨裡奔跑著，他不再想什麼，也看不見什麼！天已在暴雨中昏黑了，一頭新異的陌生的獸蹲踞在他心裡，撕他咬他，使他血管膨脹，胸膛要爆裂開來，

他不知那是什麼。（司馬中原《荒原》）

(3)一會兒，鑼響一聲，幕拉了起來，文武場突然迸發出震耳的響聲，與觀眾的掌聲合成一片，像是山石滾落陡坡，翻騰跳躍著一下塞滿了整個大廳，更耐不住要向外衝撞，一直淹向外面的大街了……（楊照《蓮花落》）

第一例中寫秧針「刺入水田」，突出秧苗的尖細形象，極富律動感。如果改為「長在水田的秧苗」，讀來平常無奇。第二例「雷聲在碾壓四野」，刻劃出雷聲轟隆大作滾向四面八方的情景。如寫成「雷聲響在四野」，則毫無震懾人心的感受。同樣，第三例描寫聲響大作場面「像是山石滾落陡坡，翻騰跳躍著一下子塞滿了整個客廳」，其中動詞「翻騰跳躍」頗能傳達出現場熱鬧沸騰的情景，如果改為「接連不斷」（或「前呼後應」或「此起彼落」），顯然均不如原作生動有力。

其次，運用在描寫時，結合擬人技巧，可以使句法新穎活潑，開拓新視境。如：

(4)小嚴是變多了，讀書的時候他還是個靦腆的小伙子，現在卻歷練得如此有擔當。我無言以對，只好走開去，讓風和寂靜與他繼續對話。（白靈《給夢一把梯子》）

(5)不僅岸邊多石，海中也多島。火車過時，一個個島嶼都不甘寂寞，跟它賽起跑來。畢竟

都是海之囚，小的，不過跑三兩分鐘，大的，像龜山島，也只能追逐十幾分鐘，就認輸放棄了。（余光中《記憶像鐵軌一樣長》）

(6)夜再深，連紫色的跑道燈都熄了，便把天地交給星子們去守候。海面橫躺在遠方，沈靜了一日，不甘寂寞，跟著把一盞一盞的漁火點燃了。（侯文詠《離島醫生·風島豔夏》）

(7)風和蔦蘿在交頭接耳，惹得吹紅喇叭的小花和貓鬚一般的綠葉紛紛好奇的打量我。我已經失去孩提的時候，對園子裡乍現的花草追根究底的動力。花園曾是心田的一隅，而今心死，花園早也該埋葬在陌生的野花雜草裡。（鍾怡雯《河宴·童年花園》）

第四例中將「風」、「寂靜」擬人，因此造出「讓風和寂靜與他繼續對話」的生動句子。第五例將「島嶼」擬人，於是形成「賽起跑來」、「追逐」、「認輸」、「放棄」衍申的律動情境，極為鮮活。第六例將「星子們」、「海面」擬人，於是湧現美感經驗，產生「守候」天地、「點燃」漁火的動態畫面。而第七例將「風」、「蔦蘿」、「小花」、「綠葉」擬人，於是客觀風景充滿主觀情意，交織成「交頭接耳」、「吹紅喇叭」、好奇「打量」的熱鬧情境。

至於在名詞上，出入於具體與抽象之間，可以讓情理有更深一層的開展、演繹，讓意義有更高一層的遞升、擴大。如：

(1)這座大廈是一位建築師的理想跟一位在南洋發了財的僑商的錢合作完成的。馮諼花了孟嘗君的一大筆錢去幫他買「義」，建築師花了僑商一大筆錢去幫他買「美」。白色的大廈在顏色上跟它的環境，白色的沙灘，完全溶化在一起，好像它本身會失去了「形狀」。可是建築師利用每天上午下午的陽光來給房子染色，來給房子描出形狀，使那海上的大廈看起來格外美麗，格外像是用「光」造成的建築物。（林良《鄉情．古堡》）

(2)蚜蟲吃青草，

鏽吃鐵，

虛偽吃靈魂。（契訶夫）

(3)與其要穿同肉體合身的衣服，寧可要穿同良心合身的衣服。（托爾斯泰）

第一例中，打破「買」底下通常接具體東西的慣性，由實入虛，改成抽象的「義」、「美」。這樣超常組合，使人耳目一新。而第二例由具體「蚜蟲吃青草」、「鏽吃鐵」（將「鏽」擬人）的事實，引申出抽象的「虛偽吃靈魂」（將「虛偽」擬人）；順勢豁然點醒，立意深刻，發人深省。第三例由具體的「同肉體合身的衣服」，引申至「同良心合身的衣服」，強調內在美之重要。似此造句，毫無難字，卻「用語極淺，用意極深」，最能獲得認同，引人共鳴。當然，抽象概念也可以和擬人技巧結合，造出刷新語感的句子。如：

(4)真理可能被遮掩頃刻，真理它卻永不會彎腰。（臧克家〈勝利的狂飆〉）

(5)真理激起反對自己的風暴，來散播自己的種子。（泰戈爾《漂鳥集》）

強調世界上有陽光一定會有烏雲，但終必撥雲見日，雨過天青；因此，面對黑暗面對風暴時刻，仍要秉持信念，視為當然的挑戰，在失望中永不絕望；讓真理的陽光重新綻放，真理的種子茁壯成長。

進而在對等語法（相同句型）間，名詞（受詞）的安排，由具體帶到抽象，最能拓深文思，形成變化。如：

(6)怎麼會這麼明亮呢？我瞇縫著眼睛向窗外看去，兜眼竟是一排銀亮的雪嶺，昨天晚上下了一夜大雪，下在我無夢的沉睡中，下在歲月的溝壑間，下得如此充分，如此透徹。一個陡起的記憶猛地闖入腦海。也是躺在被窩裡，兩眼直直地看著銀亮的雪嶺。母親催我起床上學，我推說冷，多賴一會兒。母親無奈，陪著我看窗外。「諾，你看！」她突然用手指了一下。（余秋雨《文化苦旅．老屋窗口》）

(7)主人客人扮演得熱鬧的人目前並未絕跡，遺憾的是「場面中的人」居多，他們未必好客，也未必甘願作客，自有其不得已也的因素在內。一朝從「場面上」退下來，不要說活生生的客人，就是那一具黑烏烏冷冰冰的電話都難得響，那種悽涼，又數倍於常人。難怪幹過大事的人，都喜歡標榜歸隱山林，再不濟的也搬到市郊去住，車馬喧囂，他們不見得不願聽，只是不忍聽。

人口越來越多，寂寞也越來越深，也許是被擠的，人都變得畏畏縮縮的，除非為了「覓食」。誰都不輕易的把腦袋伸出來。就在那個狹窄的自我裡不住的想一些永遠想不透的事，想到老，想到恨不得有一個打錯了的電話打過來。聽說美國有一些老人，每天一早，都不憚其煩的把自己打扮成如見大賓的模樣，然後接待每天都來的同一位客人——寂寞。（亮軒《主與客》）

第六例中寫一夜大雪下在山嶺，「下在我夢的沉睡中」，進而「下在歲月的溝壑間」；正是由空間帶向時間，由現實帶向回憶，像「下在歲月的溝壑間」這樣的句法形象鮮明，配合山嶺場景，極為精采傳神。第七例中寫接待客人，由接待有血有肉的人，緩緩推移，最後至接待「每天都來的同一位客人——寂寞」，通過句意轉圜，寫出老人的寂寞。另如：

(8) 如果生命是一甕酒，我們愛的不是那百分之幾的酒精成分，而是那若隱若顯的芬芳。如果生命是花，我們愛的不是那嬌紅豔紫，而是那和風日麗下的深情的舒放。

如果生命是月球，我們愛的不是那些冷硬的岩石，而是在靜夜裡那正緩緩流下來的溫柔的白絲練……

如果生命是玉，我們愛的不是它的估價表，而是那曖曖柔光中所透露的訊息。

如果生命是琴，讓我們忘記這長達一百六十公分或一百八十公分的梧桐木，讓我們愛的是音符和節拍之上的音樂——也許別人聽不到，但我們知道，它在那裡，在一個小小的劃撥的動作裡，可以觸動多少音樂啊！（張曉風《給你．不是美酒》）

(9)在我的記憶中，每到冬天，母親總要抱怨她的腳痛。她的腳是凍傷的。當年做媳婦的時候，住在陰暗的南房裡，整年不見陽光。寒凜凜的水氣，從地下冒上來，從室外滲進室內，首先侵害她的腳，兩隻腳永遠冰冷。在嚴寒中凍壞了的肌肉，據說無藥可醫。年復一年，冬天的訊息乍到，她的腳面和腳跟立即有了反應，那裡的肌肉變色、浮腫，失去彈性，用手指按一下，你會看見一個坑兒。看不見的，是隱隱刺骨的疼痛。（王鼎鈞《碎琉璃．一方陽光》）

二例均透過「不是」（否定）、「是」（肯定）的映襯，由上句具體（名詞）陳述，翻上一層，帶出下句抽象（名詞）的意旨。第八例中，作者自述愛的不是「酒精成分」、「嬌紅艷紫」、「冷硬的岩石」、「估價表」（均屬具體），而是「若隱若現的芬芳」、「深情的舒放」、「緩緩流下來的溫柔的白絲練」（指月光）、「曖曖柔光中所透露的訊息」，強調生命中意義的開拓，由形而下，臻及形而上之精神層面。第九例中，藉著「看見一個坑兒」至「看不見的，是隱隱刺骨的疼痛」，描寫母親腳凍傷的情景。此等句法運用，最能傳達較深刻的見解與感受，值得學習、活用。

四、結語

字詞如鐵，鍛句成鋼，是寫作的必要訓練。如何捶擊加工，精益求精，永遠是造句藝術的挑戰。而這樣的挑戰，永遠向句子的形象化（具體、生動、鮮活）、邏輯性（合情、入理）、協調性（整體相關、配合）邁進，千變萬化，極態盡妍。

至於有關這方面的「延伸閱讀」，計有黃永武《字句鍛鍊法》（一九八六，洪範）、蕭蕭《現代詩創作演練》（一九九一，爾雅）、白靈《一首詩的誕生》（一九九一，九歌）、張春榮《一把文學的梯子》（一九九三，爾雅）等。

形象思維造句㈠

作家是「形象思維」的沽心者，「語言藝術」的冶煉高手，善於表抽象之情，達飄渺之意，充分展現「用形象來思考」的靈動特質。這樣的語言特質，是讓「抽象」融化在「具體」形象中；讓飄動的「理念」穿上鮮活的「感性」外衣，引人親近，喚人共鳴。

「形象思維」造句，第一、特重具體（或稱「具體性」），力求具體表抽象，化平淡為飽滿，化單調為生新；發揮「言在此而意在彼」的感染效果。大凡抽象意念，均可按照自己身材，找到不同款式的衣服。以「人必自侮，然後人侮之」（《孟子．離婁上》）為例，可以有不同「具體」的說辭：

⑴軟土深掘（民間俗語）

⑵你的腰不彎了，別人就不能騎在你背上。（馬丁路德．金）

二例均強調委曲姑息，自貽禍端。凡事未能挺直腰桿，懦弱無主，勢必為人欺凌；甚而得寸進尺，予取予求。須知有的人是「你敬他一尺，他敬你一丈」，有的人則是「柿子揀軟的吃。你越客氣，他越囂張得意」。可見行事變通，不可一概而論。同樣，以「視而不見」為例，可以有「具體」的不同設問：

(1)你的眼睛是不是被牛屎塗到？（俗語）

(2)你怎能經過一片海而忘記它美麗的藍？（筆者《一把文學的梯子》頁二一）

唯第一例樸質無文，藉「被牛屎塗到」，諷刺對方「有眼無珠」，看不清「狀況」，不會欣賞。第二例較為典雅，藉「海」「美麗的藍」，暗指對方居然沒有感覺，辜負眼前美好風景。復以「老年人也可以活得精采」為例，同樣可以有不同的說法。如：

(1)天意憐幽草，人間重晚晴。（李商隱〈晚晴〉）

(2)莫道桑榆晚，為霞尚滿天。（劉禹錫〈酬樂天詠老見示〉）

二例均藉由黃昏的亮麗，強調「銀髮族」的智慧之光。須知「家有一老，如有一寶」，智慧長者洞明透澈，不踰矩的豁達與幽默，十足「夕陽無限好，『只因』近黃昏」的積極寫照。似此具體易懂的取景造境，最能醒心豁目，刷新認知。

第二、「形象思維」造句，次重鮮活、生動。以別有意味的風景，彰顯呼之欲出的理蘊；以特殊情境的點染，暗示出習焉而不察的理則。其間最常介入比喻、擬人（轉化）技法，讓熟極無感的潛德幽輝，再現新穎活力；讓老生常談的八股泛論，綻放奕奕華彩。以「積極面對失敗」為例，在名家的筆下，無不暖暖含光，引人向上。如：

(1) 失敗就像磨刀石，要把你磨光，不是要把你磨碎。（陳幸蕙語）

(2) 把臉迎向陽光，你便看不到陰影。（海倫．凱勒）

Keep your face to the sun shine and you can not see the shadow (Helen Keller)

第一例透過比喻，明白指出失敗的「積極意義」，在於激發潛能，增強抗壓力，繼而憤發圖強，勇敢面對挑戰。第二例藉由「陽光」、「陰影」的相關借喻，強調只要往「光明面」去想，以樂觀、進取的態度披荊斬棘，揚棄「黑暗」的負面思維，必能遠離失敗的沼澤，大步邁向成功的康莊大道。反之，猶如紀伯倫所云：

當你背向太陽的時候，你會只有看到自己的陰影。一味逃避推諉，只有讓問題更加惡化，更形嚴重。

因此，諸多有關「如何處理失敗」的警句名言，無不散發「黃色思考帽」（陽光、明亮和樂觀，肯定、建設性和機會）的積極向度，進而得以排憂解紛，愈挫愈勇。另如：

(3)當命運遞給我們一顆檸檬時，讓我們設法做出一杯檸檬汁。（西方諺語）

(4)黑夜給了我黑色的眼睛
我卻用它尋找光明（顧城）

二例則自擬人（「命運」、「黑夜」）切入，強調逆勢操作，反敗為勝，才是生命的「積極意義」。人生並非皺著臉猛吃檸檬，亦非蒙眼自縛，裹足在心牢幽洞，而是「善用者生機」（洪自誠《菜根譚》）；笑看拂逆困境，穿越黑暗蓊鬱森林，讓困苦變成成長的啟蒙師，讓打擊變成鍾鍊人性深度的砧板，讓操危慮患成為卓絕屹立的踏腳石。當然，這樣的「蛻變」、「轉化」，端賴勇銳的「韌性」，絕非隨意的「任性」。於此，各家另有精采表述。如：

(5)生命的紅酒永遠榨自破碎的葡萄，
生命的甜汁永遠來自壓乾的蔗莖。（張曉風〈初綻的詩篇〉）

(6)通過人世的變故，才知道橫擺在眼前的現實峻嶺，不會因吶喊而崩塌。（簡媜《私房書》頁一五八）

二例分別自正反角度，闡釋「含淚播種，歡笑收割」的理蘊。張曉風例句，指出「生之禮讚」（**A Psalm of Life**），無不始於「忍受」（**endure**），終於「享受」（**enjoy**）；只有被逼至絕境的深刻，才能有苦澀的回甘，才能臻於「自我實現」的甜美。反觀簡媜之例，正視「坐而空言」之無益，「起而力行」之必要；指出心情歸零，回歸基本面，謀定後動，披堅執銳，直指問題癥結所在（**go to the matter**），才能奏效。畢竟只有「從生硬的現實上挫斷足脛再站起來，從高傲的眉毛滴下汗珠來賺取自己的衣食」（陳之藩〈哲學家皇帝〉）才是生命的正軌，才是湧渡人世苦海的不二法門。凡此六例，均為鮮活、生動之佳句。

第三、「形象思維」造句，注重整體的協調性。讓多樣形象融化於鮮活、生動之情境中，充分發揮飽滿暗示的輻射效用。似此「協調性」（或稱「一致性」、「一貫性」、「多樣的統一」、「配稱原則」）的拈出，特重各形象之間水乳交融，密切配合；拒絕生硬堆砌，毫無相關連的拼湊。

茲以「老師的道德，令人景仰」為例，分別可以寫成：

(1)先生之德，山高水長，

(2)先生之風，山高水長。

兩相比較，可以看出第二例「先生之風」較第一例「先生之德」，更具體，更形象化。尤其「風」與「山」、「水」自然相諧，定向疊景，統一在律動宏遠的情景中；「風」是「君子之德，風」的比喻，亦為「風骨」的省略，讀來意深味永。今試觀范仲淹〈桐廬郡嚴先生祠堂〉原文：

雲山蒼蒼，江水泱泱，先生之風，山高水長。

更是「雲」、「山」、「江」、「水」、「風」多樣統一，再加上「蒼蒼」、「泱泱」疊字及押「ㄤ」韻，更能形成宏大、深遠的聲情效果，洵為流傳至今的佳句。

復以「謠言止於智者」為例，分別可以自高度、寬度上加以表述。如：

(1)不畏浮雲遮望眼，
自緣身在最高層。（王安石〈登飛來峰〉）

(2)雲散月明誰點綴？
天容海色本澄清。（蘇軾〈六月二十日夜渡海〉）

二例均強調「胸有定見」，不受群小蒙蔽，不為邪說謬論所惑。唯王安石特顯識高見多的自信，力排眾議的堅決。而蘇軾在自問自答的語氣變化中，逸出識寬量廣的沖和，呈現氣定神閒的風姿。尤其兩句在「雲散」、「月明」、「天容」、「海色」的統合下，醞釀出朗暢明靜的氛圍，比起王安石僅以「浮雲」造境，更見藝術性的豐約之美。此亦即朱光潛〈具體與抽象〉（《談文學》）中所謂：

就常例說，作品的藝術價值愈高，就愈有含蓄。含蓄的秘訣在於繁複情境中精選少數最富於個性與暗示性的節目，把它們融化成一完整形相，讓讀者憑這少數節目做想像的踏腳石，低徊玩索，舉一反三。著墨愈少，讀者想像的範圍愈大，意味也就愈深永。

而如何意匠由神，通過「創造性的想像」，鎔鑄重整「具體」、「鮮活」、「生動」意象（別有會意的物象），成新穎獨到的藝境，則為語文表達能力（「欣賞、表現與創新」）本領之所在。

最後值得一提的是，「協調性」除了注意句子間「形象」（或稱「意象」）的相關、統一外，仍應注意與「上下文」（context）間語境的配合、照應。讓「形象思維」的語意在整個脈絡中能夠凝定、清晰。例如出現這樣的造句：

如果你是鐵鎚的話，你到處會看到鐵釘。（西方諺語）

可以解釋成「天生我材必有用」，也可以說成「你行俠仗義，除暴安良」，亦可以說是「你惹事生非，什麼事都看不順眼」。凡此不同或相互排斥的語意，則在「上下文」的協調、一致中，塵埃落定，明確浮現；避免造成含混模糊之失。

形象思維造句(二)

一、前言

「形象思維」是用「形象」來思考，藉以生動表達情意或思想。精采的警句，令人回味的珠璣佳句，無不寓抽象「思維」於鮮活「形象」，藉由藝術加工，展現文學性的魅力，充分發揮「形象」具體或具體情境的暗示（間接）效用；召喚讀者積極參與（解碼），心領而神會。此等轉換（抽象換具體）的本領，林良稱之為「把思想煮成感覺」（《淺語的藝術》），蕭蕭則凝定剖析，登堂入室，特別提出「格言的意象化」（《現代詩遊戲》，頁一四九）的訓練方式，相當實用。而此形象思維（演義）的運用，亦即筆者「文學語言」（《一把文學的梯子》，頁一～九）立論之所在。

二、一意多象

「形象思維」造句，就修辭而言，大抵為「借喻」（言在此意在彼）；就文學作品而言，多為「意象」（相關之投影）經營；就全篇整體效果而言，可以擴充至「象徵」（有多義性的言外之意）寓意。大體上，一個抽象意念隨物賦形，附麗萬有，極盡變化之姿。所有抽象意念，聯類無窮，多樣凝定，起碼可以找到兩種或兩種以上的「形象思維」。首先以「不要杞人憂天」為例，可以寫成：

(1)不要把明日的烏雲拉來遮住今天的陽光。

(2)你又何苦讓明天的風來吹熄今天的火？

其次，對失戀男子而言，除了一般常用「天涯何處無芳草，何必單戀一枝花」、「不要把所有的雞蛋，放在同一個籃子裡」勸說外，也可換成：

(1)何必為了一顆星星而放棄整個天空？

(2)不要為了一棵樹而放棄整座森林。

復次，以「不要找藉口」為例，可以變成：

(1)不要不會睡覺，怪床歪。

(2)不要不會跑，嫌路不平。

(3)不要不會投球，嫌籃框太小。

至於以「向下扎根，向上成長」為例，除了〈大學章句〉中「定、靜、安、慮、得」的推論外，亦可以從反面加以引申：

(1)房子蓋在海上，所以一生注定飄泊。（伍佰〈浪人情歌〉MTV片尾字幕）

(2)滾石不生鮮苔。（西方諺語）

又如「不要想一勞永逸地解決你的困難」，旨在強調操危慮患，自當念茲在茲，盈科後進，一一克服；不可能異想天開，不費吹灰之力，因此，除了正面申論（只要功夫深，鐵杵磨成繡花針）外，亦可寫成：

(1)不積跬步，無以致千里；不積小流，無以成江海。（荀子〈勸學解〉）

(2)天下沒有白吃的午餐，更沒有連動口都不必動的食物。

凡此「轉換」的本領，正是水平思考（擴散性思考）中多樣的「變通力」（flexi bility），開拓創造思考的契機，實為攀登文學創作高峰的必經之徑。

三、造句優勢的評斷

「形象思維」以力求美感、生動、獨創，臻及「新感性」為上。而所謂的「新感性」，並非標新立異、荒誕不經，而是在獨特形象的凝塑中，展現美感與活力。以「對你的愛，至死不渝」為例，可以寫成：

(1)愛你愛到心肌梗塞。

(2)愛你愛到「兩根香腸兩瓶紅酒」。

(3)愛你愛到「廁所裡掛鬧鐘」。

(4)春蠶到死絲方盡，蠟炬成灰淚始乾。（李商隱〈無題〉）

(5)水來我在水中等你

火來

我在灰燼中等你（洛夫〈愛的辯證〉）

綜觀此五例，第一例是客觀敘述，猶如「愛你愛到視茫茫，而髮蒼蒼，而齒牙動搖」的說辭，均為事實陳述，然缺乏藝術加工，雖真而不美。第二、三例，運用雙關，形象驚竦，令人錯愕。第二例「兩根香腸兩瓶紅酒」是「長長」「久久」，第三例「廁所裡掛鬧鐘」是「有始」「有終」。唯二例雖具「創意」，但形象不佳，美感不足。「兩根香腸兩瓶紅酒」之愛，價格固定，過於樸實野性，未能予人「無價」、「無盡」的絕美想像。同樣「廁所裡掛鬧鐘」之愛，在「有屎」「有鐘」的聯想下，異味飄香，鬧音四起，不免予人「不潔」、「不淨」之感。反觀第四例，分別以「春蠶到死」、「蠟炬成灰」借喻，訴說「愛到不能再愛」之意。「絲方盡」、「淚始乾」並暗示思（「絲」、「思」同音）念似盡而未盡、心中之淚仍滴向幽冥，予人無限纏綿、深邃的無盡懷想。因是李商隱此名句，跨越時空，迄今令人動容。至於第五例，為該詩結尾。詩中「我」已撒手西歸，即使「水災」、「火劫」，仍無法淋壞、燒燬「我」對你今生無悔之情。此等堅持，可謂「心無二用，情有獨鍾」，地老天荒，永不相渝。洛夫此作，語淺意深，洵為李商隱〈無題〉的白話版，堪稱現代詩名句。

其次，以「世態炎涼，嫌貧愛富」為例，可以寫成：

(1) 貧居鬧市無人問，富在深山有遠親。（陳元靚《事林廣記》）

(2) 但見錦上添花，罕見雪中送炭。（報紙標題）

(3) 成功有一千個父親，失敗是個孤兒。

Victory has a thousand fathers, but defeat is an orphan. (John F. Kennedy)

此三例句，均以對比落差，強調人情冷暖，不勝噓唏。第一例直述客觀事實，指出「貧」的冷效應，親戚每每避之唯恐不及，猶如敬鬼神而遠之；「富」的熱效應，則無遠弗屆，訪客絡繹不絕。第二例借用成語，描繪世情澆薄，大多趨炎附勢，落井下石。得意時，但見鑼鼓喧天，門庭若市；失意時，門可羅雀，乏人問津。反觀第三例則將抽象的「成功」、「失敗」擬人，刻劃一旦「成功」，馬上炙手可熱，「西瓜偎大邊」，攀親帶故「貼熱臉」的人一大堆；一旦「失敗」，立即跌入谷底，正是樹倒猢猻散，只有「忍受」寂寞，「享受」孤獨，淒淒涼涼。三例句相較，以第三例的形象較鮮明、較突出，當為此中佳句。最後，以「助人為快樂之本」為例，蕭蕭改成（《現代詩遊戲》，頁一四八）：

(1)蜜蜂傳播了花粉，卻也為自己釀成了蜜甜。

(2)花給了蜂柔情蜜意，自己笑得更燦爛！

兩相比較，第二例比起第一例，明顯感性更足，律動更強。第一例遙契「既已為人，己餘有；既已與人，己愈多」（《老子》八十一章）義理，換成更通俗的說法，則是「快樂助人有如香水，向人灑得多，自己必也沾上幾滴」，亦是中國諺語所云：「摘花的手把花送出去以後，才能指間留香」；如此一來，反而能充分發揮「釀得百花成蜜後，為別人辛苦也為自己甜」的「雙贏」效應。

至於第二例，在擬人的律動情境中，彰顯「施比受更為有福」的理路，綻放「充實之謂美」的光輝，可謂神完氣足。尤其「自己笑得更燦爛」一句簡潔有力，生動傳達「助人」的舒坦與通暢，自是「形象思維」的佳句，值得觀摩相善。而透過以上優劣的對照，相信對於「形象思維」必有深一層的認識。

兩種書寫

如果說「統一」與「變化」是所有藝術創作的通則，那麼「描寫」（describe）和「敘述」（narrate）則是落實在文字書寫時的兩大本領。「描寫」著重空間畫面的呈現，特顯文字功夫；「敘述」著重時間流程的變化，展露謀篇設計的才華；兩者互為經緯，縱橫交錯，編織成一幅幅賞心悅目的精妙圖象，開展出人人擊節稱譽的文學盛景。

「描寫」旨在配合五種感官經驗，細密刻劃，透過貼切觀察，寫出細節。進而在主觀上，介入心理聯想，渲染引申，寫出真實強烈的感受。如寫說自己「喜歡走在山徑，喜歡看樹梢的小綠芽」，這只能算是簡單的敘述，未遁入善加描寫的層次，有必要再潤色。試看張曉風〈我喜歡〉（《曉風散文集》）第三段：

> 我喜歡在春風中踏過窄窄的山徑，草莓像精緻的紅燈籠，一路殷勤的張結著。我喜歡抬頭看樹梢尖尖的小芽兒，極嫩的黃綠色中透著一派天真的粉紅——它好像準備著要奉

獻什麼，要展示什麼。那柔弱而又生意盎然的風度，常在無言中教導我一些最美麗的真理。

經由「窄窄的山徑」，帶出山徑兩旁的「草莓」，隨即加上「紅燈籠」的比喻，鮮活描寫；接著筆鋒轉至「樹梢尖尖的小芽兒」，描繪出小芽兒「黃綠」裡間摻「粉紅」的色澤，並以擬人引申自然生命的原貌，指向天地間無言朗現的生活美學。而此文所展現的描寫技巧，可以與李黎〈喜歡〉（《別後》，允晨文化公司）相互對照，更能看出描寫本領的差異。

反觀「敘述」，旨在透過事件的不同組合，不同人物（角色）的安排，形成各種衝突抉擇（包括動態行為或靜態心理）。因此，敘述的本領，在於表現作者的機智立意，表現作品的情節變化，以及言外之意的雋永豐美。以印度泰戈爾《漂鳥集》兩則為例：

（六四）

感謝火焰的光，但不要忘記那沉著而堅毅地站在黑影中的燈臺啊。

（七一）

樵夫的斧頭向樹求取牠的斧柄。

樹給了牠。（糜文開譯）

第一則（六四）中，以直接呼告的方式，指出臺前明星耀眼，光芒四射值得鼓掌，但臺後工作人員亦功不可沒，強調「幕後功臣」之重要，「推動搖籃的手」不應該被遺忘。似此揭示，噴薄而出，可改為更客觀的敘述。今洪志明《一分鐘寓言》內〈停電了〉一則，適足以用來相互對照：

停電時，檯燈難過地說：

「從前我一直以為是自己照亮了黑暗。」

這樣的安排，不直接說理，而透過「停電」事件，逼出「檯燈」的省思。似此寓言感悟，打破「自我膨脹」的片面迷思，照見事理之全局，反而更耐人尋味。至於泰戈爾第二則（七一），藉由「樵夫斧頭」與「樹」的事件，「斧頭」向「樹」要求「斧柄」的衝突（樹若給與，自己必受傷），以及「樹」的慨允成全；呈顯施與受之間的弔詭，留下無盡的弦外之音，言簡意賅，正是短小精幹的寓言精品。

大抵文學創作的書寫，不外乎「具象描寫」（繪畫性）與「事件敘述」（戲劇性）迭相運用。或先概括敘述，再細加描繪；或先具象描繪，再求事件發展變化。然而不管如何描寫或敘述，宜力求具體描繪，客觀呈現，引起讀者共鳴。如直接寫說「做人不要太挑剔，不要整天只會怨天尤人」，則為抽象概念的表白。若用美國海倫．凱勒說法，則變成：

不要抱怨自己沒有鞋子穿，有人連腳也沒有。

透過「鞋子」、「腳」的具象借喻，去除「比上不足」的矯揉身段，正視「比下有餘」的值得慶幸，走向知足（注意不是「滿足」）的平和心理。似此觀念，也可藉由事件的敘述，點出主題。如：

(1)我為失去了鞋子而哭泣，直到我遇見一個沒有腳的人。（王鼎鈞《心靈分享》頁一二二所引）

(2)滿街都是新鞋，
我是多麼寒傖。
纏著媽媽一路哭鬧，
直到突然看到，
一位失去了腿的人。
（余秋雨《霜冷長河》頁一四九所引）

第一則藉由人我的對比，驚視「幸」（失去鞋子，仍有腳）與「不幸」（沒有腳）的鮮明落差，不禁哀矜悲憫，不禁心淨念柔。第二則藉由每況愈下的層遞變化，由「新鞋」至「沒有新鞋」（寒傖），再至「失去了腿」，乍見比不堪（寒傖）還不堪（失去了腿）的情境，不禁幡然領悟：人在福中不知福，上天待我不薄，別人家的庭院並沒有比較清綠……。其中豐富意蘊，均由具體描繪，客觀呈現（多show，少tell）所造成的效果。

大抵檢視一個人作品中「描寫」與「敘述」的比例傾向，可以略窺其日後文類（詩、散文、小說）發展的潛力。大抵長於描寫，刻劃渲染，文中繪畫性大於戲劇性者（以情境取勝），較能在散文世界有所發揮；反觀長於敘述，安排事件，文中戲劇性大於繪畫性者（以情節取勝），較能在小說天地馳騁快意。凡此，則依個人性情所近，心摹意匠，巧手織錦；終而自行抉擇，以求專精。至若欲突破個人創作瓶勁，跨越文類，於不同文類（如散文、小說）中各顯精采，則必須兩手開弓，既擅於描寫，又妙於敘述，方能斐然可觀，大有建樹。

情境設定

設定情境，即訓練學生寫作時，情境要統一集中，層次分明，達到突顯主題的效果。所謂「一片風景，一片心情」。塑造情境，首先要氣氛一致，不可蕪雜割裂。以春天來時，草木欣欣向榮為例：

(1)盼望著，盼望著，東風來了，春天的腳步近了。

一切都像剛睡醒的樣子，欣欣然張開了眼。山朗潤起來了，水長起來了，太陽的臉紅起來了。

小草偷偷地從土裡鑽出來，嫩嫩的，綠綠的。園子裡，田野裡，瞧去，一大片一大片滿是的。坐著，躺著，打兩個滾，踢幾腳球，賽幾趟跑，捉幾回迷藏。風輕悄悄的，草綿軟軟的。

桃樹、杏樹、梨樹，你不讓我，我不讓你，都開滿了花趕趟兒。紅的像火，粉的像霞，

白的像雪。花裡帶著甜味，閉了眼，樹上髣髴已經滿是桃兒、杏兒、梨兒。（朱自清〈春〉）

(2)你看，在山上，草綠得不一樣了，起先是淺淺的，好像綠得不太好意思似的，後來就一大蓬一大蓬，理直氣壯地壯著膽子綠起來了，然後就一不作二不休地綠得滿山滿谷。樹也不一樣了，你好像可以聽見樹醒了，咕嘟咕嘟的在喝地底下的泉水，（忽然活潑起來，忘了背上的重量）喝完了，就伸伸懶腰，（比劃）往這邊這麼一伸，就長出一根新枝子，往那邊那麼一伸，又長出一根新枝子，新枝子們一天一個樣子，害得我老是走迷路。（張曉風《武陵人》）

例一中將「小草」、「桃樹」、「杏樹」、「梨樹」分別擬人化，於是在「從土裡鑽出來」、「坐著，躺著，打兩個滾，踢幾腳球，賽幾趟跑，捉幾回迷藏」、「你不讓我，我不讓你」的律動中，交織成生機盎然的世界。而例二亦分別將「草」、「樹」擬人化，同樣在「理直氣壯地壯著膽子綠起來了，然後就一不作二不休地綠得滿山滿谷」、「樹醒了，咕嘟咕嘟的在喝地底下的泉水，喝完了，就伸伸懶腰，往這邊這麼一伸，就長出一根新枝子」的律動情境中，描繪出生機蓬勃的畫面。如果第二例將樹寫成：

樹仍在睡，灰綠的臉孔看來一副無精打采的模樣，樹枝軟弱地垂了下來，非常疲倦。

則和前面的「草綠得不一樣了，起先是淺淺的，好像綠得不太好意思似的」情境，無法統一起來。

其次，塑造情境宜配合主題，前後一致。不同的主題，自然有不同的情境。以描寫杜鵑花為例：

(1)一鍋杜鵑被地氣熬了一個冬天，三月裡便忍不住沸沸揚揚起來，成日裡噴紅濺紫，把一座死火山開成了活火山。我每走過盛放的杜鵑都忍不住興起一分自衛本能，因為害怕，怕自己有什麼脆弱的部分會被燙傷或灼傷。（張曉風《我在．沸點及其他》）

(2)當暮春時節，整個田園大地的舞臺上，正出現淡季的時候，杜鵑便以一種轟然澎湃的氣勢和豪華壯觀的場面，浩浩蕩蕩地登臺了；於是，天地上下便無一不是杜鵑的聲光色影。

那一大片雪白水紅與錦紫的氾濫，往往震懾了所有慣於低首疾行的人，使他們的眼睛再也不能視若無睹；步履，再也無法匆忙快速。（陳幸蕙《群樹之歌．杜鵑》）

第一例寫杜鵑花盛開的樣子：「沸沸揚揚起來，成日裡噴紅濺紫」，作者自己都被杜鵑花旺盛的生命力嚇到。第二例亦寫杜鵑花的盛開場面：「一大片雪白水紅與錦紫的氾濫」，震懾了行人的眼睛。二個例子都統一在杜鵑花繽紛熱鬧的氣氛上。至於：

(3)母親說過，舅媽是個神經極衰弱的女人，一輩子專愛講鬼話。當我走到園子裡的時候，卻赫然看見那百多株杜鵑花，一毬堆著一毬，一片捲起一片，全部爆放開了。好像一腔按捺不住的鮮血，猛地噴了出來，灑得一園子斑斑點點都是血紅血紅的，我從來沒有看見杜鵑花開得那樣放肆，那樣憤怒過。（白先勇《臺北人．那片血一般紅的杜鵑花》）

(4)就在那濃密羅蓋的頂端，盈盈亭亭，怕不有幾百朵盛放的杜鵑花，花瓣通體似雪玉一般，無一絲雜色，卻恰恰在花蕊微露的部位，有一小汪殷紅。從我所站的這個角度看去，這成百上千朵晶瑩白潤的杜鵑花，簡直就像是個個含著一口又濃又腥的鮮血，從那麼多的咽喉裡蠕動著，迂緩而無從堵塞地湧流出來。（劉大任〈杜鵑啼血〉）

第三例描寫杜鵑花「好像一腔按捺不住的鮮血，猛地噴了出來，灑得一園子斑斑點點都是血紅血紅的」，表面上看起來太過驚悚，動人心魄；但作者有意在此藉這樣比喻，塑造出詭麗的情境，暗示杜鵑花和死者正雄的關係，予人魅影重重的感受。因這些杜鵑花，均是正雄生前一手照顧。第四例中以「個個含著一口又濃又腥的鮮血，從那麼多的咽喉裡蠕動著，迂緩而無從堵塞地湧流出來」描寫杜鵑花，同樣予人陰森恐怖的印象，用以暗示細姨劫難的一生。因為這些杜鵑亦是患重病的細姨在療養院中所照顧。可見在描寫時運用比喻，仍必須配合主題，形成整體一致的氣氛。

最後，設定情境要層次分明，有條不紊。以王鼎鈞作品為例：

(1)現在，將來，我永遠能夠清清楚楚看見，那一方陽光鋪在我家門口，像一塊發亮的地毯。然後，我看見一只用麥稈編成、四周裹著棉布的坐墩，擺在陽光裡。然後，一雙謹慎而矜持的小腳，走進陽光，停在墩旁，腳邊同時出現了她的針線笸。一隻生著褐色虎紋的狸貓，咪嗚一聲，跳上她的膝蓋，然後，一個男孩蹲在膝前，用心翻弄針線笸裡面的東西，玩弄古銅頂針和粉紅色的剪紙。那就是我，和我的母親。（王鼎鈞《碎琉璃．一方陽光》）

(2)一切要從那口古鐘說起。

鐘是大廟的鎮廟之寶，鏽得黑裡透紅，纏著盤旋轉折的紋路，經常發出蒼然悠遠的聲音，穿過廟外的千株槐，拂著林外的萬畝麥，薰陶赤足露背的農夫，勸他們成為香客。（王鼎鈞《碎琉璃．紅頭繩兒》）

第一例中以像塊發亮地毯的一方陽光為舞臺，先介紹道具，由坐墩、小腳、針線筐、貓，最後帶出人物，亦即整個敘述的重心：男孩和母親。第二例中以鐘為敘述重心，先描寫它的色澤、紋路，而後由鐘聲開展，由廟外至林外，再至林外田中農夫身上，空間的發展上由近而遠，井然有序。又如：

(3)夜色迷濛中，果然矗立著一大排未完工的大廈。我站在約莫是從前六號的遺址。定神凝睇，覺得那粗糙的水泥牆柱之間，當有一間樸質的木屋書齋；又定神凝睇，覺得那木屋書齋之中，當有兩位可敬的師長晤談。於是，我彷彿聽到他們的談笑親切，而且彷彿也感受到春陽煦暖了。（林文月《作品．溫州街到溫州街》）

(4)大雨勢如萬馬奔騰，掩去了天日，雨點落在他的髮梢，落在他的鼻頭，落在他的大腿，落在他朝勤妹揮動的手臂上，落在眼前那片廣瀚的，混沌的，生機盎然的禾苗上。（莊華堂〈土地公廟〉）

第三例中寫站在未完工的水泥牆柱間，回想以前的木屋書齋，繼而由此想起曾在其中晤談的兩位師長，復而想起師長談笑的親切場面，可說層層逼進。第四例寫大雨落在他身上，就垂直來說，由髮梢、鼻頭、大腿；就平面來說，由揮動的手臂至眼前禾苗，正屬十字展開的空間敘述。

綜上設計情境的原則，底下以「窗」為題，寫出白天窗口所見的情景。如：

(1)我愛房子裡的每一扇窗。在家的日子，我喜歡把窗打開，讓亮麗的陽光照進來，帶來光明和溫暖；讓微風吹進來，帶來花的香氣和大自然的訊息。風使窗口掛著的風鈴響起，讓輕快愉悅的音符，流淌在屋子裡每一個角落；污濁的空氣消散了，新鮮的空氣迫不急待的湧進來。（林少雯〈窗〉）

(2)我的房間有一扇窗，對著滿園的綠意，可以採集陽光，也可以採擷一切美好的事物。清晨的陽光總是在窗外探頭，要想知道我在做些什麼，有時索性偷偷地溜了進來，堂而皇之的佇足於案前，燦爛奪目的陽光，輕柔的微風，更將大地點綴得豐盈而美麗。（熊祥秀〈窗〉）

前面例一由外而內，寫陽光、微風進來，帶來花香，吹動風鈴，湧進新鮮空氣，充滿愉悅的感覺。例二以陽光為主，將陽光擬人，刻劃出活潑情景。只是「輕柔的微風」擺在最後，未多加著墨，令人微覺突兀，如果改為：

清晨的陽光和輕柔的微風總是在窗外探頭探腦，要想知道我在做些什麼；有時索性偷偷地溜了進來，堂而皇之的佇足於案前，使得房間一片燦爛，一片清涼。

則比原先的情境更為統一。而透過以上的比較，相信在設計情境上會掌握得更精準、更明確。

〔附錄一〕

文藝辭章學的新著

——評介張春榮《作文新饗宴》

鄭頤壽

集作家、語言藝術家、言語理論家於一身的張春榮教授，二〇〇二年又推出辭章藝術新著《作文新饗宴》（台北：萬卷樓圖書有限公司，以下簡稱《作文》）。此書「以中外名篇為利器，向自己腦內挖金礦，在文字的天空飆創意，在想像的原野放風箏」。它是作者多年來「作文教學研究」、「文學創作研究」、「文藝創作與鑑賞」的實踐和經驗的昇華，是從其作文美廚中端出的香噴噴的作文教學的佳宴。它把辭章理論與藝術實踐靈活熔鑄，運用自如，既有理論性，又切於運用，深受讀者歡迎。

劉勰認為「思理之妙，神與物游」。「登山」「觀海」，「我轉與風雲而並驅」，「博見為饋貧之糧」（《文心雕龍．神思》）。歌德說：「生活之樹是常青的。」（見《浮士德》第一部，頁九五）。不管是學生作文，還是作家創作，總要植根於客觀世界之中，「事激物通」，「懷時感物」，「情以物興」，「物以情觀」，「情景兼到」，才能「開拓恢宏視野」（〈自序〉頁一，以下凡引自張著正文，只注頁碼，〈自序〉只注〈序〉）和感性的想像空間（頁三），以便對「主題內涵（情、景、事、理）的統攝、運材」（〈序〉），做到「有中生有」（〈序〉）。它或以「父母」、「子女」為題，練習比喻的運用（頁一五）；或寫「站在豔陽下，直冒汗，全身衣服都濕透了」（頁七一）的情境，擴寫短文等等。這就使莘莘學子，有親身體會，言之有物，而不至於鑿空強作。《作文》注意開掘作文的「源」，引導學子的文思，務使之汩汩奔湧，才能「援牘如口誦」，「舉筆似宿構」。

《作文》注意到「貫一為拯亂之藥」，「由博返約」，「首重主題」（〈序〉）；繼而「融會貫通，活用章法，修辭四大規律（秩序律、變化律、聯貫律、統一律）」，「激發創造思考（敏覺力、流暢力、變通力、獨創力、精進力）」，「揮麗萬有，鎔成轉化」，「以驚奇之眼，靈動之思，邁向創作天空」（〈序〉）。這是張教授親身創作體會的總結。其中尤重「創造思考」與「能力」的培養。《作文》通過「喻寫」、「擴寫」、「縮寫」、「仿寫」、「改寫」、「續寫」，把玄妙的創作藝術付之於諸多「分解」動作、實際運用語言技巧的「體操」之中，進行訓練，使作文理論與實踐能力的培養水乳般交融起來。這肯定會收到良好的教學效果。

「一句話，百樣說」——「同義手段」的運用，是《作文》培養寫作能力的一大特色。此中，或整或散，或長或短，或常或變，或顯或隱，或樸或華，或拙或巧，啟發學子對照、比較，就如把他們帶進了「語言的實驗室之中」。以「父母」、「子女」為題的。例如：

(1)父母像一具弓，子女像箭。強壯的弓可以把箭射向更高更遠的地方，可是箭向前穿越時，常常忘了，長久下來，弓將漸漸的拉彎、拉鬆。

(2)父母像兩岸，子女像河流。河流終將告別兩岸，直奔大海。兩岸只能留在原地，由衷祝福，希望河流一切順利。

其他的，如：「父母像針包，子女像針……」，「父母像握在手中的線，子女像飛翔在空中的風箏……」，「父母是園丁，子女是花草……」，「父母是港灣，子女是漁船……」等等，有明喻，有暗喻，思緒繽紛，比喻貼切。張教授就這樣作了十二例以示「現身說法」（頁一六～一七）。「隨後由年輕俊秀（研究生、進修部、大學部）共襄盛舉，競顯精采」（〈序〉），陳佳君、陳桂菊等相繼仿作，如「父母是梁柱，子女是樓房……」，「父母像提款機，子女像提款卡……」，「父母像溜冰場，子女像溜冰鞋……」等六例，如朵朵山花，競相開放，爭艷鬥芳。學生可以通過比較，互相學習，這就把明喻、暗喻、博喻的修辭格式，把描寫、抒情、議論、說明等表達方式，有效地表達話語中心，適合言語環境的言語規律，把這些辭章基礎知識、基礎理論「潤物細無聲」地融化於其中，滋潤著學子求知的心田。這種教學的效果，從以上仿作就可以看出是很好的。但要進行這樣的教學，談何容易，教師沒有「下水」的工夫，沒有「善泅」的泳技，沒有「搏擊風浪」的本領，僅僅站在岸上作示範，學生怎能學會游泳？

《作文》在講授作文的藝術技巧時，還能突出表達與鑑識，亦即說寫與聽讀的雙向互動、交互影響的作用。它把信息的編碼與解碼、藝術之創美與賞美結合起來，體現全方位培養、提高說寫聽讀、運用語言文字的能力。張教授這種教學是自覺的。他說「筆者近年聚集於基本能力之『欣賞、表現與創新』」（〈序〉），劉勰云：「執術馭篇，似善弈之窮數」，「善奕之文，則術有恒數。按部整伍，以待情會；因時順機，動不失正」（〈總術〉）又云：「操千曲而後曉聲，觀千劍而後識器」、「閱喬岳以形培塿，酌滄波以喻畎澮」──「博觀」而「深識鑑奧」（〈知音〉），這些都是讀寫雙向互動的理論。張教授之教作文，不僅要求學生欣賞名家、名作，也「能欣賞自己的作品，並嘗試創作（如：童詩、童話等）」，「能應用改寫、續寫、擴寫、縮寫等」，「挹芬擥翠，吐故納新。改弦更張之際，結合創作經驗，調整語文教學策略」（〈序〉）。這是很有見地的讀寫互動、互補的作文教學思想，又是很實在，可實施的教學方案。《作文》一書突出地體現了這又一特點。一般說來，作者的表達，是創作；讀者的接受，是再創作。張教授設計之「喻寫」、「擴寫」、「縮寫」、「仿寫」、「改寫」、「續寫」等等，就把「閱讀」與「再創作」實實在在地接軌，讓單純的理解，不斷地向批判的理解轉變，被動的接受向主動的接受轉變，單純的閱讀向反向的創作轉變，把傳統的語文教學理論與新穎的接受美學理論、創作理論很實在地結合起來。以「改寫」為例，「同一題材，可以出現不同文類佳構」，「文類改寫，即詩、散文、小說、戲劇各文類間的改換寫作，又稱『文體改寫』」，「不同文類改寫，可分相同文類（如：詩↓詩、散文↓散文、小說↓小說、戲劇↓戲劇）、不同文類（如：詩↓散文、詩↓小說、詩↓戲劇）間的改寫」（頁一五五～一五六）這是很有創意的練習。「文章以體制為先，精工次之。失其體制，雖浮聲切響，抽黃對白，極其精工，不可謂之文矣」（倪思語，轉引自吳訥《文章辨體序說》）。劉勰把「位體」列於「六觀」之前（〈知音〉）。筆者把「得體」列為言語規律之一，都是為此。語體或文體（合稱「辭體」），是辭章活動的指向。《作文》用了較大的篇幅論析這一理論，並注意收集此類題型的教學資源，進行排比、研發，「強化文類認知，增強莘莘學子寫作能力」，這算抓住了作文的「牛鼻子」。辭章學之語體、文體（辭體）理論，在此化為有血有肉的佳構，《作文》就在辭體的基礎知識、基礎理論與辭體的能力培養之間，架上了通暢的「橋」。

西方之「同義手段」（「同義結構」、「同義結構群」、「同義結構肢」、「同義句式」、「同義替換」）學說是作為「修辭聚合」的手段，指的是相同或相近的詞匯意義、語法意義但修辭色彩不同的言語單位。從辭章學論，筆者曾把「同義手段」擴展到「篇」（文篇、語篇，合稱「辭篇」）。《作文》中豐富的「文類變換」，就是辭篇「同義手段」的最好佐證。這是辭章學的瑰寶之一，張教授為此做出了可貴的貢獻。

表達者的頭腦是「信息的選擇器、接收器、過濾器、處理器和發播器」。是話語生成的

「最重要〈基地和轉換站」（拙著《辭章學導論》）這些都和思維有關。《作文》抓住這個關鍵，從作家、從文學創作的特點出發，闡釋「形象思維」與「造句」的關係。通過形象思維，化抽象為具象，「讓飄動的『理念』穿上鮮活的『感性』外衣，引人親近，喚人共鳴」（頁二九九），而收到良好的辭章效果。《作文》談形象思維，不是「空對空」地發議論，而是通過實例做啟發。例如，「視而不見」，是抽象的，但通過形象思維可以寫成：

(1)你的眼睛是不是被牛屎塗到？（俗話）

(2)你怎能經過一片海而忘記它美麗的藍？（張春榮《一把文學的梯子》）

《作文》指出這是「設問」，例(1)「樸質無文」，例(2)「典雅」；例(1)語含「諷刺」，例(2)重在「欣賞」——這又把陳述句與設問句的變換，「樸質」與「典雅」的辭章風格，「諷刺」與「欣賞」的感情色彩（頁三〇〇）：把這些辭章的基礎知識、基礎理論的涓涓細泉在似不經意之中引進了學子「期待」的心田之中，充分體現了辭章的融合性。

《作文》是一部別出新裁的佳構，是作者創作經驗、教學生涯的結晶，是一部文藝辭章學的新著。

〈附錄二〉

巧婦妙炊

——《作文新饗宴》初論

林于弘

文字是人類用來傳情達意的基本工具，流暢的文字就相當於精巧的工具，除了具備媒介的功能之外，甚至能曲盡其妙、餘音繞樑，達到藝術的境界。

未加組織的文字，猶如未經調理烹煮的食材，尚待巧手慧心，方能搖身化為餐桌上引人入勝的佳餚。是以一場能令人感到驚奇的文字饗宴，也必得以各種的書寫技巧來共襄盛舉。《作文新饗宴》一書即以喻寫、擴寫、縮寫、仿寫、文類改寫和故事續寫等寫作方法，示範如何應變活潑的作文題型，以增進寫作能力，提供語文教學與文藝創作者另一方寬闊的思考空間。

作者透過理論闡述、題目試寫及例題分析，依次漸進，讓讀者從古今中外的雋語佳篇，汲取靈感，體會文字的奧妙。如「喻寫」一章，說明的雖然是頗為基本的寫作方法，然作者不厭其煩地旁徵博引，深入探討譬喻修辭的多樣變化與繁複層次。而「擴寫」技巧在「喻寫」的基礎之上，別於展衍情節的「故事續寫」，較偏重細節部分的描摹，故「擴寫」又與截彎取直、提綱挈領的「縮寫」技巧相反，前者有豐贍富饒之美；後者則強調簡約短捷。「仿寫」和「改寫」則是在原創文章之外，提出另一種翻新前作的寫作方法，其中對於形式、內容的承襲與創新，更可以來往古今、跨越文類，屬於多面向的「再創作」手法。

除上述可鍛鍊各種思維能力的寫作方法外，作者對於遣詞造句、具象描寫、事件描述及情境設定等書寫技巧，也都提出具體的見解，不僅為莘莘學子指點迷津，也為教學研究者開展視野。此外，書中各章不僅援例豐富，尚詳列相關書目，提供讀者更為廣泛的參考資料。

隨著教改腳步的向前邁進，各級考試的作文類型也日新月異。迥異於傳統作文的洋洋灑灑，著重「文學性」、「實用性」的新式作文，呈現出短小精悍與多元變化的精緻格局，尤其是知性、感性與悟性的激盪挑戰，更足以在有限的篇幅內分別高下。正所謂：「將在謀而不在勇，兵在精而不在眾。」考驗廚工優劣未必動輒以滿漢全席相詢，三、兩道家常小菜往往就能一窺其經營用心。《作文新饗宴》一書主要聚焦於欣賞、表現與創新等寫作基本能力，引證舉例亦以現實面居多，不論是針對寫作測驗或文筆鍛鍊的入門進階，都能有豐碩的日起之效。

珍饈美味除了先天食材的比較之外，掌鑊功力的高低更是決勝的要素。寫作稟賦各人與生不同，然而後天的努力卻能化平凡為優異，於一般展驚奇。是以巧婦妙炊之能，更在山珍海味之上，賴其用心故能青出於藍。而烹飪如此，寫作亦然。

——二〇〇二年十二月《中國語文》五四六期

參考書目

1文學、作文

文學研究　郭象升　台北：正中　一九五七
作文的方法——陸士衡「文賦」解說　陶希聖　台北：中央　一九五七
創作與模倣　傅東華　上海：博文　一九五八
談文學　朱光潛　台北：台灣開明　一九五八
文藝技巧論　王夢鷗　台北：重光文藝　一九五九
小說寫作的技巧　紀乘之譯　台中：光啟　一九八一
從作文原則談作文方法　蔣建文　台北：台灣商務　一九六七
小小說的寫作與欣賞　瑪仁．愛爾渥德（丁樹南編譯）　台北：大地　一九六七
藝術的奧秘　姚一葦　台北：台灣開明　一九六八
文藝心理學　朱光潛　台北：台灣開明　一九六九

文學的玄思　顏元叔　台北：驚聲文物　一九七〇
中國現代小說新風貌　葉維廉　台北：晨鐘　一九七〇
近體詩發凡　張夢機　台北：台灣中華　一九七〇
文藝美學　王夢鷗　台南：新風　一九七一
藝海微瀾　巴壺天　台北：廣文　一九七一
寫作技巧與效果　丁樹南　台南：開山　一九七一
文學研究法　姚永樸　台北：廣文　一九七一
文章筆法辨析　羅君籌　香港：香港上海　一九七一
國文教學叢談　梁宜生　台北：台灣學生　一九七二
談民族文學　顏元叔　台北：台灣學生　一九七二
書評要門　約翰・杜瑞（徐進夫譯）　台北：幼獅　一九七二
詩學箋註　亞里斯多德（姚一葦譯註）　台北：台灣中華　一九七三
小說面面觀　佛斯特（李文彬譯）　台北：志文　一九七三
寫作淺談　丁樹南譯　台北：台灣學生　一九七四
寫作淺談續集　丁樹南譯　台北：台灣學生　一九七四
作文的方法　劉玉琛　一九七四

短篇小說構成論　皮述民　台北：華欣　一九七四
文學作品之分析　Lee Steinmetz（徐進夫譯）　台北：黎明　一九七五
經驗的河流　丁樹南譯　台北：大地　一九七五
含英錄　起　文　台北：中華　一九七五
修辭學　黃慶萱　台北：三民　一九七五
鉛筆屑　季　薇　台北：水芙蓉　一九七五
散文的藝術　季　薇　台北：台灣學生　一九七五
文學概論　王夢鷗　板橋：藝文　一九七六
文章作法　梁宜生　台北：台灣學生　一九七六
淺語的藝術　林　良　台北：國語日報　一九七六
作文技巧與練習　鄭發明等　台北：學生　一九七六
中國詩學——設計篇　黃永武　台北：巨流　一九七六
中國詩學——鑑賞篇　黃永武　台北：巨流　一九七六
中國詩學　劉若愚（杜國清譯）　台北：幼獅　一九七七
文章破題技巧與修辭之研究　徐芹庭　台北：成文　一九七七
評注文法津梁　宋文蔚　台北：蘭台　一九七七

作文評語示例　賴慶雄　台北：國語日報　一九七七
怎樣寫議論文　鄭發明　台北：國語日報　一九七七
如何寫好論說文　羅華木　台北：學生　一九七七
作文指導　鄭發明等　台北：國語日報　一九七七
古文筆法百篇　李扶九　台北：文津　一九七八
作文技巧與範例　李曰剛　台北：益智　一九七八
作文原理講話　李豐楙、林月仙　台北：成文　一九七八
提早寫作指導經驗談　徐瑞蓮　台北：國語日報　一九七八
文路　王鼎鈞　台北：益智　一九七八
寫作是藝術　張秀亞　台北：東大　一九七八
小說技巧　胡菊人　台北：遠景　一九七八
語言遊戲　法爾布（龔淑芳譯）　台北：遠景　一九七八
中國文學新論　劉中和　台北：世界文物　一九七九
文章作法全集　胡懷琛等　台北：新文豐　一九七九
文體與文體論　Graham Hough（何欣譯）　台北：成文　一九七九
文學知識　楊　牧　台北：洪範　一九七九

散文研究　季　薇　台北：益智　一九七九
困學集：西洋文學散論　傅孝先　台北：時報　一九七九
現代詩導讀　張漢良、蕭蕭　台北：故鄉　一九七九
作文百法　許洵儒　台北：廣文　一九七九
文學創作新論　黃炳寅　台北：幼獅　一九八〇
耕雲的手　林錫嘉　台北：金文　一九八一
靈感成功術　譚繼山編譯　台北：大展　一九八一
文學種籽　王鼎鈞　台中：明道文藝　一九八二
現代詩入門　蕭　蕭　台北：故鄉　一九八二
談寫作　洪達主編　台北：故鄉　一九八二
好孩子作文指導　蘇尚耀　台北：聯廣　一九八二
作文能力測驗　任興聲　高雄：復文　一九八二
鏡頭中的詩境　張夢機主編　台北：漢光　一九八三
怎樣寫好作文　吳正吉　台北：文津　一九八三
寫作概論　朱伯石主編　武漢：湖北教育　一九八三
作文訣竅　鄭發明　台北：青少年　一九八三

談創作經驗　莎士比亞等　台北：文鏡　一九八四
如何閱讀一本書　阿德勒（張惠卿編譯）　台北：桂冠　一九八四
文學的源流　楊　牧　一九八四
文學寫作教程　翁世榮等　上海：華東師範大學　一九八四
清通與多姿——中文語法修辭論集　黃維樑　台北：時報　一九八四
作文七巧　王鼎鈞　台北：自印　一九八四
作文講義　趙澤厚　台北：幼獅　一九八四
如何訓練作文　蘇石山、蘇石平　高雄：復文　一九八四
妙文巧引——文藝的趣味　王衡榮編　台北：黎明　一九八四
紅樓夢的語言藝術　周中明　台北：木鐸　一九八五
文章學　蘭羨壁主編　天津：南開　一九八五
如何教作文　郭靜嫻　台北：台師大中輔會　一九八五
論形象思維　亞里斯多德等　台北：里仁　一九八五
鏡頭中的詞境　黃秋芳　台北：漢光　一九八五
怎樣寫兒童故事　寺村輝夫　台北：國語日報　一九八五
國小作文家庭教師　陳東和　台南：晨光　一九八五

兒童作文法典　林國華編　台北：好兄弟　一九八五
藝術情感　何火任　仙桃：長江文藝　一九八六
創作構思　楊匡漢　仙桃：長江文藝　一九八六
學文示例　郭紹虞　台北：明文　一九八六
現代散文縱横論　鄭明娳　台北：大安　一九八六
詩的邊緣　洛　夫　台北：漢光　一九八六
文體學概論　秦秀白　湖南：湖南教育　一九八六
字句鍛鍊法　黃永武　台北：洪範　一九八六
作文講話　林鍾隆　台北：益智　一九八六
國小作文教學探究　杜淑貞　台北：台灣學生　一九八六
寫作與作文評改　朱伯石主編　北京：高等教育　一九八六
作文講評五十例　于　漪　濟南：山東教育　一九八七
形名學與敘事理論　高辛勇　台北：聯經　一九八七
創造思考教學研究　李錫津　台北：台灣書店　一九八七
古代散文文體概論　陳必祥　台北：文史哲　一九八七
現代散文類型論　鄭明娳　台北：大安　一九八七

文學觀念的新變　白燁　瀋陽遼寧　一九八七
創造的歷程　布魯斯特・基哲林　台北：金楓　一九八七
文藝創作美學綱要　杜書瀛　瀋陽：遼寧大學　一九八七
看故事學作文　董國峰　台北：作文　一九八七
實用作文　董國峰　台北：作文　一九八七
全年作文課　顏炳耀　台北：作文　一九八七
奇妙的第一次　蔡錦德　台南：華琳　一九八七
做個聰明人——創造與批判思考的自我訓練　陳龍安　台北：心理　一九八八
創作的內在流程　余鳳高　廣州：花城　一九八八
創造思考教學的理論與實際　陳龍安　台北：心理　一九八八
創造性閱讀與寫作教學　王萬清　高雄：復文　一九八八
寫作中的多向思維　張清澤、張繼緬　貴陽：貴州人民　一九八八
創思語文的教與學　陳清枝　台中：小豆芽　一九八八
文學原理　趙滋藩　台北：東大　一九八八
作文19問　王鼎鈞　台北：自印　一九八八
作文廣場　黃協兒　台北：文豪　一九八八

作文教室　楊真砂　台北：國語週刊　一九八八
小小偵探妙作文　闕美珍　自印　一九八九
寫作大要　劉孟寧　台北：新學識　一九八九
欣賞與批評　姚一葦　台北：聯經　一九八九
文學原理創作論　杜書瀛　北京：社會科學文獻　一九八九
語言與文學空間　簡政珍　台北：漢光　一九八九
寫作學高級教程　周姬昌主編　武漢：武漢大學　一九八九
從笑話中思考　蔡錦德　台南：華淋　一九八九
創意的寫作教室　林建平　台北：心理　一九八九
創意教養　原　來　台北：小暢書房　一九八九
馳騁在思路上　郭麗華　台北：中央日報　一九八九
論說文一題數作法　蔣祖怡　台北：文史哲　一九八九
作文一點訣　楊雪真　台北：國語日報　一九八九
作文七七法　李尚文　台北：萬卷樓　一九八九
中學作文教學指導　陳品卿　台北：師大中教輔委會　一九八九
新詩創作與賞析　楊昌年　台北：師大中教輔委會　一九八九

怎樣讀新詩　黃維樑　台北：五四　一九八九
散文鑑賞入門　魏　怡　台北：國文天地　一九八九
現代散文構成論　鄭明娳　台北：大安　一九八九
新浪潮國文　陳銘磻編　台北：號角　一九八九
文學創作的理論與班課設計　董崇選　台北：黎明　一九九〇
藝術創造工程　余秋雨　台北：允晨　一九九〇
創意思考三六五　原　來　台北：小暢書房　一九九〇
創造思考國語作文指導　張清榮總編　高雄：前程　一九九〇
寫作方法一百例　劉勵操　台北：萬卷樓　一九九〇
文章學導論　張壽康　台北：新學識文教　一九九〇
心靈的翅膀——創造思考性寫作鍛鍊法　蕭麗華　台北：正中　一九九〇
文章礎石及其他　林覺中　台北：文津　一九九〇
穿上文學的翅膀　黃秋芳　中壢：黃秋芳創作坊　一九九〇
航向寫作王國　邱雲忠　自印　一九九〇
細說作文　林義烈　台北：幼獅　一九九〇
低年級最新作文批改　鄭發明　台北：青少年　一九九〇

有趣的作文日記　鄭發明　台北：青少年　一九九〇
寫作指導　劉玉琛　永和：富春　一九九〇
初中作文指導　陸逐、朱寶元　上海：少年兒童　一九九〇
文章寫作中的邏輯技巧　蘇越主編　北京：北京師範大學　一九九〇
微型小說的理論與技巧　劉海濤　北京：中國人民大學　一九九〇
小說創作論　羅　盤　台北：東大　一九九〇
小說經驗　黃武忠　永和：富春　一九九〇
兒童文學創作論　張清榮　永和：富春　一九九一
心靈的和鳴——談詩歌的理解與欣賞　楊匡漢　上海：上海教育　一九九一
一首詩的誕生　白　靈　台北：九歌　一九九一
現代詩創作演練　蕭　蕭　台北：爾雅　一九九一
文學鑒賞學　張炳隅　上海：上海教育　一九九一
文學寫作原理　賈占清　開封：河南大學　一九九一
古典文學鑒賞論　劉衍文、劉永翔　上海：上海教育　一九九一
文藝批評學　黃展人主編　廣州：暨南大學　一九九一
文藝修辭學　鄭頤壽　福州：福建教育　一九九一

文學語言研究論文集　中國文學語言研究會　上海：華東化工學院　一九九一
中學生作文例話　張定遠、程漢杰　台北：萬卷樓　一九九一
創造性作文教學之實踐　彭震球　台北：五南　一九九一
實用學生作文手冊　凌　芝　台北：書林　一九九一
作文的要訣與步驟　張高維　台北：陽銘　一九九一
用成語學作文指導　鄭同元、鄭博真　永和：百年　一九九一
文學創作美學　李傳龍　西安：陝西　一九九一
閱讀與寫作　老舍等　北京：語文　一九九二
謀篇的技法　周其聰等　福州：福建教育　一九九二
構思的速效　千大正等　福州：福建教育　一九九二
創造積極力　多湖輝　台北：久大　一九九二
作文教學參考資料彙編　宋豐雄等　台北：教育局　一九九二
寫作新意念　謝錫金、林守純　香港：朗文　一九九二
中國寫作理論輯評　劉錫慶主編　內蒙古：內蒙古教育　一九九二
比較寫作學　劉夏塘主編　北京：北京師範大學　一九九二
文學語言引論　何新陽　武漢：武漢大學　一九九二

漢語修辭新篇章　倪寶元　北京：商務　一九九二
寫作構思與技巧　黃長江　北京：北京經濟學院　一九九二
命題作文指導　小白等　上海：少年兒童　一九九二
論文學創作與欣賞　何瓊崖　北京：華夏　一九九二
作文命題與批改　曾宗華　台北：師大中教輔委會　一九九二
高中國文教學設計活路　莊銀珠　台北：新學識　一九九二
寫作教學研究——認知心理學取向　張新仁　高雄：復文　一九九二
作文借鑑辭典　上海市教師寫作研究會　上海：上海教育　一九九二
散文技巧　李光連　北京：中國青年　一九九二
小說技巧　傅騰霄　北京：中國青年　一九九二
創意童詩教室　林本源　台北：小暢書房　一九九二
極短篇美學　瘂弦等　台北：爾雅　一九九二
我的作文老師　朱錫林　台北：禮記　一九九二
筆耕在春天　趙天儀　台北：正中　一九九二
作文的科學方法（新版）　柯　太　台北：文鶴　一九九二
小朋友創意作文　國語日報嘉義分社語文中心　台南：大千　一九九二

作文指導　黃宣勳　台北：光復　一九九二
小學作文教學設計　談鴻聲主編　上海：華東師範大學　一九九二
議論文寫作技巧　方仁工、陳昌富　上海：華東師範大學　一九九二
思考技巧與教學　張玉成　台北：心理　一九九三
語文教育學教程　王文延主編　開封：河南大學　一九九三
思考與寫作技巧　板坂元　台北：書泉　一九九三
活學讀與寫　李婉華、潘溫文　台北：書林　一九九三
文學文體概說　張　毅　北京：中國人民大學　一九九三
文學與寫作技巧　余　我　台北：國家　一九九三
中國寫作理論史　劉錫慶等　西安：陝西人民教育　一九九三
寫作基本法　曹綺雯、周碧紅　台北：書林　一九九三
寫作學引論　鄭懷仁等　合肥：安徽教育　一九九三
寫作思維技巧　布裕民、陳漢森　台北：書林　一九九三
文學創作與邏輯　陳合漢　廣西：漓江　一九九三
超常搭配　馮廣藝　銀川：寧夏人民　一九九三
創作藝譚　楊　嘉　廣東：暨南大學　一九九三

名家創作經驗談　秦嶽編　台北：業強　一九九三
文學讀解與美的再創造　龍協濤　台北：時報　一九九三
文學意象論　夏之放　汕頭：汕頭大學　一九九三
一把文學的梯子　張春榮　台北：爾雅　一九九三
散文瞭望台　范培松　台北：業強　一九九三
新詩形式設計的美學　陳啟佑　台中：台灣詩學季刊　一九九三
詩詞曲導讀　莊澤義編　台北：淑馨　一九九三
客子光陰詩卷裡　向　明　台北：耀文　一九九三
名家教你學作文　林　良　台北：國語日報　一九九三
林老師國中作文指引　林清標　台北：禮記　一九九三
怎樣作文——寫出好文章的技巧　林清標　台北：文經　一九九三
怎樣寫好作文　蔡澤玉　台北：九歌　一九九三
十里長的蛙鳴——文章的體裁　陳滿銘　新店：圖文　一九九三
新偶像——怎樣寫人　郭麗華　新店：圖文　一九九三
放風箏——怎樣寫事　郭麗華　新店：圖文　一九九三
走進寶山——怎樣寫景　郭麗華　新店：圖文　一九九三

心愛物——怎樣寫物　郭麗華　新店：圖文　一九九三
武松打虎——感官作文　羅肇錦　新店：圖文　一九九三
春天的腳印——看童詩學作文　陳木城　新店：圖文　一九九三
好心眼的鬼——看童話學作文　馬景賢　新店：圖文　一九九三
鴨子找人——詞語的藝術　張春榮　新店：圖文　一九九三
皇帝挨罵——詞語的藝術　張春榮　新店：圖文　一九九三
黃老師——看散文學作文　黃肇基　新店：圖文　一九九三
有趣的看圖作文　張鼎工作室　永和：陽銘　一九九三
創意思考作文　國語日報嘉義分社語文中心　台南：大千　一九九三
作文批改範例　明道文藝社　台中：明道文藝　一九九三
作文批改(一)　劉玉琛　台北：國語日報　一九九三
成語劇場　李玉屏　台北：業強　一九九三
聯考作文講話　林清標等　台北：國語日報　一九九三
寫作心理學　劉　雨　高雄：麗文　一九九四
文章寫作學　李艷英主編　高雄：麗文　一九九四
語言風格學　張德明主編　高雄：麗文　一九九四

文章修飾論　張壽康　台北：商務　一九九四
高中國文鑑賞與設計　林韻梅　高雄：復文　一九九四
中國文章學史　周振甫　北京：中國文聯　一九九四
文章例話　周振甫　台北：五南　一九九四
四書作文作法分析　黃春貴　台北：師大中教輔委會　一九九四
作文教學指導　陳滿銘　台北：萬卷樓　一九九四
作文技法通鑑　閻銀夫等　台北：建宏　一九九四
怎樣修改作文　程漢傑　台北：萬卷樓　一九九四
說明文寫作技巧　徐秋英、霍煥民　北京：中國青年　一九九四
中學生讀寫技巧　程漢傑、姚裕強　台北：萬卷樓　一九九四
怎樣寫出生動的文章——中學生作文　梁桂珍　台北：東大　一九九四
炒一盤作文的好菜　孫晴峰　台北：東方　一九九四
中學作文分類指導　上海市教師寫作研究會　台北：建宏　一九九四
小學作文分類指導　徐金海、孫雲卿主編　台北：建宏　一九九四
快樂作文123　藍祥雲　台北：國語日報　一九九四
作文的鳳頭與豹尾——記敘文　方家瑜　台北：國語日報　一九九四

作文的鳳頭與豹尾——抒情文　林淑英　台北：國語日報　一九九四
作文的鳳頭與豹尾——論說文　吳淑玲　台北：國語日報　一九九四
小學生想像作文　馮家俊　南京：江蘇教育　一九九四
兒童寫作技巧百招　黃基博　台北：國語日報　一九九四
低年級作文指導　黃基博　台北：國語日報　一九九四
童詩旅遊指南　黃秋芳　台北：爾雅　一九九四
作文基本功訓練　丁　林　北京：首都師範　一九九四
作文良友　林合發　永和：尚禹軒　一九九四
作文與寫作　石蒲雨　台北：武陵　一九九四
煙火與噴泉　白　靈　台北：三民　一九九四
作文教學指要　江蘇省寫作學會　南京：南京師範　一九九五
高中作文教學設計　林韻梅　高雄：復文　一九九五
文學寫作概要　呂桐春　高雄：麗文　一九九五
寫作美學　張紅雨　高雄：麗文　一九九五
現代寫作原理　陳果安　湖南：中南工業大學　一九九五
文學寫作學　彭愷奇等　湖南：中南工業大學　一九九五

文章學教程　張會恩、曾祥芹主編　上海：上海教育　一九九五
文學鑑賞論　劉衍文、劉永翔　台北：洪葉　一九九五
文章學與語文教育　曾祥芹主編　上海：上海教育　一九九五
詩歌與人生　吳　曉　台北：書林　一九九五
小說語言美學　唐躍、譚學純　合肥：安徽教育　一九九五
技法的琢磨　陳智弘　台北：國語日報　一九九五
深意的捕捉　陳智弘　台北：國語日報　一九九五
親愛的，我把童詩改作文了　蔡榮勇　板橋：民聖　一九九五
圖解作文教學法　黃基博　台北：國語日報　一九九五
變通作文　楊清生主編　南京：上海　一九九五
小學生看圖作文（高年級）　袁迅、柳水　南京：江蘇教育　一九九五
如何提升作文能力　董媛卿　台北：書泉　一九九五
作文走出困境一〇〇招　平沙雁主編　北京：藍天　一九九五
一扇文學的新窗　張春榮　台北：爾雅　一九九五
新詩補給站　渡　也　台北：三民　一九九五
六頂思考帽　波　諾（江麗美譯）　台北：桂冠　一九九六

階梯作文1　邱燮友等　台北：三民　一九九六
創思作文　林建平　台北：國語日報　一九九六
來玩寫作的遊戲　沈惠芳　台北：國語日報　一九九六
中學生當場作文四十問　上海市教師寫作研究會　台北：萬卷樓　一九九六
國中作文教學設計活路　莊銀珠　高雄：復文　一九九六
小學語文情境教學　李吉林　南京：江蘇教育　一九九六
國小語文科教材教法　羅秋昭　台北：五南　一九九六
全方位作文技巧　陳正治　台北：國語日報　一九九六
看笑話學作文　黃秋芳　台北：國語日報　一九九六
寫作指導　劉忠惠主編　高雄：麗文　一九九六
文章寫作學　劉世劍主編　高雄：麗文　一九九六
我的筆長上了翅膀　吳立崗、符為孺主編　台北：國際少年村　一九九六
作文題海　賴慶雄　台北：國語日報　一九九六
作文一〇〇　呂珮榮編　新店：人類文化　一九九六
小說入門　李　喬　台北：大安　一九九六
敘述策略　劉海濤　新加坡：新加坡作家協會　一九九六

古典詩的形式結構　張夢機　板橋：駱駝　一九九六
修辭萬花筒　張春榮　板橋：駱駝　一九九六
修辭行旅　張春榮　台北：三民　一九九六
國中作文方法導論　劉崇義　台北：建宏　一九九六
我把作文變簡單了　廖玉蕙　台北：幼獅　一九九六
文學創作的理論與教學　董崇選　台北：書林　一九九七
作文新題型　賴慶雄、楊慧文　板橋：螢火蟲　一九九七
初中作文教與學　李懌主編　北京：北京師範大學　一九九七
寫出心中的美——創意寫作引導　吳美玲　台北：紅蕃茄　一九九七
作文強化訓練　賴慶雄　板橋：螢火蟲　一九九七
揭開作文的奧秘　林廣、張伯琦　板橋：螢火蟲　一九九七
巧思妙手織錦文　張清榮　台北：幼獅　一九九七
說說笑笑談寫作　顧興義　板橋：螢火蟲　一九九七
精妙寫作技巧　陶佳珞　新店：漢欣　一九九七
多角度作文訓練　嚴雪華、張化萬　上海：上海教育　一九九七
怎樣寫作與投稿　羊　牧　台北：文經　一九九七

內容常見的毛病　吳燈山　台北：文復　一九九七
用詞常見的毛病　吳燈山　台北：文復　一九九七
造句常見的毛病　吳燈山　台北：文復　一九九七
修辭常見的毛病　吳燈山　台北：文復　一九九七
組織常見的毛病　吳燈山　台北：文復　一九九七
小小作文高手　顏耀南　台北：文經　一九九七
作文修辭指導　鄭同元、鄭博真　台南：漢風　一九九七
寫作遊戲真好玩　沈惠芳　板橋：螢火蟲　一九九七
現代詩遊戲　蕭蕭　台北：爾雅　一九九七
新詩50問　向明　台北：爾雅　一九九七
文學欣賞與批評　周秀萍　湖南：中南工業大學　一九九七
創造心靈　Howard Gardner（林佩芝譯）　台北：牛頓　一九九七
語文教育研究方法學　黃菊初　北京：語文　一九九八
文章講話　夏丏尊、葉聖陶　香港：三聯　一九九八
文心　夏丏尊、葉聖陶　香港：三聯　一九九八
文章作法　夏丏尊、劉薰宇　香港：三聯　一九九八

怎樣寫作　葉聖陶　香港：三聯　一九九八
語文隨筆　葉聖陶　香港：三聯　一九九八
作文雜談　張中行　香港：三聯　一九九八
新作文法　楊鴻銘　台北：建宏　一九九八
繪聲繪影：看電影寫作文　李錫榕　台北：文史哲　一九九八
創意與非創意表達　林保淳等　台北：里仁　一九九八
創意教學策略　Marjorie J. Wynn（呂金燮譯）　台北：紅葉　一九九八
作文方向燈　黃肇基　台北：建宏　一九九八
語文學習百分百　吳敏而　台北：天衛　一九九八
學生作文80法　王必輝主編　永和：稻田　一九九八
作文不曾輸給你　黃郁彬　台北：小魯　一九九八
作文好導師　蕭奇元　永和：富春　一九九八
創意作文與新詩教寫　林瑞景　台北：萬卷樓　一九九八
一首詩的誘惑　白　靈　台北：河童　一九九八
初中作文十八法　楊振中　上海：華東理工大學　一九九八
描寫文絕招　李榮琳　台北：南宏　一九九八

小學生文學原理與技巧　杜淑貞　高雄：麗文　一九九八
用修辭學作文　鄭發明　板橋：螢火蟲　一九九八
用新觀念學作文　吳當　板橋：螢火蟲　一九九八
學俗語寫作文　鄭同元、鄭博真　台南：華林　一九九八
小說稗類　張大春　台北：聯合文學　一九九八
一分鐘寓言　洪志明　台北：小魯　一九九八
新詩後50問　向明　台北：爾雅　一九九八
中國現代文學導讀　黃維樑　台北：台灣書店　一九九八
藍墨水的下游　余光中　一九九八
中國中學生材料作文指導大全　齊峰等主編　山西：山西教育　一九九九
高中作文題與典　孫宏杰等　江蘇：江蘇人民　一九九九
初中作文模式——記敘文　龔惠林等北京：社會科學文獻　一九九九
教孩子思考　波諾（芸生、杜亞傑譯）　台北：桂冠　一九九九
多元智能的創作思考（國語篇）　王萬清　高雄：復文　一九九九
文章例話　葉聖陶　上海：上海文藝　一九九九
文話七十二講　夏丏尊、葉聖陶　香港：三聯　一九九九

文章修養　唐　弢　香港：三聯　一九九九
讀與寫　老　舍　香港：三聯　一九九九
漢語修養與寫作實踐　金元浦主編　北京：首都師範大學　一九九九
思維與寫作　周慶華　台北：五南　一九九九
文章結構分析——以中學國文課文為例　陳滿銘　台北：萬卷樓　一九九九
文章章法論　仇小屏　台北：萬卷樓　一九九九
現代文學寫作技巧　余　我　台北：五南　一九九九
階梯作文2　邱燮友等　台北：三民　一九九九
作文論據大觀（事例篇）　賴慶雄　板橋：螢火蟲　一九九九
新型作文贏家　賴慶雄　板橋：螢火蟲　一九九九
作文起步好幫手　賴慶雄　板橋：螢火蟲　一九九九
親愛的，我們把作文變快樂了　黃秋芳　板橋：螢火蟲　一九九九
寫作魔術真好玩　沈惠芳　板橋：螢火蟲　一九九九
創意作文真好玩　林淑英　板橋：螢火蟲　一九九九
創意寫作魔法書　鄭如玲　新店：三思堂　一九九九
遊山玩水好作文　吳　當　台北：爾雅　一九九九

讀詩歌，學作文　洪志明　台北：小魯　一九九九
看笑話，學語文　謝武彰　台北：小魯　一九九九
小學生作文拿高分　吳燈山　台北：文經　一九九九
創意思考作文　國語日報語文研究中心　台南：大千　一九九九
新作文法　楊鴻銘　台北：建宏　一九九九
作文學習單　沈惠芳　板橋：螢火蟲　一九九九
詩心與詩學　簡政珍　台北：書林　一九九九
如何謀殺一首詩　王淑芬　台北：民生報　一九九九
臺灣現代詩教學研究　潘麗珠　台北：五南　一九九九
小小說雜談　凌鼎年　濟南：黃河　一九九九
篇章　王寧、鄒曉麗　上海：海峰　二〇〇〇
審美形象的創造：文學創作論　孫紹振　福州：海峽文藝　二〇〇〇
愛情，詩流域　張曼娟　台北：麥田　二〇〇〇
小說的讀與寫　劉海濤　廣州：中山大學　二〇〇〇
現代詩鑑賞教學研究　林文欽　高雄：春暉　二〇〇〇
現代文學鑑賞與教學　陳惠齡　台北：萬卷樓　二〇〇〇

網路寫作搜尋機　甄　晏　台北：藍瓶子　二〇〇〇
量表診斷寫作教學法　謝錫金、岑紹基　香港：香港大學教育學院　二〇〇〇
高中國文語文表達能力增強手冊100回　宋　裕　台南：翰林　二〇〇〇
高中作文思路　趙公正　台北：建宏　二〇〇〇
創意教學　嚴安安、李秀蘭等　台北：聯經　二〇〇〇
伊索教你思考　鄺志雄主編　台北：書林　二〇〇〇
講理（增訂版）　王鼎鈞　台北：大地　二〇〇〇
瀟灑作文　薛安康主編　深圳：海天　二〇〇〇
題材變通法　楊清生主編　南京：江蘇教育　二〇〇〇
漢語病句修辭　孟建安　北京：中國文聯　二〇〇〇
步步高作文（初中卷）　長春：吉林文史　二〇〇〇
作文指導　周慶華　台北：五南　二〇〇〇
作文問答　江惜美　台北：師大書苑　二〇〇〇
愉快的作文課　林鍾隆　板橋：螢火蟲　二〇〇〇
啟發作文學習單　張麗玉、賴慶雄　板橋：螢火蟲　二〇〇〇
如何寫作文　華聲語文研究中心編輯小組　台南：大千　二〇〇〇

輕鬆學寫作　華聲語文研究中心編輯小組　台南：大千　二〇〇〇
快樂學作文　國語日報語文研究中心　台南：大千　二〇〇〇
積累與作文　王立昕、尚春梅主編　長春：東北師範大學　二〇〇〇
創意作文批改範例　林瑞景　台北：萬卷樓　二〇〇〇
超ㄅㄧㄤˋ的創意作文及新詩教寫　林瑞景　台北：萬卷樓　二〇〇〇
讓作文High起來　徐素玫　新店：威鑫　二〇〇〇
國小創意作文　陳秋海、呂莉玲　台北：昭文社　二〇〇〇
賈老師讀小學生作文　賈志敏　上海：上海人民　二〇〇〇
修辭學習單　王家珍　板橋：螢火蟲　二〇〇〇
章法學新裁　陳滿銘　台北：萬卷樓　二〇〇一
引爆語文能力——統整、全語和多元智能取向的教學　沈惠芳　台北：小魯　二〇〇一
作文論據大觀（格言篇）　賴慶雄　板橋：螢火蟲　二〇〇一
讀成語寫作文　夏明華、楊金昌　板橋：三豐　二〇〇一
文章的起承轉合　夏明華、楊金昌　板橋：三豐　二〇〇一
親子作文　朱錫林、李鳳英　永和：富春　二〇〇一
中國高中生新作文（綜合、想像、創新）能力突破　蔡智敏主編　西安：陝西師範大學　二〇

○一
中國小學生想像新作文　郭淑玲主編　西安：陝西師範大學　二○○一
中國小學生日常練筆新作文　鮑志伸主編　西安：陝西師範大學　二○○一
輕鬆寫作一點通　周明星　中和：輯閱書城　二○○一
名家談寫作　朱光潛等　台北：牧村　二○○一
中國文化修辭學　陳炯主編　南京：江蘇古籍　二○○一
對聯寫作指導　尹　賢　廣州：花城　二○○一
時光詞場　張曼娟　台北：麥田　二○○一
英美文學名著賞析　顏藹珠、張春榮　台北：文鶴　二○○一
現代散文廣角鏡　張春榮　台北：爾雅　二○○一
修辭新思維　張春榮　台北：萬卷樓　二○○一
蕭蕭教你寫詩、為你解詩　蕭　蕭　台北：九歌　二○○一
下在我眼眸裡的雪：新詩教學　仇小屏　台北：萬卷樓　二○○一
國語文教學活動設計　潘麗珠　台北：萬卷樓　二○○一
國文語文表達能力增強手冊100回　宋　裕　台南：翰林　二○○一
語文表達寫作能力要覽　楊鴻銘　台北：建宏　二○○一

國文語文表達能力秘笈　王昌煥　台南：翰林　二〇〇一
高中國文語文表達能力訓練　沈壽美等　台南：翰林　二〇〇一
創造性——發現和發明的心理學　夏鎮平譯　上海：上海譯文　二〇〇一
寫作——我的作家生涯　史蒂芬・金　台北：商周　二〇〇一
短評花園——短文寫作技巧及示例　馬西屏　台北：台灣商務　二〇〇二
高中語文表達作文訓練　趙公正　台北：建宏　二〇〇二
章法學論粹　陳滿銘　台北：萬卷樓　二〇〇二
跨越邊界——現代中文文學研究論叢　張堂錡　台北：文史哲　二〇〇二

2 論文・其他

作文教學研究　蔡榮昌　高師大國研所碩士論文　一九八〇
作文繪畫創造性教學方案對國小四年級學生創造力之影響　林建平　台師大心輔所碩士論文　一九八七
國小兒童作文常犯錯誤分析研究　孫麗翎　政大教研所碩士論文　一九八七
作文教學論叢　賴慶雄等編　台北市政府教育局　一九八八
七十七學年度國民中學國文教學論文研討會論文集　台師大中教輔委會　台師大教輔委會　一

九八九

教育部七十九學年度高級中學國文學科資賦優異學生輔導總報告　台師大國文系　教育部中等教育司　一九九〇

寫作過程教學法對國小兒童寫作成效之研究　蔡津銘　高師大教研所碩士論文　一九九一

第一屆臺灣地區國語文教學學術研討會論文集　台師大國文系　台師大中輔會　一九九二

寫作教學初學者之教學內容知識結構及其改變歷程研究　王萬清　台師大心輔所博士論文　一九九二

國小學童寫作過程之研究　趙金婷　高師大教研所碩士論文　一九九二

寫作之觀念產生歷程研究　羅素貞　政大教研所碩士論文　一九九三

大學生作文心理歷程　趙居蓮　中正心研所碩士論文　一九九三

文章結構的提示與主題知識對兒童說明文寫作表現的影響　洪金英　政大教研所碩士論文　一九九三

教育部八十二學年度高級中學國文學科資賦優異學生甄試升學輔導總報告　台師大國文系　教育部中等教育司　一九九三

國小作文寫字教學學術研討會論文集　南師語教系　南師語教系　一九九三

海峽兩岸小學語文教學研討會論文集　國北師語教系　國北師語教系　一九九四

兩岸暨港新中小學國語文教學國際研討會論文集　台師大國文系　台師大國文系　一九九五
國中學生國文閱讀學習之研究　羅彥文　高師大教研所碩士　一九九五
現代詩的古典觀照——一九四九～一九八九・台灣　鄭慧如　政大中研所博士論文　一九九五
現代詩論中詩語言的探討　黃郁亭　文化中研所碩士論文　一九九五
現代文學教學研討會專刊　東吳中文系　東吳中文系　一九九五
國小三年級創造作文教學歷程與結果分析　蔡雅泰　屏師初教所碩士論文　一九九五
資賦優異學生後設認知能力與創造思考能力關係之研究　張昇鵬　台師大特教所　一九九五
童詩語言研究——語義學角度的探討　林淑娟　東海中研所碩士論文　一九九五
台灣、大陸、香港、新加坡四地中學語文教學論集　台師大中教輔委會　台師大中教輔委會　一九九五
文章結構分析策略教學對增進兒童閱讀理解與寫作成效之研究　蔡銘津　高師大教研所博士論文　一九九五
修改歷程教學對國小兒童寫作成效之影響　李嘉齡　嘉師初教所碩士論文　一九九五
台灣地區國小作文教學觀念演變之研究　黃尤君　東師國教所碩士論文　一九九六
中文報紙倡導文類之研究——以聯合報副刊「極短篇」為例　吳秀鳳　輔仁大傳所碩士論文　一九九六

寫作修改教學策略對國小學生寫作修改表現、修改能力、寫作品質和寫作態度之影響研究　鄭博真　南師國教所碩士論文　一九九六
國小六年級兒童寫作回顧歷程之研究　鄭芳玫　中師國教所碩士論文　一九九六
「對話式寫作教學法」對國小學生寫作策略運用與寫作表現之影響　姜淑玲　花師國教所碩士論文　一九九六
教育部八十五學年度高級中學學生文藝創作研習營綜合報告　台師大國文系　台師大國文系　一九九六
國小六年級兒童作文之修辭技巧分析——以嘉義地區為例　陳香如　嘉師國教所　一九九六
兒童寫作修改歷程與教學之研究　吳錦釵　政大教研所博士論文　一九九七
國小三年級學童作文句型結構之分析研究——以嘉義地區為例　蔡米凌　嘉師國教所碩士論文　一九九七
中國現代文學與教學國際研討會論文選集　皮述民編　國立編譯館　一九九七
「思考性寫作教學方案」對國中生寫作能力、後設認知、批判思考及創造思考影響之研究　紀淑琴　台師大心輔所碩士論文　一九九八
國小作文教學與文化互動學術研討會論文集　花師語教系　花師語教系　一九九八
語文科教學參考資料彙編　東師實小　東師實小　一九九八

國語科實驗教材實驗班與普通班學生寫作與修改表現之研究　侯秋玲　彰師大特教所碩士論文　一九九八

讀寫結合的修辭教學對國小兒童寫作修辭能力之影響　王家珍　花師國教所　一九九九

思維與寫作課程研討會論文集　東師語教系　東師語教系　一九九九

台灣地區兒童文學與國小語文教學研討會論文集　東師兒文所　東師兒文所　一九九九

行行重行行——師院語文科教材教法中國小低年級寫作教學之探究成果報告　陳惠邦、李麗霞　教育部顧問室　一九九九

民國以來國民小學語文課程教材法學術研討會　竹師語教系　竹師語教系　一九九九

先前知識、文章結構和多媒體呈現對文章學習的影響　宋曜廷　台師大心輔所博士論文　二○○○

新世紀兒童創意閱讀研究會　中華創造會　中華創造會　二○○○

傳記型歷史小說中的真實人物寫作技法——以李潼三本作品為例　廖健雅　東師兒文所碩士論文　二○○○

虛實章法析論　陳佳君　台師大國研所碩士論文　二○○一

引導兒童作文教學之探究——自修辭的角度切入　陳宇詮　國北師課研所碩士論文　二○○一

台灣兒童詩理論與批評發展之研究（1945－2000）　徐錦成　東師兒文所碩士論文　二○○

一
童心話童年——國小低年級兒童詩歌教學歷程之研究　黃瀞萩　國北師課研所碩士論文　二〇〇一
故事圖教學對國小六年級學生記敘文寫作表現與組織能力之研究　許文章　花師國教所碩士論文　二〇〇一
現代詩的語言與教學　彰師大現代詩學研討會　彰師大國文系　二〇〇一
國小學童寫作教與學的歷程研究　張　純　市北師國教所碩士論文　二〇〇一
國小低年級實施視覺空間智慧取向寫作教學之行動研究　陳怡靜　國北師課研所碩士論文　二〇〇二
國小五年級創造思考閱讀教學之行動研究——以冒險主題為例　劉能賢　國北師課研所碩士論文　二〇〇二
創造性童詩寫作教學之探究——以國小五年級一班為例　盧金漳　國北師課研所碩士論文　二〇〇二
作文運材教學設計之研究　劉寶珠　台師大國研所教學碩士論文　二〇〇二

國家圖書館出版品預行編目資料

作文新饗宴 ／張春榮著. -- 初版. -- 臺北市：萬卷樓, 民 91
面； 公分. --（教學類；K070）
參考書目：面
ISBN 957－739－402－7 (平裝)
1.中國語言－作文
802.7 91014201

作文新饗宴

著　　者：張春榮
發 行 人：陳滿銘
出 版 者：萬卷樓圖書股份有限公司
臺北市羅斯福路二段 41 號 6 樓之 3
電話(02)23216565・23952992
傳真(02)23944113
劃撥帳號 15624015
出版登記證：新聞局局版臺業字第 5655 號
網　　址：http://www.wanjuan.com.tw
E－mail：wanjuan@tpts5.seed.net.tw
承印廠商：晟齊實業有限公司
定　　價：360 元
出版日期：2002 年 8 月初版
2008 年 10 月初版四刷

ISBN 957－739－402－7